〖中华诗词存稿·名家专辑〗
中华诗词学会 编

欧阳鹤诗文选

欧阳鹤 著

中国书籍出版社
China Book Press

图书在版编目（CIP）数据

欧阳鹤诗文选 / 欧阳鹤著 . —— 北京：中国书籍出版社，2019.12

（中华诗词存稿）

ISBN 978-7-5068-7735-0

Ⅰ . ①欧… Ⅱ . ①欧… Ⅲ . ①诗词—作品集—中国—当代②诗歌评论—中国—当代 Ⅳ . ① I227 ② I207.2

中国版本图书馆 CIP 数据核字 (2019) 第 291791 号

欧阳鹤诗文选

欧阳鹤 著

责任编辑	吴化强
责任印制	孙马飞　马　芝
封面设计	采薇阁
出版发行	中国书籍出版社
地　　址	北京市丰台区三路居路 97 号（邮编：100073）
电　　话	（010）52257143（总编室）　（010）52257140（发行部）
电子邮箱	eo@chinabp.com.cn
经　　销	全国新华书店
印　　刷	北京虎彩文化传播有限公司
开　　本	710 毫米 ×1000 毫米 1/16
字　　数	420 千字
印　　张	34.5
版　　次	2019 年 12 月第 1 版　2019 年 12 月第 1 次印刷
书　　号	ISBN 978-7-5068-7735-0
定　　价	498.00 元

版权所有　翻印必究

《中华诗词存稿》编委会名单

顾　　问：郑欣淼　郑伯农　刘　征　沈　鹏
　　　　　葉嘉莹

编　　委：（按姓氏笔画排序）
　　　　　丁国成　王　强　王改正　王德虎
　　　　　刘庆霖　吕梁松　李一信　李文朝
　　　　　李树喜　陈文玲　张桂兴　范诗银
　　　　　欧阳鹤　杨金亭　林　峰　罗　辉
　　　　　周兴俊　周笃文　宣奉华　赵永生
　　　　　赵京战　钱志熙　晨　崧　梁　东
　　　　　雍文华

主　　任：范诗银

副 主 任：林　峰　刘庆霖

执行主编：吕梁松　王　强　李伟成

秘　　书：李葆国

作者简介

欧阳鹤,字"子皋",汉族,湖南长沙人,1927年生。教授级高级工程师,享受国务院政府特殊津贴,曾获部级奖励,电力部局级离休干部。中华诗词学会顾问,中国楹联学会顾问,《中华诗词》顾问、编委、原副主编。曾获首届华夏诗词奖一等奖首名、"轩辕杯"全国诗词联大赛一等奖、国际炎黄文化研究会龙文化金奖及"金城杯""野草杯"等多种奖项。诗词著作有《欧阳鹤诗词选》《鸣皋集》《欧阳鹤诗文选》,并在全国各种诗词报刊经常发表作品和文章。事迹编入多种辞书。

总　　序

　　我们这个诗歌大国有一个很好的传统，历来注重"采诗"、搜集整理诗歌材料。作为唯一的全国性诗词组织的中华诗词学会，自1987年5月成立以来，就十分重视这项工作。学会每年的学术研讨会和历届"华夏诗词奖"，都出版论文集和获奖作品集。纪念学会成立二十年、三十年时，还专门编辑出版了《大事记》《论文选集》《诗词选集》。《中华诗词》创刊以来，每年都制作年度合订本。2007年5月，在北京天识东方文化艺术传播有限公司的资助下，以近代以来诗词创作、诗词理论、诗词运动重要文献汇编，当代名家个人作品专集等为主要内容，出版了《中华诗词文库》。经过十来年的编辑整理，已经出了近百卷。这些诗集、文集的出版，记录了近百年来尤其是改革开放四十多年来，中华诗词从起步、复苏走向复兴的砥砺前行的历程，为近、当代诗歌史的撰写准备了丰富的资料。

　　党的十八大以来，中华民族优秀传统文化重新受到应有的重视。习近平总书记《念奴娇·追思焦裕禄》词和《军民情》七律的相继发表，引领中华大地诗潮滚滚而来。《中共中央关于繁荣发展社会主义文艺的意见》和中办、国办《关于实施中华优秀传统文化传承发展工程的意见》，都明确提出"加强对中华诗词、音乐舞蹈、书法绘画、曲艺杂技和历史文化纪录片、动画片、出版物等的扶持。"国家教育部组织制定由中华诗词学会起草的新中国语言体系中的新韵书《中华通韵》已经通过国家语言文字工作委员会语言文字规范标准审定委员会审定,即将颁布全国试行。这些都使我们真切地感受到,中华诗词的春天真的到来了。诗人们乘着骀荡春风,正以高昂的激情,书写着中华民族伟大复兴的新时代、新史诗,国家富强、民族振兴、人民幸福的中国梦;正以与人民同呼吸、共命运的诗人之心,对人民的欢乐、人民的忧患、人民的情怀给以诗意的表达;正以"美"或"刺"的诗人之笔,对市场经济大潮中人民对幸福生活的期待,对美好未来的希望,对假丑恶的深恶痛绝,或给以方向,或给以赞美,或给以鞭挞。正如习近平总书记所指出的:"好的文艺作品就应该像蓝天上的阳光、春季里的清风一样,能够启迪思想、温润心灵、陶冶人生,能够扫除颓废萎靡之风。"

当前,传统诗词创作者和诗词爱好者队伍发展迅速,已超过三百万。每天创作的诗词作品超过唐诗、宋词、元曲的总和。诗词评论研究队伍也成长很快,诗词评论、诗词学、诗词创作理论研究成果丰硕。如何从浩如烟海的诗词作品中"淘"出优秀作品,并使之存下来、传下去,如何使诗词研究理论成果"面世"并发挥应有的指导作用,确实是摆在我们面前的无可回避的一个重要课题。中华诗词学会是一个没有国家编制,没有国家拨款的社会团体,事业的运转主要靠社会赞助和会员费支撑。俊识(北京)文化传媒有限公司总经理吕梁松、北京采薇阁总经理王强,两位一直是对中华传统文化情有独钟的热心人,慷慨解囊,愿意同中华诗词学会一起,搜集整理编辑推出《中华诗词存稿》这套书,共同为中华诗词文化的继承和发展,做成这件十分有意义的事情。

《中华诗词存稿》主要搜集整理出版三部分内容的资料：一是当代诗词名家的个人作品集；二是当代诗词评论家、诗词学者的学术著作集；三是当代诗词作品、诗词理论学术成果阶段性、专题性、地域性的集成类作品集。诗词作品强调精品意识，沙里淘金，把"有筋骨、有道德、有温度"的优秀诗词作品搜集起来。诗词评论、研究类资料强调理论性和创新性，应具有鲜明的个性特点，具有创建性的见解。集成类的资料应有一定的史料保存价值。总之，做成一套具有当代价值和历史意义的好书。在此，我们编委会人员，向提供资料、筛选编辑、版面设计、校对勘误，包括所有为这套资料付出辛勤劳动的同志们，表示真诚的谢意！

郑欣淼
二〇一九年七月于北京

自　序

　　继一九九三年出版了《欧阳鹤诗词选》、二〇〇六年出版了《鸣皋集》后，这次按《中华诗词文库》要求，我又出版了这本《欧阳鹤诗文选》。其中诗词部分，除从《鸣皋集》再选外，增选了一些近几年来的新作。我共有诗词作品两千余首，本集选用了567首。我过去也写了些关于诗词的论文和《中华诗词》卷首语，为多部诗集写过序，还对《中华诗词》佳作和中华诗词学会函授学员作品作过点评，尽管大都在《中华诗词》等刊物上发表过，但自觉见解一般，从未结集出版。这次不揣谫陋，也选了一部分进来。

　　关于我学诗和写诗的情况及体会，在《鸣皋集》自序中有详细介绍，已将此序收入本诗集中，就不在此重复了。我要再说一下的是，我写诗词用的声韵问题。我创作诗词一贯严格遵照传统诗词的格律要求，但从本质上说，声韵并非格律，而是语音问题。我赞成"倡今知古，新旧并行"的方针，多年来，我在《中华诗词》等刊物编、审稿件时，新、旧声韵一视同仁，从不偏废，有时还对青年人用新声韵写诗予以特殊关注。我是湖南人，因口音所致，用新声韵很不习惯，容易出错，所以自己写诗基本上还是用旧声韵，但并不限于平水韵，而是多年来在诗词界包括很多名诗人中本着"坚持平仄，放宽韵脚"的精神而采用的"宽韵"，所谓"宽韵"，即在《词林正韵》的基础上再适度放宽，第六部真、文、元与第十三部侵通押，第七部寒删先与第十四部覃盐咸通押。此外，我总感到第三部支、微、齐通押，语音不谐，在创作实践中尽量分开。

　　总之，我的作品水平不高，文章内容平淡，均请方家指正。

《鸣皋集》序

周笃文

春节期间，子皋兄以《鸣皋集》诗稿见示，曰："知我诗者莫子若．请为序之。"子皋兄长我七岁，因好诗词，又兼乡谊，同事十余年．相交以心，毫无隔阂，故诺而应命。湘人性格夙以沉毅刻苦为特色，这一点，在子皋身上为特出。抗日时期他避兵衡阳万山丛中，寄居乡间，衣食无着，乃种地砍柴，肩挑步担，藉以养亲。躲兵时毒荆刺腹，血流如注，事后仍不稍息。这种敢于任事、坚忍不拔的骆驼精神贯串一生。抗战中辍学六年，全靠自学跳级，才跟上学业，并于1947年以高分考取清华奖学金生名额。其英英妙才、自强不息者如此。四年学习，与朱镕基总理、郭道晖教授为同窗友。该班数十人中，有总理、部长、4名院士，其余均为专家教授。成材率之高，为近代教育史上所罕见。如果说抗战烽火砥砺了他坚强的意志，那么清华负笈则确立了他革命理想。子皋兄是在反蒋反帝怒潮中入党和参加革命的，从这个工程师摇篮毕业后，终生服务于电力建设，卓有建树，累获殊荣，即使在"文革"乱局中，仍千方百计坚守岗位，使群众生产、生活未受大的影响。他就是这样一位无私无畏、自强不息的栋梁之材。

子皋兄对诗的爱好，得益于母堂陈老夫人之教导。子皋兄出身书香门第，其先祖厚均先生为一代鸿儒，任岳麓书院院长二十七年。曾国藩、左宗棠、郭嵩焘皆出其门下。外祖陈公历官安徽、湖南，知县任职。父为铁路、矿山工程师。母陈老夫人幼承家教，工于诗文，以此课子女。故其兄妹行多能诗，一门儒雅。

子皋兄青少年时期偶有诗作，重拾诗笔在六十年代初。"文革"结束，为之渐勤。九十年代后创作日丰，进入鼎盛时期。三十年间积稿盈箧，达二千多首。子皋之诗，诗人之诗也。吐属高雅，意格老健，情彩斑斓，能引人入胜。诗兼众体，而尤精于律句，重气象骨格，不过求藻饰。如《赴下花园电厂，攀鸡鸣山》：

塞北平沙起异峰，千寻峭壁见青松。
危桥飞架双巅接，曲水环流一脉通。
云雾袭人天地近，山河入目古今同。
攀登引我诗心发，绝顶高歌四望空。

此诗作于"文革"初期，"云雾"一句隐喻时局。而诗人壮怀烈抱固不为乱云所蔽也。结句气势甚遒，弥见襟抱。其《七十初度》云：

世事难评是与非，浮生七十又何为？
文章憎命贫常守，岁月催人梦已违。
慷慨当年争国士，逍遥今日入诗帏。
沧桑正道君须记，自有长江后浪随。

此诗深于感慨。"梦已违"见出少年抱负，未能实现。"抱负"者何？殆指清华园中以国士相期许之报国理想也。意脉章法与李义山之"永忆江湖归白发，欲回天地入扁舟"相近。以敦厚之笔寄悃郁之怀，与骂坐使气者不同。其《庐山会议旧址》云：

翻云覆雨祸无辜，一代元戎作罪徒。
立马横刀三十载，拔肝沥胆万言书。
为民请命身何畏，报国成空恨有余。
会址犹存人已去，千秋功过任乘除。

此怀念彭帅之作也。二、三联以流转之笔对之，举重若轻，见学力，见才气。"功过任乘除"，寄怀悲咽而不激烈。仁心恕道，诗家本色。

五律《贺鸰妹六十寿辰》：

六十休言老，余年足可谋。
昔交华盖运，今泛五湖舟。
山水涵天性，诗歌助漫游。
晚情无限好，名利复何求。

又《偶兴》：

斑鬓皆称老，吾心独未然。
寒山峃古柏，落日丽霞天。
秋菊争篱艳，冬梅斗雪妍。
诗情如水涨，豪气胜当年。

精壮顿挫，不减少年豪气。"山水涵天性"、"落日丽霞天"哲人襟抱，一等妙句。

子皋于近体之外，亦工长短句，往往信手拈来，并成妙谛。如《踏莎行·农机跨省收割小麦》：

地覆珠帘，麦翻金被，望中又是丰收岁。面朝黄土背朝天，半年辛苦今无悔。　　车队如龙，人流似水，抢收抢种风云会。农机十省跨区行，争分夺秒时为贵。

新气象、新角度，娓娓道来，便写尽了如火如荼的热烈场景。"地覆""殊帘"不经人道之语。又其《临江仙·顾山红豆树》：

天上三千仙曲，人间十万情诗。神州何处不生姿。鲜花浮嫩叶。碧水涨春池。　　似睹慧尼貌绝，堪怜太子情痴。一株红豆种相思。人亡馀旧梦，树老发新枝。

笔姿一转，便换天摇地幻为水软花柔。"三千仙曲"、"十万情诗"，含情吐媚，何其动人。另《临江仙·学生运动》：

板荡神州雷电激，长驹万里嘶风。中原逐鹿竞雌雄。人民争作主，云水促腾龙。　　烽火沙场传捷报，群生欲破牢笼。鸡鸣风雨闹黉宫。兴衰萦国运，生死对苍穹。

此作于清华学团中，系心国运，生死以之，弥见英迈之气。

子皋笃于亲情友谊，发乎天性，十分感人。如《和母诗》：

> 暮晴添影媚，鹤发衬霞红。
> 莫道桑榆晚，花香正好风。

又《虞美人·爱妻为我织毛衣感赋》：

> 晶莹玉臂纤纤指，绒线穿无止。挑花编色细凝瞳，欲寄深情无限入表中。　　操劳每到深更晚，总觉光阴短。衣成细语嘱夫君，试镜着装知否入时新。

花生笔下，款款深情，令人弥增人伦之重。其《悼盖凡老友》：

> 噩耗惊闻泪洒珠，当年斗室共蜗居。
> 孤灯苦读知今古，中夜清谈论有无。
> 博学如君终作栋，浅尝似我尚如驽。
> 春宵寄语情仍热，天上人间路已殊。

皆摧恸肺肝之至情文字。

抒写怀抱，润色鸿业，亦《鸣皋集》之一大亮点．如《临江仙·三峡畅想》：

> 李白诗篇千古唱，今看丽景尤殊。群山众壑岭云舒。西陵横巨坝，三峡出平湖。　　美梦百年今始现，长江万里宏图，险礁急浪变通衢。电波传四海，华夏灿明珠。

另如《浣溪沙·海战演习》：

飞弹流光闪夜空，鱼雷舰艇走如龙。水兵个个赛英雄。　　华夏山河须一统，金瓯分裂岂能容，台澎金马射程中。

一写富国鸿图，一言强兵演武，乃文乃武，壮伟光昌，读之令人神旺。其《新疆颂》云：

何必春风度玉关，芳洲秋色正斑斓。
飘香瓜果铺丝路，撒野牛羊满草原。
匝地油流黄土黑，腾空鹏翥鸟途宽。
江山如此堪人醉，无限诗情接塞天。

大漠孤烟的古战场，已成为百业兴旺，物阜民丰的锦绣山河。这就是新疆的彩色风景线。

山水旅游，也是子皋兄诗中的华彩乐章。其《西欧游》组诗数十首，可谓精彩纷呈。如《采桑子·英吉利海峡》：

谁将欧陆三分切？一水中流，百舸争游，万里长天接浪浮。　　鸿泥爪印今何在？英峡飞舟，皓日当头，搏击风雷任自由。

上片写眼中所见之万千气象，"三分切"真掣鲸碧海之斫轮手段也。"搏击风雷"一结高远雄杰，读来神观飞越。其《临江仙·天河漂流》云：

　　四面青螺环玉镜．天河又做漂流。山光水色景清幽。通天犹有洞，入峡已无舟。　　竹筏轻摇人似梦，湖山任我优游，人间烦恼暂全丢，千窗开画卷，万象豁吟眸。

起结四句一片化机。清出美景，自在诗心。一笔赶下，愈唱愈高。

子皋之诗不拘一格，可为寸人尺马，亦可作千丈乔松。其古风如《旧恨难忘六十年》，写亲历之抗战悲情，曲折跌宕，令人扼腕冲冠。而其《镕基赞》尤为鸿篇巨制。将朱总理之艰难身世与煌煌政绩，生动深刻地表现出来，令人为之肃然起敬。如"板荡神州盼俊才，无边风雨送君来。百年积弱须重振，万里河山待剪裁。"起落何等庄严正大。"玉庭乍怒风雷袭，霎那晴天飞霹雳。……廿年蠖曲心难曲，黄卷青灯志未残。"此指1957年后二十年挫折，正所谓穷且益坚，不坠青云之志也。后至朱公入揆，则云："初遴揆首誓言洪，硬语盘空震宇穹：深渊万丈身何惧？地雷铺阵我偏冲，……君知否？五年总理岂寻常，华夏中兴国有光。……聊歌一曲赞镕基，功过千秋留史定。"盘盘椽笔，曲终奏雅，此乃天下之公论，必传之鸿著也。

《鸣皋集》是一部值得细读的好书。因为它融注了革命的理想，反映了风雷激荡的时代，表现了心源自得的诗才，堪称丰富多彩的时代放歌。子皋兄将届八旬而奋斗不止。我祝他宝刀不老，椿寿无疆，是为序。

《鸣皋集》自序

我是湖南省长沙市人，从1951年清华大学电机系毕业后就一直从事电力工作，长达40余年。一个长期从事工业、科技工作的人，怎么会迷上传统诗词呢？这就要从我的家庭说起了。我的六代祖欧阳厚均在清嘉庆道光年间任岳麓书院院长长达27年，曾国藩、左宗棠、郭嵩焘等均出其门下。厚均以下各代直到祖父，也都在清朝做过一些不大不小的官，我父亲欧阳达长在民国，受时代潮流影响，转而学习工程，成了机械工程师。我们欧阳家族可以说是书香门第，对我幼年学习是有影响的。但在学习古典文学上，对我影响更大的是我的母亲陈颖，我的外祖父是有名的文化之乡——安徽桐城人，他在安徽当过知县，年轻时即到湖南长沙做官，我母亲从小受到外祖父教育兼上私塾，古文功底很好，尤其酷爱诗词歌赋，不但熟悉很多名篇，而且自己经常吟诗作赋。在母亲的熏陶下，我从小就熟读背诵《唐诗三百首》、《古文观止》等名作，而且经常听母亲吟唱、讲解，从而在我的幼小心灵中就已经播下了诗词的种子，并受到了较好的诗词教养，这是我一生中始终不渝酷爱诗词的主要原因。此外，当时湖南中小学比较重视古文学教育，社会文化氛围比较好，也是对我有影响的。

我虽然从小热爱诗词，但年青时很少动笔，鲜有作品，一个重要的原因是我在抗战期间失学，参加农村劳动多年，全凭自学、跳级来弥补学业，身心负担很重，没有精力来从事诗词创作，但即使如此，也未停止过对诗词的向往和学习。大学毕业后参加工作，社会的新气象纷至沓来，使我心潮澎湃，加上受到毛泽东等老一辈革命家诗作相继发表的启发，萌动了诗心，从此开始写诗，虽然数量不多，但一直未停过笔，即使在十年"文革"中也甘冒被查抄的危险，坚持写作。"文革"后，拨乱反正，也带来了中华传统诗词的春天，诗词冲破了多年的禁锢，如雨后春笋，欣欣向荣，我的诗词热情也被进一步激发起来，不但创作数量日益增加，而且开始参与各项诗词活动。

  出于对诗词的热爱，我总想除了个人创作和参加活动外，还应当有所作为，为弘扬诗词这一祖国文化瑰宝作出力所能及的奉献。因此在我的推动下，于1995年在全国电力行业成立了中国电力诗词学会。十多年来，学会召开过四次全国性诗词研讨会和几次中小型诗会，办过两次全国电力诗词大赛，出版八期《电力诗词选集》，现有会员近三百人，下属八个分会。这是我国唯一的一个全行业诗词学会，虽然由于成员职业局限，诗词水平不如省市诗词学会高，但取得现有的成绩也是来之不易的。我本人于1992年离休，离休后单位仍聘我搞咨询工作，为了弥补我过去因受本职工作限制，不能抽出更多时间从事我所热爱的诗词活动的缺憾，我于1996年主动辞掉咨询工作，从此我将全部精力投入诗词事业，以遂平生之愿。1997年底，我又应邀参加中华诗词学会工作和《中华诗词》编辑工作，更使我有了对弘扬中华诗词事业作出自己微薄贡献的机会，在争取中央领导支持诗词事业方面取得了一些成绩，得到了学会领导和诗词界的赞许；同时，也使我眼界大开，结识了许多诗词界的朋友和名流，读到了大量的诗词杰作和优秀文章，获益匪浅，水平得到了一定程度的提高，但也愈觉自己功力的不足和学习的迫切性。

  我在几十年学习、创作诗词和从事诗词工作的过程中也有些较深刻的体会：

  一、诗词是我国传统文化的瑰宝，它充分发挥了汉文字的特点和优点，成为一门形式和内容，意境美、文字美、声律美达到高度统一的完美艺术。它引起人们强烈的情感共鸣，留下无穷的联想和回味。它与时俱进，具有永恒的生命力，永远是我国先进文化的代表。

二、学习诗词永无止境。韵谐律稳和文从字顺只是入门必需的阶梯,构思格调的高低,表达情意的深浅,营造意境的优劣才是衡量诗词水平的准绳,而这些是要毕生之力孜孜以求的。

三、诗词属于文学范畴,确实与政治、经济、科技等专业工作有很大区别,前者主要是形象思维,以情动人;后者主要是逻辑思维,以理服人。用政治概念、经济分析、科技论证的思维方式和语言表达方式来写诗词,当然写不出好诗来,这也是目前在非专业诗人创作中较普遍地存在着概念化、公式化、口号化的主要原因。但形象思维与逻辑思维又是辩证统一的关系,形象思维要有一定的逻辑思维为基础,逻辑思维也常需要通过一定的形象思维才能更好地表达出来。现代科学证明:人脑分左、右两部分,左脑管逻辑思维,右脑管形象思维,但人脑是一个整体,左右脑功能可以互相协调,完全可以兼有两种思维方式。这说明从事政治、经挤、科技工作的人同样可以写出好诗来。事实雄辩地证明了这一点,姑且不谈古人,即以现代而论,毛泽东是伟大的思想家、军事家和政治家,但也是最杰出的诗人,还有陈毅等一些革命元勋也大致相同;钱昌照、顾毓琇、苏步青、程良骏等既是著名的科技专家,又是有名的诗人,这些都是明证。

我在1992年曾出版过一本《欧阳鹤诗词选》,当时我的作品不多,该集只选收了百余首作品。十几年来创作渐丰,到现在共有诗词作品两千余首,乃从中筛选出六百余首,包括少量从上次出版诗集中再度筛选出的作品,编成《鸣皋集》出版。我创作诗词一贯遵循传统格律要求。在声韵改革上,我拥护"倡今知古,新旧并行"的方针。因长期习惯所致,我写诗基本上还是用旧声韵,但用韵并不限于《平水韵》,而是在《词林正韵》基础上再适度放宽的宽韵。由于本人水平所限,集中作品格调不高,意境浅显,文字粗糙,之所以取集名为"鸣皋",乃因父母给我取名为"鹤"、字"子皋"之故,循名而不能责实,心有愧焉。我诚恳希望诗词界朋友看过后提出宝贵意见,批评指正。

在此，我要对沈鹏先生为本书题名，李锐老、轶青老、松林老、刘征老为本书题诗题字和晓川兄为本书作序表示衷心的感谢，还要感谢中华诗词学会和图书编著中心对本书出版的大力支持。

丙戌年春日欧阳鹤于北京椿树园

目　　录

总　　序··· 郑欣淼 1
自　　序··· 欧阳鹤 1
《鸣皋集》序··· 周笃文 1
《鸣皋集》自序··· 欧阳鹤 1

人生磨砺

抗战流亡··· 3
考入清华大学兴赋··· 3
临江仙·神州春晓·· 4
　　学生运动··· 4
　　参加北京解放入城式··· 4
　　地下组织公开会··· 4
　　参加开国大典兴赋··· 5
毕业分配··· 5
鹧鸪天·"反右倾"··· 6
菩萨蛮·婚庆赠妻·· 6
西江月·偕故友同游香山、碧云寺·································· 7
"文革"夺权历险记··· 7
鸡鸣山··· 8
悼故人··· 8
浪淘沙·紫金滩畔听涛声·· 9

大地春回

南乡子·粉碎"四人帮"·················13
上海至成都机次·····················13
邯郸秋月·························14
浪淘沙·游南京燕子矶················14
水调歌头·登华山···················15
和母诗··························15
嵩阳书院古柏·····················16
绍兴秋瑾故居·····················16
绍兴访沈园······················16
夏威夷感兴······················17
悼　母·························17
大连黑石礁观海···················18
沁园春·悼鹑妹兼和世蘅兄············18
贺鸰妹六十寿辰···················19
游千岛湖（新安江水库）··············19
访诸暨西施故里···················19
再登黄鹤楼······················20
参观炎黄艺术馆···················20
闻人大通过三峡工程决议感赋···········20
陶然春晓·······················21
岳麓山·························21
临江仙·返曲兰···················22
盼海峡两岸早日统一················22
张家界即景·····················23
蝶恋花·观看重庆市歌舞团演出货郎与小姐·······23
三峡风光唱·····················24
　　一　石宝寨··················24
　　二　小三峡··················24

满江红·考察三峡感赋 …………………………………… 24
诗　梦 …………………………………………………… 25
　　（一） ……………………………………………… 25
　　（二） ……………………………………………… 25
杨　花 …………………………………………………… 25
政策论文获能源部二等奖及《中国电业》
　　杂志一等奖有感 ………………………………… 26
平湖春雨联想 …………………………………………… 26
步韵和鹗兄《北戴河归来赠鹤弟》诗 ………………… 26
密云绿化基地 …………………………………………… 27
临江仙·肾癌术后三周年 ……………………………… 27
赴舟山参加华东六省一市电机学会联席会 …………… 28
　　西湖秋晚 …………………………………………… 28
　　浪淘沙·定海至上海舟次 ………………………… 28
偶　兴 …………………………………………………… 28
踏莎行·北海公园 ……………………………………… 29
中　秋 …………………………………………………… 29
亚运村康乐宫 …………………………………………… 30
　　音乐喷泉 …………………………………………… 30
　　水调歌头·戏水乐园 ……………………………… 30
秭归访屈原墓 …………………………………………… 31
书　愤 …………………………………………………… 31
参加中华诗词学会研讨创作班感兴次韵
　　周笃文先生《论诗一首赠诗词班诸君子》 ……… 32
何满子·聆戴学忱女士吟诵诗词 ……………………… 32
太庙古松 ………………………………………………… 33
卜算子·观放风筝联想诗词创作 ……………………… 33
贺《中华诗词》创刊 …………………………………… 33
临江仙·赠李秀莲 ……………………………………… 34

凤凰台上忆吹箫·蝉鸣 …………………………………… 34
水调歌头·与华亭、小瑶夫妇携外孙宁宁同
　　游八达岭长城 ……………………………………… 35
中秋节怀远在英伦的琪儿一家………………………… 35
沁园春·海南随感 ……………………………………… 36
减字木兰花·鸿妹伉俪来京书此以赠………………… 36
鹧鸪天·读一九九四年第二期《中华诗词》
　　张中行文，戏为此作 ……………………………… 37
赠刘黎光吟长 …………………………………………… 37
危房改造 ………………………………………………… 37
虞美人·爱妻为我织毛衣感赋 ………………………… 38
故乡行 …………………………………………………… 38
　　鹧鸪天·春满湘江 ………………………………… 38
水调歌头·访衡阳洪罗庙故居及外祖母墓…………… 38
偕老伴游龙潭湖公园 …………………………………… 39
江城子·六一儿童节 …………………………………… 39

电举吟旌

贺电力诗词学会成立 …………………………………… 43
抒　怀 …………………………………………………… 43
临江仙·三峡畅想 ……………………………………… 43
青岛及胶东行吟 ………………………………………… 44
参观水族馆 ……………………………………………… 44
有　感 …………………………………………………… 44
沁园春·刘公岛 ………………………………………… 44
乳山案有感 ……………………………………………… 45
西江月·陶然亭公园大修厕所，改为收费，
　　其票价比门票还高 ……………………………… 45
沁园春·张家港 ………………………………………… 46

望海潮·中华民族园 …………………………………… 46
逛赛特商城 …………………………………………… 47
"名牌"有感 …………………………………………… 47
杜甫故居 ……………………………………………… 48
过长沙 ………………………………………………… 48
减字木兰花·橘子洲头 ………………………………… 48
访太傅里贾谊故宅 …………………………………… 48
浣溪沙·东海海战演习 ………………………………… 49
亚星二号发射成功 …………………………………… 49
临江仙·一二·九运动六十周年 ……………………… 49
扫黄打假有感 ………………………………………… 50
童年十忆（选六） …………………………………… 50
  拾　柴 …………………………………………… 50
  夜　读 …………………………………………… 50
  插　秧 …………………………………………… 50
  少年豪气 ………………………………………… 51
  荆枝刺腹 ………………………………………… 51
  肩挑步担 ………………………………………… 51
临江仙·住院偶感 ……………………………………… 52
恶人告状 ……………………………………………… 52
临江仙·斥谬论 ………………………………………… 53
青岛于防空洞中查出"野孩子部落"有感 …………… 53
感非洲 ………………………………………………… 54
踏莎行·农机跨省收割小麦 …………………………… 54
偕妻西欧行 …………………………………………… 54
  踏莎行·伦敦中国城 ……………………………… 54
  巴黎圣母院 ……………………………………… 55
  凡尔赛宫 ………………………………………… 55
  踏莎行·埃菲尔铁塔 ……………………………… 55

虞美人·莱茵夕照 …………………………………… 56
竹 ………………………………………………………… 56
采桑子·英吉利海峡轮渡 …………………………… 56
议会大厦钟塔（Big Ban） ………………………… 57
七十初度 …………………………………………………… 57
（一） ………………………………………………… 57
（二） ………………………………………………… 57
临江仙·电力装机容量居世界第二有感 …………………… 58
减字木兰花·随感 ………………………………………… 58
评市场经济 ………………………………………………… 58
国有企业 …………………………………………………… 59
（一） ………………………………………………… 59
（二） ………………………………………………… 59
梅 …………………………………………………………… 59
香港回归倒计时100天 …………………………………… 60
虞美人·紫竹院公园 ……………………………………… 60
临江仙·偕华亭、宁宁游颐和园，
追思与母亲鹞妹同游往事 ………………………… 61
观电视剧《东周列国》 …………………………………… 61
羊皮换相 ……………………………………………… 61
赵 盾 ………………………………………………… 61
赵氏孤儿 ……………………………………………… 62
晏婴使楚 ……………………………………………… 62
二桃杀三士 …………………………………………… 62
申包胥哭秦庭 ………………………………………… 62
观电影《离开雷锋的日子》 ……………………………… 63
赠长女琪及矫勇婿 ………………………………………… 63
庐山揽秀 …………………………………………………… 64
望江亭 ………………………………………………… 64

汉阳峰 …………………………………………… 64
仙人洞 …………………………………………… 64
庐山会议旧址 …………………………………… 65
西江月•含鄱口 ………………………………… 65
姊妹峰 …………………………………………… 65
庐山感赋 ………………………………………… 65
甘棠湖，烟水亭 ………………………………… 66
沁园春•京九线 ………………………………… 66
滕王阁 …………………………………………… 66
清平乐•庐山赠华亭 …………………………… 67
南海珠还•香港回归感赋 …………………………… 67
 （一）……………………………………………… 67
 （二）南乡子 …………………………………… 67
浪淘沙•《电力诗词选》编后 ……………………… 68
浣溪沙•梦 …………………………………………… 68
鹧鸪天•学跳交际舞 ………………………………… 68
共青城胡耀邦墓 ……………………………………… 69
满江红•小浪底截流 ………………………………… 69
望海潮•长江三峡截流 ……………………………… 70
云　南　行 …………………………………………… 70
 贺第十届中华诗词研讨会 ……………………… 70
 大理行步韵和王澍吟长 ………………………… 71
 浣溪沙•洱海泛舟 ……………………………… 71
 虞美人•咏大理 ………………………………… 71
 南歌子•石林 …………………………………… 72
京昆线过湘西，忆五十二年前旧事 ………………… 72
贵　州　行 …………………………………………… 73
 临江仙•天河潭公园 …………………………… 73
 息峰集中营 ……………………………………… 73

黄果树瀑布……………………………………………… 73

心殚诗国

参加《中华诗词》编辑工作有感……………………… 77
    （一）………………………………………………… 77
    （二）………………………………………………… 77
临江仙·鸿妹来京，同游天坛、中山公园诸名胜…… 77
虎年说虎 ………………………………………………… 78
冬日偶成………………………………………………… 78
小平颂 …………………………………………………… 78
周恩来百年冥诞………………………………………… 79
    （一）………………………………………………… 79
    （二）………………………………………………… 79
春日偶感………………………………………………… 79
五到西安感赋…………………………………………… 80
采桑子·春……………………………………………… 80
耆年兴赋 ………………………………………………… 80
鹧鸪天·清华班友重逢………………………………… 81
荣获政府特殊津贴感赋 ………………………………… 81
三峡大坝………………………………………………… 81
减字木兰花·钓鱼……………………………………… 82
陈溶年吟长来京，诗交数载，今得一见，感慨系之… 82
《中华诗词》编后感…………………………………… 83
新疆及敦煌行…………………………………………… 83
选四绝句………………………………………………… 83
    踏莎行·军垦十三团送哈密瓜……………………… 84
望海潮·吐鲁番………………………………………… 85
采桑子·博格达峰……………………………………… 85
农八师宴会上喜遇湖南同乡…………………………… 85

标题	页码
新疆颂	86
菩萨蛮·敦煌鸣沙山	86
中秋感赋柬诸兄妹	86
虞美人·玉渊潭	87
东南亚游	87
曼谷鳄鱼潭	87
四面佛	87
参观国立毒蛇研究中心	88
燕窝	88
《世纪颂》中华诗词大赛开赛式感赋	88
新年有感	89
参加《中华诗词》编辑工作周年感赋	89
有感	89
己卯迎新曲	90
深圳纪行	90
大亚湾·核电站	90
销烟池	90
满庭芳·诗词之友"九九之春"笔会	91
论诗	91
灵感	91
基本功	91
诗情	92
赠友	92
夜月有感	92
悼叶承澍	93
颂边防战士	93
采桑子·海峡情思	93
南行吟草	94
京—郴车次	94

丹霞第一漂……………………………………… 94
浣溪沙·便江游………………………………… 94
便江夜酌………………………………………… 95
临江仙·永兴风光赞……………………………… 95
赠湖南省诗词学会人寿、奇才诸吟长………… 95
鹧鸪天·潇湘觅旧………………………………… 96
　一　重访水口旧居…………………………… 96
　二　兄妹团聚………………………………… 96
　三　故乡情…………………………………… 96
登华山…………………………………………………… 97
　采桑子·坐缆车………………………………… 97
　韩愈投书……………………………………… 97
第十二届中华诗词研讨会感赋………………………… 97
贺霍松林八十华诞……………………………………… 98
贺载人飞行器神舟一号发射成功步韵和王澍吟长…… 98
　（一）………………………………………… 98
　（二）………………………………………… 98
"祖国颂"电力诗词大赛感赋…………………………… 99
　临江仙………………………………………… 99
　（一）………………………………………… 99
　（二）………………………………………… 99
　赠大赛第一名王炜…………………………… 99
　赠家骧………………………………………… 100
　南乡子·会后与诗友同游名胜………………… 100
　一　樱桃沟…………………………………… 100
　二　黄叶村曹雪芹故居……………………… 101
为某公画像……………………………………………… 101
新年有感………………………………………………… 101
庚辰迎春曲……………………………………………… 102

（一）………………………………………… 102
　　（二）………………………………………… 102
观电视剧《雍正王朝》………………………………… 102
南乡子·访双清别墅毛泽东建国初期住址…………… 103
赠华中理工大学教授程良骏 ………………………… 103
朱镕基总理批示财政部和国管局拨给
　中华诗词学会基金和办公用房有感………………… 104
吴柏森吟长惠赠《鸿爪集》读后感…………………… 104
偶　感…………………………………………………… 105
　　（一）………………………………………… 105
　　（二）………………………………………… 105
　　（三）………………………………………… 105
　　（四）………………………………………… 106
鹧鸪天·松山保护区…………………………………… 106
赴西安参加电力诗会 ………………………………… 106
　　过秦陵………………………………………… 106
　　杨贵妃墓……………………………………… 107
　　西江月·大雁塔……………………………… 107
　　踏莎行·西部大开发………………………… 107
　　踏莎行·西安赞……………………………… 108
风入松·北戴河鸽子窝………………………………… 108
赠故人…………………………………………………… 109
西部大开发放歌………………………………………… 109
　　新阳关曲……………………………………… 109
　　西气东输……………………………………… 109
　　绿化西疆……………………………………… 110
　　黄　河………………………………………… 110
　　春阳高照……………………………………… 110
观电视剧太平天国……………………………………… 111

贺怀化诗联社成立··111
秋　　感··111
西安全国电力诗会感赋···112
　　五年回顾··112
　　西安雅集··112
　　西江月·审稿··112
龙虎山之夜··113
　　（一）···113
　　（二）···113
八唱泸溪　选三···114
　　一　坐竹筏··114
　　二　漂流··114
　　三　过龙虎山··114
　　晚会即兴··114
龟峰揽胜··115
　　一　江南盆景··115
　　二　东方迪斯尼··115
世纪风云··116
　　（一）···116
　　（二）···116
电业之歌··116
　　电到人间··116
沁园春·世纪颂··117
采桑子··117
清华大学八十周年校庆及毕业五十周年组诗选········118
　　行香子·抚今追昔·····································118
　　江城子·抒怀··118
自　　况··119
随妻参加华北电管局离退休干部蟒山疗养···········119

八声甘州·十三陵抽水蓄能电站……………… 119
　　鹧鸪天·定陵…………………………………… 119
　　鹧鸪天·居庸关………………………………… 120
北京申奥成功 ……………………………………… 120
国清寺千年隋梅…………………………………… 121
纪念中国共产党建党八十周年组诗……………… 121
　　（一）…………………………………………… 121
　　（二）　双调江城子…………………………… 122
临江仙·龙………………………………………… 122
从电五十年感赋…………………………………… 122
偕妻赴越南参加诗联活动………………………… 123
　　友谊关…………………………………………… 123
　　水上木偶………………………………………… 123
　　联句（周笃文、欧阳鹤、蔡厚示、林从龙）… 123
时政偶感…………………………………………… 124
南乡子·入世……………………………………… 124
闻鸽妹病重………………………………………… 125
儋州诗会行………………………………………… 125
　　望海潮·儋州赞………………………………… 125
　　松涛水库………………………………………… 126
　　三亚天涯海角…………………………………… 126
　　三亚南山寺……………………………………… 126
　　之一……………………………………………… 126
　　之二……………………………………………… 126
　　之三……………………………………………… 127
荣获"轩辕杯"全国诗词楹联大赛一等奖有感 …… 127
三苏坟吊苏轼……………………………………… 127
八声甘州·陆水湖………………………………… 128
咏呈濠江诗会……………………………………… 128

悼鸽妹……………………………………………………129
红豆情……………………………………………………129
　　七夕相思节…………………………………………129
　　临江仙·顾山红豆树………………………………130
白洋淀行吟………………………………………………130
　　（一）………………………………………………130
　　（二）………………………………………………130
荣获国际炎黄文化研究会龙文化金奖有感……………131
　　（一）………………………………………………131
　　（二）………………………………………………131
晋南行……………………………………………………132
　　虞美人·参加全国新田园诗歌大赛颁奖会随感…132
　　鹳雀楼………………………………………………132
巫山神女还乡记…………………………………………132
重聚石家庄………………………………………………133
　　浣溪沙………………………………………………133
　　竹枝新唱……………………………………………133
　　（一）………………………………………………133
　　（二）………………………………………………133
　　（三）………………………………………………133
评"打假"………………………………………………134
青春诗会致青年诗友……………………………………134
参加中华诗词学会工作五周年有感……………………134
癸未迎春曲………………………………………………135
　　（一）………………………………………………135
　　（二）………………………………………………135
春日抒怀…………………………………………………135
临江仙·陈纳德与陈香梅结缡的联想…………………136
玉渊潭樱花盛开…………………………………………136

赠函授班诸诗友…………………………………… 136
夜　兴……………………………………………… 137
　　（一）………………………………………… 137
　　（二）………………………………………… 137
鹧鸪天·龙的传人………………………………… 137
上海申博成功……………………………………… 138
赞社区某大妈……………………………………… 138
先祖欧阳厚均赞…………………………………… 139
偕妻参加国电公司离休干部疗养团赴江西……… 139
　　井冈山杜鹃…………………………………… 139
　　西江月·黄洋界……………………………… 139
　　烈士陵园……………………………………… 140
　　水口双虹瀑…………………………………… 140
　　重泛泸溪……………………………………… 140
　　重游龙虎山…………………………………… 141
　　三清仙境……………………………………… 141

耆年豪唱

镕基赞……………………………………………… 145
悼盖凡老友………………………………………… 147
常德诗人节………………………………………… 147
　　诗　墙………………………………………… 147
　　游桃花源自嘲………………………………… 147
神舟五号载人飞行成功…………………………… 148
参加上海电力诗词研讨会并赴浙东……………… 148
　　周庄万三蹄…………………………………… 148
　　迷　楼………………………………………… 149
　　满庭芳·西湖感兴…………………………… 149
　　溪口小洋楼致蒋经国………………………… 149

　　　　雪窦寺张学良囚禁处 …………………………… 150
　　　　鹧鸪天·四明放歌 ………………………………… 150
　　　　参观溪口抽水蓄能电站，赠王炜吟长 ………… 150
　　　　赠朱长荣吟长 …………………………………… 151
　　　　赠钱明锵吟长 …………………………………… 151
廊　坊　行 ………………………………………………… 152
　　　　鹧鸪天·屈家营听古乐 …………………………… 152
　　　　煎茶铺谷风诗社成立十二周年社庆 …………… 152
竹枝新唱·公园一瞥 ……………………………………… 153
　　　　秧　　歌 …………………………………………… 153
　　　　京　　剧 …………………………………………… 153
　　　　约　　会 …………………………………………… 153
景山公园观郁金香 ……………………………………… 154
偕妻云南三度游（国网公司离休干部疗养团）……… 154
　　　　傣女入浴图 ……………………………………… 154
　　　　撒尼之爱 ………………………………………… 154
　　　　白族掐新娘 ……………………………………… 155
　　　　布当族颈箍 ……………………………………… 155
　　　　白族对歌 ………………………………………… 155
公园观兰 ………………………………………………… 156
京郊爨底下村 …………………………………………… 156
平谷金海湖垂钓 ………………………………………… 157
　　　　（一） ……………………………………………… 157
　　　　（二） ……………………………………………… 157
鹧鸪天·清东陵 …………………………………………… 157
鹧鸪天·乾隆"自述" ……………………………………… 158
安仁访祖谒厚均墓 ……………………………………… 158
洪湖荷颂 ………………………………………………… 158
菩萨蛮·百里峡海棠峪 …………………………………… 159

娄底感赋···159
　　（一）···159
　　（二）···160
望海潮·常德诗墙颂······································160
中秋海峡情··161
观京剧感呈诗坛诸大老·································161
浙江行··162
　　京温机次··162
　　应吴妙智女士之邀偕妻参加
　　　瑞安市仙岩寺慧光塔重修开光盛典············162
　　菩萨蛮·登温州江心屿···························162
　　江心屿联句···163
雁荡风光···163
　　一 浣溪沙·大龙湫································163
　　二 浣溪沙·灵岩飞渡······························163
　　三 灵峰夜景··164
　　四 游雁荡有感······································164
应李国林诗友之邀赴诸暨，参观西施殿·············164
写诗自况···165
贺中国电力诗词学会成立十周年·····················165
论诗绝句···166
　　寻　诗···166
　　灵　感···166
　　诗　情···166
　　推　敲···166
读寓真《四季人生》诗集感赋·························167
临江仙·随国电疗养团赴京山疗养··················167
　　天河漂流··167
　　绿林山···168

旧恨难忘六十年	169
黄兴颂	171
临江仙·游汨罗江	171
题关永起画	172
鹧鸪天·黄山光明顶	172
苍松劲挺	173
论诗二绝	173
一　哲理	173
二　情与景	173
临江仙·赠别蔡淑萍女史回蓉	174
京郊红螺寺	174
一　夫妻银杏树	174
二　紫藤寄松	174
夜吟有感	175
临江仙·电力装机超五亿千瓦	175
乙酉京华除夕夜	175
荣获第一届华夏诗词奖一等奖第一名有感	176
偕妻游张家界	176
西江月·黄龙洞	176
西江月·定海神针	176
临江仙·宝丰湖	177
蓬莱疗养行	177
乘机口占	177
苏公祠	177
田横山	178
刘公岛	178
讽喻五章	178
升学叹	178
打工叹	178

就医叹……………………………………………… 179
　　挖煤叹……………………………………………… 179
　　审小偷……………………………………………… 179
采桑子·赞中央电视台《我的长征》
　　纪念长征胜利七十周年…………………………… 180
参观贾岛祠墓感赋………………………………………… 180
武当山笔会后过香溪昭君故里…………………………… 180
赠戴云蒸学长……………………………………………… 181
采桑子·唐槐诗社成立三周年致贺……………………… 181
浣溪沙·首届海峡诗会…………………………………… 181
　　（一）……………………………………………… 181
　　（二）……………………………………………… 182
　　（三）参观永定土楼（振成楼）………………… 182
广　西　行………………………………………………… 183
　　金田太平天国起义旧址…………………………… 183
　　踏莎行·桂平龙潭国家森林公园………………… 183
　　西江月·桂平西山洗石庵………………………… 183
　　玉林云天文化城…………………………………… 184
　　奇　石　颂………………………………………… 184
陕西电力诗词学会举办"欧阳鹤诗词研讨会"
　　诗以谢之…………………………………………… 185
鹧鸪天·咏　电…………………………………………… 185
八声甘州·读《蔡世平词选》…………………………… 186
悼张信传老友……………………………………………… 186

耄耋高吟

八十感怀………………………………………………… 189
　　（一）……………………………………………… 189
　　（二）……………………………………………… 189

鹧鸪天·重返马头电厂·················189
虞美人·读《苎萝雨痕》赠蔡世英诗翁，
　　李国林、鲁云信、朱巨成诗契·········190
　　（一）·····························190
　　（二）·····························190
轶青会长八十五岁华诞志庆···············190
满庭芳·《中华诗词》发行百期抒感········191
河 南 行······························191
参观孙轶青书法展·······················191
　　菩萨蛮·清明上河园·················192
　　老君山放歌·······················192
赠乾隆酒业公司·························192
偕华亭赴俄——北欧四国旅游·············193
　　沁园春·红场巡礼·················193
　　无名烈士墓前见鲜花·················193
　　南乡子·列宁墓···················194
　　赫鲁晓夫墓·······················194
　　圣彼德堡冬宫·····················194
　　西贝柳斯音乐公园···················195
　　鹧鸪天·过波罗的海海湾·············195
　　鹧鸪天·S1LJA L1NE 游轮···········195
　　临江仙·车行北欧高速路·············196
　　挪威皇宫·························196
　　哥本哈根美人鱼雕像·················196
杭州西溪湿地二期景点特邀征联···········197
　　（一）·····························197
　　（二）·····························197
　　（三）·····························197
电力诗词上网有感·······················198

偕妻赴镜泊湖疗养 ··· 198
  浣溪沙·镜湖晨雾 ·· 198
参观静波湖电厂见日本国昭和十五年出厂
  水轮发电机仍在运行，感慨系之 ······················· 198
"太白山"杯诗赛评奖后游太白山 ···························· 199
  拜仙台 ··· 199
  世外桃源 ·· 199
望海潮·大唐芙蓉园 ··· 199
到衡阳参加第二十一届中华诗词研讨会 ··················· 200
  南岳磨镜台 ·· 200
  登南岳感抗日时期旧事 ······································· 200
《中华诗词》社举办绵阳笔会后游九寨沟 ················· 200
  水调歌头·过杜鹃山黄土梁 ································ 200
  水调歌头·九寨沟 ·· 201
  临江仙·九寨水 ··· 201
贺陕西省电力诗词学会获奖表彰会 ·························· 202
淮安诗教会 ·· 202
  石塔湖小学听学生朗诵古诗词蓦然有感 ············ 202
  城管新貌 ·· 202
  哈尔滨监狱诗教赞 ··· 203
  古韵新淮演唱会 ·· 203
花都两广诗会 ·· 203
  与 会 ·· 203
  参观坤州小学诗教 ··· 203
论 诗 ·· 204
  顿 悟 ·· 204
  功到自然成 ·· 204
戊子春联一副 ·· 204
恭贺周汝昌老九旬华诞步晓川兄原玉 ······················ 205

贺马英九当选中国台湾地区领导人
　　应明锵兄约步和台湾陈心雄教授原玉……………205
贺新郎·戊子年春节南方雪灾民工返家纪实…………206
日本吟剑诗舞代表团赴华演出……………………………206
望海潮·杜甫江阁……………………………………………207
偕妻澳新行……………………………………………………207
　　贺新郎·乘机过太平洋………………………………207
　　满庭芳·悉尼歌剧院…………………………………208
　　堪培拉之一……………………………………………208
　　勘培拉之二……………………………………………208
　　墨尔本唐人街…………………………………………209
　　菩萨蛮·凯恩斯热带雨林……………………………209
　　大堡礁观鱼……………………………………………209
　　新西兰游感……………………………………………209
　　白云峰…………………………………………………210
　　地热间歇喷泉…………………………………………210
汶川地震………………………………………………………210
　　金缕曲·汶川地震……………………………………210
　　海陆空军赶赴汶川……………………………………211
　　直升机…………………………………………………211
　　开山辟路………………………………………………211
　　女警壮歌………………………………………………211
　　甘棠爱重………………………………………………212
　　亲民总理………………………………………………212
北京奥运………………………………………………………213
　　开幕式中华文化展示…………………………………213
　　鸟　巢…………………………………………………213
　　望海潮·水立方………………………………………213
　　南乡子·圣火上珠峰…………………………………214

奥运会获51块金牌高居榜首 …………………… 214
第二届华夏诗词奖感赋 ……………………………… 214
题黄安诗集《咏光二集》 …………………………… 215
和刘刍《示儿诗》 …………………………………… 215
高阳台·清华班友聚会 ……………………………… 215
四赴云南 ……………………………………………… 216
  玉溪笔会吟 ……………………………………… 216
  望海潮·秀山吟 ………………………………… 216
  抚仙湖 …………………………………………… 216
  满庭芳·丽江 …………………………………… 217
  木　府 …………………………………………… 217
  玉龙雪山 ………………………………………… 217
  长江第一弯 ……………………………………… 218
  观虎跳峡悟写绝句之道 ………………………… 218
龙游诗作 ……………………………………………… 218
  龙游石窟 ………………………………………… 218
  浣溪沙·龙游民居苑 …………………………… 219
  浣溪沙·浙江大竹海 …………………………… 219
黄埔军校 ……………………………………………… 219
偕妻二度广西行 ……………………………………… 220
  赴藤县参加两广诗会 …………………………… 220
  踏莎行·诗会开幕式 …………………………… 220
  浣溪沙·东方狮王表演 ………………………… 220
  苍梧县石桥镇 …………………………………… 221
  清风诗社 ………………………………………… 221
  东安诗社 ………………………………………… 221
  梧州六堡茶 ……………………………………… 221
  采桑子·贺州姑婆山 …………………………… 222
  四树同根 ………………………………………… 222

临江仙·贺州玉石林……………………………………222
　　　昭平县黄姚古镇…………………………………………223
　　　独秀峰摩岩石刻有"桂林山水甲天下"句…………223
　　　靖江王府……………………………………………………223
　　　水调歌头·两江四湖……………………………………224
　　　鹧鸪天·新安县灵渠……………………………………224
荆　州　行…………………………………………………………225
　　　满庭芳·荆州……………………………………………225
　　　荆州博物馆瞻西汉古尸…………………………………225
三鹿奶粉……………………………………………………………226
己丑年迎春感赋……………………………………………………226
　　　（一）………………………………………………………226
　　　（二）………………………………………………………226
耄年偶感……………………………………………………………227
《秦风》创刊二十周年纪念………………………………………227
赠贺州诗词联学会《忘年诗草》…………………………………227
赠云南镇雄鸡鸣诗苑联……………………………………………228
赠程良骏老先生……………………………………………………228
赠东坡赤壁诗社……………………………………………………228
题联赠安仁袁绍芳先生……………………………………………229
赠溶年兄……………………………………………………………229
贺周克玉将军八旬寿诞……………………………………………229
贺野草诗社成立三十周年…………………………………………230
读《天山明月歌》感赋赠凌朝祥先生……………………………230
步韵和刘育新先生《中国书店签名售书
　　〈古街〉有感》…………………………………………230
贺陈荣权七旬寿诞联………………………………………………231
全国电力诗词大赛题联……………………………………………231
宣武区第二届法源寺丁香诗会对联………………………………232

（一）……………………………………………………… 232
　　（二）……………………………………………………… 232
挽马萧萧联……………………………………………………… 232
　　（一）……………………………………………………… 232
　　（二）……………………………………………………… 232
沧州纪晓岚纪念馆落成典礼联………………………………… 233
　　（一）……………………………………………………… 233
　　（二）……………………………………………………… 233
老马吟…………………………………………………………… 233
沉痛悼念孙轶青会长…………………………………………… 234
　　（一）……………………………………………………… 234
　　（二）采桑子·忆孙老亲临寒舍………………………… 234
中州揽胜………………………………………………………… 234
　　洛阳牡丹花会…………………………………………… 234
　　　（一）…………………………………………………… 234
　　　（二）临江仙…………………………………………… 235
　　西江月·世界邮票展……………………………………… 235
　　白马寺……………………………………………………… 235
　　关　林……………………………………………………… 235
　　龙门石窟…………………………………………………… 236
　　八声甘州·黄河游览区…………………………………… 236
　　鹧鸪天·清明上河园……………………………………… 236
　　开封府衙…………………………………………………… 237
　　　（一）…………………………………………………… 237
　　　（二）…………………………………………………… 237
　　南乡子·回京车过卢沟桥………………………………… 237
鹧鸪天·白家大院……………………………………………… 238
纪念刘公武先生106周年冥诞………………………………… 238
"屈原杯"全国诗词大赛……………………………………… 239

屈原颂···239
　　　贺大赛成功举办·····································239
吴逸志将军赞···239
晋　北　行··240
　　　悬空寺···240
　　　鹧鸪天·云冈石窟·································240
　　　鹧鸪天·昙曜五窟·································240
　　　应县木塔···241
　　　沁园春·恒山··241
　　　望海潮·五台山·····································242
龙　泉　寺··242
　　　一　天下第一雕····································242
　　　二　龙泉··242
　　　普法寺法会··243
　　　临江仙·菩萨顶·····································243
建国六十周年全国电力诗词曲大赛成功举办致贺······243
步韵和家佐兄《八十初度》····························244
庆祝中华人民共和国建国六十周年····················244
　　　腾龙颂···244
　　　东方狮舞···245
　　　楹联···245
楹联·国庆六十周年阅兵观感··························245
为《石韵飘香》题诗·····································246
　　　观赏寿山石雕《荷塘清趣》····················246
　　　临江仙·螭虎串线章·······························246

论　文

振兴中华诗词的希望在青年······························249
　　　——全国第十二届中华诗词研讨会论文············249

正确认识中华诗词 …………………………… 249
　　诗词自身的改革 ……………………………… 252
　　改善青年人学习和创作诗词的外部环境 …… 255
柳永词的特点及对我们的启示 ………………… 257
　　——柳永研讨会论文 ………………………… 257
试论诗词格律 …………………………………… 264
旧诗体反映现实的一个范本 …………………… 271
　　——评《新田园诗词三百首》 ……………… 271
创作《镕基赞》一诗的体会 …………………… 276
清风扑面 ………………………………………… 285
　　——也评蔡词 ………………………………… 285
如何看待诗词创作中的几个关系 ……………… 288
关于诗词作品的概念化问题 …………………… 296

作　序

喜读王向东的《雨花词》 ……………………… 307
志趣存高雅　诗词见率真 ……………………… 311
　　——序杨再文同志的《野花集》 …………… 311
心花抒胜概　韵雨发豪吟 ……………………… 316
　　——序乐本金先生诗词集《心花韵雨》 …… 316
《华夏情》序 …………………………………… 320
壮志豪情腾昊宇　金声玉振发高吟 …………… 323
　　——序刘益琥先生诗词集《渔舟唱晚》 …… 323
《戴云蒸诗集》序 ……………………………… 329
《清宵吟》序 …………………………………… 334
唐风传雅韵　时代发强音 ……………………… 343
　　——《当代唐风三百首》序 ………………… 343
古邑腾金凤　名城播玉音 ……………………… 348
　　——《当代诗人咏荆州》序 ………………… 348

《慕陶斋诗文集》序 ……………………………………… 351

《中华诗词》卷首语

红杏枝头春意闹 ……………………………………… 361
战胜非典　重涌诗潮 ………………………………… 363
神州一箭人腾宇　黄胄千秋梦变真 ………………… 366
骚坛代有新人出　越宋超唐信可期 ………………… 369
拼将风雨十年路　换得诗词九域春 ………………… 371
诗自真情出　吟随壮景新 …………………………… 374
让曲与诗词并茂 ……………………………………… 377
创作求精品　歌吟盼好诗 …………………………… 380
诗坛多盛事　华夏竞新声 …………………………… 383
春风裁二月　柳叶发千枝 …………………………… 385
以社会主义荣辱观作为诗词创作和诗词
　　评论的重要指导思想 …………………………… 387
卷首语 ………………………………………………… 389
扬新声　出精品 ……………………………………… 392
宏论开诗词新纪　佳篇发巾帼谐音 ………………… 394
禹甸新声涌　环球汉韵传 …………………………… 396
悲壮凝诗史　嘤鸣寄友声 …………………………… 399
弦歌来异域　诗事汇金秋 …………………………… 402
诗坛大兴旺　各体共骈田 …………………………… 404
抗震救灾　众志成城 ………………………………… 407
奥运腾飞日　中华崛起时 …………………………… 410
佳作添清趣　宏文启睿思 …………………………… 412

《中华诗词》佳作点评

本期佳作奖点评 ……………………………………… 417
爱国情深　英雄气重 ………………………………… 418

谋篇精当　别开新意 ································ 419
重阳望秋月　两岸系亲情 ···························· 420
羌笛无须怨杨柳　边疆处处是江南 ···················· 421
箱箱关命　册册牵心 ································ 423
大爱惊天地　亲情感肺腑 ···························· 425
严法能惩腐，清词可立廉 ···························· 427

中华诗词学会函授学员作品点评

学员写作答疑 ·· 431
林金池 ·· 434
　　郊　兰 ·· 434
　　白头吟 ·· 434

文卓兴 ·· 435
　　谒先祖宋瑞公（文天祥）墓 ···················· 435

陈恩典 ·· 436
　　赞体制改革 ···································· 436

李祥富 ·· 438
　　排　律 ·· 438

李雪珍 ·· 439
　　盟　鸥 ·· 439

陈恩典 ·· 440
　　马嵬坡 ·· 440

林金池 ·· 441
　　夕照思 ·· 441
　　忆江南·纪念周总理逝世 25 周年 ·············· 441

魏玉堂 ··· 443
　　建党八十周年感赋 ··· 443
　　鹊桥仙·寄人 ··· 443

庄振明 ··· 445
　　难忘抒怀湄江滨 ·· 445
　　我国"入世"在握感赋 ·· 445

文卓兴 ··· 447
　　红棉颂 ·· 447
　　一剪梅·观海台看赶海 ······································· 447
　　红棉颂 ·· 448
　　一剪梅·观海台看赶海 ······································· 448

陈树文 ··· 449
　　寄　师 ·· 449
　　睹9·11空袭有感（新声韵） ································ 449

李雪珍 ··· 451
　　组　诗 ·· 451

徐培学 ··· 453
　　红豆集团（新声韵） ·· 453
　　海外游子（新声韵） ·· 454

陈树文 ··· 455
　　亚洲论坛周年咏记（新声韵） ······························ 455
　　给×××学员的一封信（摘要） ··························· 456

李雪珍 ··· 459
　　感谢导师 ··· 459

乐本金……………………………………………460
　浪淘沙·荆州长江大桥……………………460
　答学员问……………………………………461

娄和颖……………………………………………462
　返聘述怀（新声韵）………………………462

张世义……………………………………………463
　忆秦娥·援越抗美…………………………463

徐培学……………………………………………465
　新陋室赋（五首之五）……………………465

杨凌波……………………………………………466
　祭英魂………………………………………466
　寒　梅………………………………………467

乐本金……………………………………………469
　临江仙·深圳吟……………………………469

杨再文……………………………………………471
　贺滨洲公、铁两用黄河大桥通车…………471

胡德堪……………………………………………473
　暮年感怀……………………………………473

叶植盛……………………………………………474
　早　春………………………………………474

乐本金……………………………………………475
　登黄鹤楼……………………………………475

蔡世英……………………………………………477

扬波雪愤·· 477

赵逸明·· 478
　　读徐植农老师《吴齐子集》································ 478

刘徐圣·· 480
　　贺友人古稀寿辰·· 480

张云飞·· 482
　　回乡偶成·· 482

舒振寿·· 484
　　啄木鸟·· 484

刘魁山·· 486
　　市办公中心掠影·· 486

刘徐圣·· 489
　　渔家傲·· 488

舒振寿·· 490
　　漫步上海南京路·· 490
　　小瞰苏州城·· 490

人生磨砺

（解放前——『文革』结束）

抗战流亡

倭寇侵华罪恶渊,他乡流落最堪怜。
家亡国破书何读?苦难童年汗洒田。

(一九三九年)

考入清华大学兴赋

捷报新传喜泪流,跻身名校起从头。
六年失学心何苦①,三榜齐登愿已酬②。
落泊鲰生终有幸,螳蟷国事尚堪愁。
惟祈天降斯民福,春满神州一梦求。

(一九四七年)

【注】
① 我在抗战期间失学六年,全靠自学跳级才能跟上学业。
② 我依次报考了湖南大学、中央大学和清华大学,均被录取,并以武汉考区奖学金生第一名考入清华。

临江仙·神州春晓

学生运动

板荡神州雷电激，长驹万里嘶风。中原逐鹿竞雌雄。人民争作主，云水促腾龙。　烽火沙场传捷报，群生欲破牢笼。鸡鸣风雨闹黉宫。兴衰萦国运，生死对苍穹。

参加北京解放入城式

空巷倾城迎解放，长街百里游龙。欢呼雀跃接英雄。军民情共热，歌舞势凌空。　东亚病夫今站起，神州浩荡春风。红旗高矗耀长空。河山除旧色，人物换新容。

地下组织公开会

荟萃满堂皆战友，难忘血雨腥风。中流击楫喜舟同。雄心堪揽月，浩气欲屠龙。　乍听一声同志好，春雷震彻长空。已曾相识又初逢。频年多少事，都在不言中。

参加开国大典兴赋

一声"站起"撼穹空，万里神州耀彩虹。
国弱曾蒙华夏耻，瓜分每见虎狼凶。
八年喋血驱强虏，三载摧山换旧容。
昔日睡狮今奋起，披荆斩棘路朝东。

（一九四七年至一九四九年）

毕业分配

浪舞欢歌趁好风，扬帆直向大江东。
人间疾苦肝肠热，天下兴亡慷慨同。
哗众我无三寸舌，屠龙心有万夫雄。
何须折柳叮珍重，展望前程火样红。

（一九五一年八月）

鹧鸪天·"反右倾"

反左昙花乍放英,忽闻反右又声声。频年沥胆称先进,一夕批风变右倾。　帮教会,几回评。百思难解错何名。今逢改正疑云释,雾散云开玉宇清。

【注】

一九五九年"反右倾"时,我被定为支部帮教对象,后经改正。

（一九五九年）

菩萨蛮·婚庆赠妻

两心相印身相许,鹊桥接引人生路。玉璧种蓝田,姻缘红豆连。　绸缪朝与夕,鱼水情何密。风雨燕双飞,披襟登翠微。

（一九六五年四月）

西江月·偕故友同游香山、碧云寺

雅寺青松劲挺，香山红叶轻铺。论诗品茗畅情舒，此乐平生几许？　　宝塔犹埋衣冢，禅堂尚有遗书①。天翻地覆世间殊，齐为忠魂起舞。

【注】
① 碧云寺内有孙中山先生的衣冠冢及遗书。

（一九六五年四月）

"文革"夺权历险记

"文革"狂澜到眼前，高扬造反竞嚣喧。
两军壁垒拟开战，一派猖狂欲夺权。
铁棒烧红施恐吓，天平持正靠贞坚。
拚将生死抛云外，换得安宁厂命延。

【注】
当时我任河北马头电厂总工程师，厂长被"打倒"后，由我代理厂长职务。厂内分成两派，一派烧红铁棒强迫我交权，另一派则伺机欲动。我深知向一派交权，必然会引起双方武斗，拒不交权，避免了一场大祸。

（一九六七年二月）

鸡鸣山

赴下花园电厂，攀登鸡鸣山。

塞北平沙起异峰，千寻峭壁见青松。
危桥飞架双巅接，曲水环流一脉通。
云雾袭人天地近，山河入目古今同。
攀登引我诗心发，绝顶高歌四望空。

（一九六七年六月）

悼故人

一九六九年孟秋，闻毓馨噩耗，始信方疑，又逢西安来人，再度证实。感昔日之友情，遂成一律。

雨骤风狂惊噩耗，星移物换念深情。
太湖春水同游渚，三晋名园共撷英。
事业未成人已逝，音容难再梦常萦。
长安西望无穷憾，且寄丹心慰远灵。

浪淘沙·紫金滩畔听涛声

富春江畔的紫金滩在新安江水电站下游,建德县城即建于此。余宿建德,夜阑人静,听涛于紫金滩畔,有感于中,遂成此阕。

月色照朦胧,隐约山峰,紫金滩畔露华浓。鱼跃清流枫影动,疑是仙宫。 高坝入云中,斩断长龙,平湖无际碧连空。灯火万家凭一水,千载丰功。

(一九七一年九月)

大地春回

（一九七六年——一九九五年）

南乡子·粉碎"四人帮"

喜讯遍城乡，万里神州灿艳阳。国运春回民运转，腾骧！浴火重生鸁凤凰。　　众怒斥豺狼，八亿炎黄恨满腔。祸国殃民千古罪，猖狂！且看今朝好下场。

（一九七六年十月）

上海至成都机次

日影西移离上海，华灯初上过渝州。
千山万水从容渡，密雾浓云浪漫流。
浩荡长空穷变幻，苍茫大地起沉浮。
高天极目无垠阔，博击风雷任自由。

（一九七七年十一月）

邯郸秋月

一九七九年中秋节,与长女琪聚首邯郸,夜转赴马头,候车于邯郸站。时万里晴空,月华如水,念及慈母居蓉,兄妹散居各地,有感于中,遂成一绝。

蜀岭湘江路几重,天宫如水夜华浓。
多情总是中秋月,照得相思处处同。

浪淘沙·游南京燕子矶

何处望神州?燕子矶头!江山如画水东流。多少英雄凭眺处,浩气长留。　　十载乱方休,风雨归舟,沧桑历尽上高楼。海阔天空凭鸟跃,再展宏猷。

(一九七九年十一月)

水调歌头·登华山

一九八〇年五月，余与郑泉流、李家身差旅川陕，登华山。

　　山水平生志，豪气尚依然。驰名胜迹华岳，今日幸登攀。两岸青峰翠岭，中有清溪幽壑，云雾绕冈峦。天地钟灵秀，美景不胜看。　攀悬崖，登绝顶，望江山。神州万里春色，四化起狂澜。喜看前程似锦，更得知音如许，谈笑入云端。愿与长相励，壮业共风帆。

和母诗

一九八四年六月过成都谒母。母赠照片及诗一首，因和之。

　　暮晴添影媚，鹤发衬霞红。
　　莫道桑榆晚，花香正好风。

附母原诗：柳弱丝垂绿，花娇色绽红。名园留瘦影，鹤发醉春风。

【注】
吾母陈颖，自幼聪慧好学，工诗文。

嵩阳书院古柏

嵩阳有古柏，汉赐两将军。
寿越三千载，身高数十寻。
傲霜枝浸绿，蔽暑叶成阴。
阅尽沧桑事，巍然我独存。

（一九八五年二月）

绍兴秋瑾故居

勒马横刀诚女杰，吁金吐玉是诗雄。
匡危济世涂肝胆，纵古横今发聩聋。
家国存亡心永系，生民祸福息相通。
楼台依旧君何在？血艳神州化彩虹。

（一九八五年九月）

绍兴访沈园

一曲《钗头凤》，寻踪到沈园。
伤心桥下绿，顾影水中颜。
柳老绵吹少，香销泪洒千。
有情难眷属，遗恨至今传。

（一九八五年九月）

夏威夷感兴

半怀喜悦半沉吟,花甲将临异域巡。
岂是无才登大雅,皆因锁国困斯民。
风云变幻坚冰破,内外交流眼界新。
夏岛初逢萌百感,中山创业此间闻①。

【注】
① 在夏威夷首府檀香山,有孙中山先生故居和铜像。

(一九八七年一月)

悼 母

慈闱痛失忆当年,画荻和丸似眼前。
家计艰难筹策尽,世途污浊出泥鲜。
才思俊逸诗中杰,仪品端庄岭上兰。
寸草春晖图报日,音容溘逝泪双涟。

(一九八九年二月)

大连黑石礁观海

水即是天天即水,空疑为海海疑空。
云浮浪涌呈仙境,仿佛今身入九重。

(一九八九年七月)

沁园春·悼鹬妹兼和世蘅兄

吾妹欧阳鹬于一九八八年十月病逝,表兄葛世蘅曾作《沁园春》一阕悼念。

旧梦依稀,回雁峰前,橘子洲头。忆家危国破,连天烽火;山穷水尽,几度春秋。锐气方萌,壮心不已,誓欲英雄出女流。长翘首,望功成名就,笑慰同俦。　　蓉城卅载淹留。讵料被癌魔逼命休。憾儿羁异国,成龙难见。家多变故,侣凤何求。李广难封,冯唐易老,《折柳》常怀故土愁。今去矣,剩凄风苦雨,泪洒神州。

(一九八九年十一月)

贺鸰妹六十寿辰

六十休言老，馀年足可谋。
昔交华盖运，今泛五湖舟。
山水涵天性，诗歌助漫游。
晚情无限好，名利复何求。

（一九九〇年二月）

游千岛湖（新安江水库）

画里行舟主客同，蓬莱仙境此间逢。
波翻碧海浮千岛，浪拥红霞入九重。
满耳松涛消暑气，一腔心绪付长空。
新安江坝功垂世，电送光明水换容。

（一九九一年七月）

访诸暨西施故里

东越浣纱女，吴宫曳锦人。
溪清曾影笑，貌绝竟鱼沉。
忍痛离桑梓，乔颜悦暴君。
十年终雪耻，报国见忠心。

（一九九一年七月）

再登黄鹤楼

长江万古总东流，占尽风光是此楼。
云水苍茫吴地接，烟波浩渺楚天浮。
梅花无语香千里，玉笛飞声散九州。
我欲仙游骑鹤去，他乡又恐故园愁。

（一九九一年十一月）

参观炎黄艺术馆

中华肇始溯炎黄，古国文明四海扬。
艺苑奇葩堪独步，琼林瑰宝自无双。
千秋人物留清影，万里江山入画廊。
今日蛰龙重奋起，五洲拭目看朝阳。

（一九九二年三月）

闻人大通过三峡工程决议感赋

望断长江四十秋，飞波送白少年头。
巫山云雨仍春梦，三峡工程尚蜃楼。
论证文书高十丈，查巡人物拥千舟。
今闻开发成新策，喜见黄金不妄流。

（一九九二年四月）

陶然春晓

春到陶然万象妍,平湖日暖水生烟。
桃红李白花初媚,柳绿枫青树始嫣。
枝上画眉啼婉转,林间拳客舞翩跹。
清风拂面浮思净,一点灵犀欲问天。

(一九九二年四月)

岳麓山

故里名山路几重,雪泥鸿爪记前踪。
湘江水涌洲头浪,云麓声传古寺钟。
忠烈巍存黄蔡墓[①],风雷傲立六朝松[②]。
身游旧地心潮起,无限诗情入晚红。

(一九九二年六月)

【注】
① 黄蔡墓:指黄兴墓和蔡锷墓;
② 六朝松:麓山寺内观音阁前的古松。麓山寺始建于晋代,迄今已一千七百余年。

临江仙·返曲兰

在抗日战争时期余曾避难于湖南省衡阳县曲兰乡下，一九九二年初夏旧地重游，不胜感概。

五十年前逃难处，今朝故地重临。乡音早改鬓初银。逢村倾老少，笑问客何人？　尘世沉浮谁可主？何妨雨雪晴阴。无穷往事寄流云。山河依旧在，风物已全新。

（一九九二年六月）

盼海峡两岸早日统一

骨肉天涯四十年，云空望断泪潸然。
登楼怕对千秋月，渡海难寻万里船。
何日神州瓯复整，几时黄胄镜重圆。
一邦两制纡筹策，再统中华共着鞭。

（一九九二年六月）

张家界即景

烟壑云峰间有无，杉林幽境晓晴舒。
千寻峭壁群松挂，万里南天一柱扶。
孰造神针能定海，谁开宝匣竟偷书。
风光直上黄狮寨，老步亲登信不虚。

【注】

杉林幽境、青松挂壁、南天一柱、定海神针、天书宝匣、黄狮寨均为张家界景点。

（一九九二年九月）

蝶恋花·观看重庆市歌舞团演出货郎与小姐

水漾清波云出岫，漫舞轻歌，朵朵芙蓉秀。月里嫦娥舒锦袖，春风吹起垂丝柳。　　小姐倾心初见后，千种相思，惹得人空瘦。更有货郎情意厚，双飞比翼成佳偶。

（一九九二年十一月）

三峡风光唱

一 石宝寨

谁把奇峰此处栽？凌霄直上小蓬莱。
琼楼削壁成双抱，碧落黄泉见两开。
塞顶风光千里望，江村渔火几行排。
丹青尚画秦良玉，巾帼英雄侠气来。

二 小三峡

黛岭清溪曲几重，幽深小峡见天工。
鹊桥高架连双峪，漪浪中流荡一篷。
孰葬悬棺人径绝？谁修栈道鸟途通？
猿啼两岸轻舟过，李白诗情此处浓。

满江红·考察三峡感赋

万里长江，从古是，奔流不息。过三峡，夔门雄锁，瞿塘壁立。千载巫山云雨幻，一江春水波涛急。驾舟行，到此最心惊，倾全力。　　多少事，英雄迹。无限意，诗人笔。忆少陵秋兴，孙刘战弈。古道漫游情似海，神州巨变今非昔。看明朝，三峡出平湖，谁堪匹。

（一九九二年十一月）

诗 梦

（一）

觅句寻章正此时，清宵梦醒尽浮思。
风华岁月千潮涌，锦绣河山万里驰。
枕上吟哦难入寐，被中反侧竟成诗。
窗前忽见东方白，欲作新眠日已迟。

（二）

未必春花着意栽，藻思亦足费疑猜。
梦中佳境朦胧现，醒后华章次第排。
有意求诗诗不得，无心觅韵韵偏来。
须知万事非人强，水到渠成路自开。

（一九九三年四月）

杨 花

乱眼杨花飞满堤，随风飘泊任东西。
形如瑞雪难滋土，身似新棉不絮衣。
本是生前无硬骨，何妨死后委污泥。
问伊那得沦如许，秉性轻浮未足奇。

（一九九三年四月）

政策论文获能源部二等奖及《中国电业》杂志一等奖有感

偶获殊荣感慨生，病身尚许发金鸣。
浮词未必如珠玉，刍议何妨论废兴。
下海凭人腰万贯，安贫乐我俸三升。
桑榆喜有为霞日，老骥犹怀捧日诚。

（一九九三年四月）

平湖春雨联想

繁星万点落澄湖，泽国云天转瞬无。
水下楼台原是幻，镜中花月本为虚。
人生百载终须死，树长千年亦有枯。
堪慰此身惟气正，涓流入海觉心舒。

（一九九三年四月）

步韵和鹍兄《北戴河归来赠鹤弟》诗

霞满桑榆岂自哀，壮怀尚欲赴轮台。
苍黄往事如烟散，烂漫秋光似镜开。
缓笔长吟能益寿，清心寡欲可消灾。
相期重聚登高日，共插茱萸载兴回。

附鹣兄原诗：闲坐思君敢自哀，得君教益在楼台。有情华发风霜染，无欲襟怀浩荡开。意守丹田弘正气，披身伏虎斥邪灾。从今不作龙钟客，也起鸡鸣舞一回。

【注】

家兄欧阳鹣系国防科技大学教授，能诗词。

（一九九三年四月）

密云绿化基地

闹市嚣声远，平湖水泽深。
潮轻鱼影动，天净月华侵。
翠岭千枝茂，**繁花四野芬**。
修身何处好？此地可超尘。

（一九九三年八月）

临江仙·肾癌术后三周年

犹忆怒涛生静海，无情浪打孤舟。飘蓬何处信天游。几时登彼岸，万里一危鸥。　　雨过云开红日出，航标又显前头。三年奋楫克狂流。风帆依旧在，满挂赴瀛洲。

（一九九三年八月）

赴舟山参加华东六省一市电机学会联席会

西湖秋晚

潋滟西湖水，苍茫暮色中。
繁星添夜景，清气满穹空。
秋月仍如旧，游人迥不同。
彷徨何所寄，落拓一诗翁。

浪淘沙·定海至上海舟次

大海一浮槎，四望无涯，长空落日映馀霞。阵阵轻风吹水皱，碎浪如花。　　秋月夜流华，斗柄横斜，凭栏独自品新茶。飘泊人生从古是，此即为家。

（一九九三年九月）

偶 兴

斑鬓皆称老，吾心独未然。
寒山峭古柏，落日丽霞天。
秋菊争篱艳，冬梅斗雪妍。
诗情如水涨，豪气胜当年。

（一九九三年十月）

踏莎行·北海公园

绿满荷塘，香飘杂树，烟笼寒水轻如絮。九龙昂首欲高飞，晶莹白塔擎天柱。　　琼岛春阴[①]，平湖秋雨，韶华易逝难留住。扁舟载酒泛中流，满腔心绪随波去。

【注】
① "琼岛春阴"为乾隆题笔。

（一九九三年年十月）

中　秋

万里天如水，晴空一览收。
九州同赏月，千古共悲秋。
富户耽豪饮，寒门起宿愁。
骚人逢此夜，诗兴似江流。

（一九九三年十月）

亚运村康乐宫

音乐喷泉

一曲云门几柱泉,泉随曲舞自翩跹。
琴弦急拨风摧浪,箫管轻吹水变棉。
大漠金鸣飞战马,小园声静睡芙莲。
回看满座人皆醉,心旷神怡不问天。

水调歌头·戏水乐园

戏水自康乐,佳境此间逢。碧泓乍见如镜,瞬息浪千重。几处楼台高耸,任我穿流直下,海底探龙宫。更有温池水,摩按乐无穷。　洗污垢,清情欲,净心胸。暂离纷扰尘世,此处觅轻松。得失抛诸脑后,功过由人评我,万事且宽容。冷眼看流水,翘首望穹空。

(一九九三年十一月)

秭归访屈原墓

行吟泽畔欲何之，细雨寒江夜半时。
树蕙安期萧艾长，坚忠反被佞奸疵。
招魂空有灵均泪，天问唯馀屈子祠。
汨水怀沙千古恨，离骚悲怨倩谁知？

（一九九三年十一月）

书 愤

报载某几位歌星赴菏泽演出，适逢该地大水成灾，歌星们数十万元出场费照收不误。有些人面对赈灾未肯捐助分文。

花花世界出奇闻，一曲轻歌十万银。
时调逢场皆满座，正声无处觅知音。
赈灾未肯捐毫发，"走穴"何妨索斗金。
腐气颓风期有尽，艺坛德艺盼双新。

（一九九三年十二月）

参加中华诗词学会研讨创作班感兴次韵周笃文先生《论诗一首赠诗词班诸君子》

细琢精雕总未工,几曾慧眼识鸿蒙。
书须多读神方会,诗要常吟气始通。
妙句每来如趁水,奇情偶发似乘龙。
名篇杰作非生造,笔落天成是大雄。

附周笃文先生原诗:镂月雕花未必工,难凭蠡管测鸿蒙。天机衮衮原无住,世路悠悠自可通。真识倘能参活法,死蛇犹可化生龙。高情远韵新奇意,象外搜来是大雄。

何满子·聆戴学忱女士吟诵诗词

雏燕樱唇细唱,黄鹂巧舌轻弹。玉落金盘泉出谷,秋原万马鸣銮。幽怨低回流水,豪情直薄长天。　　吟诵长违诗苑,歌声久别骚坛。今日逢君聆古调,春风满座皆欢。似饮琼浆玉露,胜听急管繁弦。

太庙古松

太庙香消剩古松，兴亡阅尽自从容。
千秋雨雪埋根实，瞬息阴晴过叶空。
似老霜皮铭坎坷，如云华盖尚葱茏。
神州喜报春潮起，满树新芽欲返童。

（一九九四年四月）

卜算子·观放风筝联想诗词创作

燕子漫天飞，蝴蝶随风舞。万紫千红竞献妍，乱眼花如雨。　　玉宇任翱翔，云气凭吞吐，收放皆由一线牵。岂是无规矩。

（一九九四年六月）

贺《中华诗词》创刊

莫道东风到已迟，西窗春暖正逢时。
冻雷惊蛰思乘雾。好雨催花欲上枝。
百鸟争鸣弘古调，九州同赋竞新词。
诗刊一石波千里，四海腾欢酒满卮。

（一九九四年六月）

临江仙·赠李秀莲

回首相知春正好，河山满目风光。长江万里启新航。狂澜全不顾，奋楫向东方。　　逝水年华成一梦，浮生几度沧桑。重逢犹忆旧时妆。初心馀笑靥，人面已花黄。

（一九九四年六月）

凤凰台上忆吹箫·蝉鸣

戴月披星，餐风饮露，孤高独挂危枝。任雨狂风骤，兀自矜持。夜半沉音乍起，千里外，清韵长回。抒高洁，羞同鹊噪，不效莺啼。　　依稀，雪泥鸿爪，人世若烟云，既往难追。纵一生风雨，孰论功非？幸有高风雅气，痴情处，诗海长迷。蝉声唱，心潮又兴，几许涟漪。

（一九九四年七月）

水调歌头·与华亭、小瑶夫妇携外孙宁宁同游八达岭长城

万里长城壮,千载北陲封。四通八达高岭,虎踞一关雄。谁敢兴兵犯境,我自同仇敌忾,烽火照天红。华夏金汤固,虏寇霸图空。　　攀危堞,登古堡,望苍穹。重来所为何事?伟迹诲孙童。身赴英伦异域,根系中华热土,故国记心中。莫忘炎黄种,他日再归宗。

(一九九四年七月)

中秋节怀远在英伦的琪儿一家

秋月凉如水,晴空万里银。
情生初静夜,心系未归人。
离合原无定,悲欢已不禁。
相期终有日,重聚叙天伦。

(一九九四年九月)

沁园春·海南随感

应海南省省长阮崇武邀请参加电力专家组赴海南。

琼岛风光,无限娇姿,无尽聚藏。有天涯海角,椰林百里,清山秀水,胶树千行。海蕴原油,地埋铁矿,丰富资源誉四方。嗟畴昔,徒闭关锁国,地老天荒。　　东方升起朝阳。喜开发迎来万事昌。看高楼鹊起,五洲来客,市场蜂涌,万国通商。人杰地灵,民丰物阜,绿女红男竞艳妆。期明日,更辉煌美景,巨变沧桑。

（一九九四年九月）

减字木兰花·鸿妹伉俪来京书此以赠

情连湘水,多少欢娱多少泪。梦断长沙,几度沧桑几度家。　　京华久住,两鬓霜斑诗墨侣。兄妹重逢,一夕长谈慷慨同。

（一九九四年十月）

鹧鸪天·读一九九四年第二期《中华诗词》张中行文，戏为此作

寂寞门庭小院中，清风明月画堂东。群芳开后春光老。百草黄时野径空。　　人已去，路难通。巫山幽梦几回重。从今不读高唐赋，免得相思两处同。

赠刘黎光吟长

史苑春秋已十年，春蚕作茧此身捐。
书搜万卷唯求实，笔重千钧岂苟言。
甘献馀生修电志，不教残岁付流烟。
文心未了诗心发，满目桑榆夕照妍。

（一九九五年二月）

危房改造

欣闻市府察民情，改造危房济众生。
淫雨连绵愁屋漏，狂风奔舞畏墙倾。
名为四合中无院，形似围城内有营。
愿早迁居偿夙愿，高楼豪饮到天明。

（一九九五年三月）

虞美人·爱妻为我织毛衣感赋

晶莹玉臂纤纤指，绒线穿无止。挑花编色细凝瞳，欲寄深情无限入衣中。　　操劳每到深更晚，总觉光阴短。衣成细语嘱夫君，试镜着装知否入时新。

（一九九五年三月）

故乡行

鹧鸪天·春满湘江

春满湘江绿满园，桃花开艳菜花鲜，沿堤芳草轻铺褥，绕户垂杨细吐棉。　　山拥翠，水笼烟。风和日丽艳阳天。衡阳归雁人何在，留得乡思独怆然。

水调歌头·访衡阳洪罗庙故居及外祖母墓

访旧三千里，寻根五十年。依稀田舍难辨，人物已非前。幸剩小桥流水，更得村夫指点，始认旧时颜。须鬓今斑白，当日正童年。　　访故居，寻祖墓，望云天。少时往事多少，思绪涌如泉。想我欧门子女，散处天南地北，能得几回圆。愿此清明日，千里共婵娟。

（一九九五年四月）

偕老伴游龙潭湖公园

微风吹淑气，日照暖融融。
杨柳沿堤绿，桃花隔岸红。
鸟闻人语散，鱼见客舟空。
何处春光好，龙潭三月中。

（一九九五年四月）

江城子·六一儿童节

　　神州大地喜惊雷，暖风吹，报春回。水漾平湖，堤上柳如眉。槛外山光青一色，天际望，彩云飞。　　满园苗圃细栽培。沐朝晖，更施肥。初绽嫩芽，百态竞芳菲。他日花开收硕果，抬望眼，尽崔巍。

（一九九五年五月）

电举吟旌

(一九九五年—一九九七年)

贺电力诗词学会成立

由我和刘黎光等同志发起,并得到张凤祥等多位领导同志的支持,中国电力诗词学会于一九九五年五月成立。

神州十亿欲腾龙,四化宏程火正红。
国运鸿开千载得,民心雀跃九州同。
诗扬传统歌盈海,电作先行足挟风。
吟友如云欣结社,铜琶铁板大江东。

抒 怀

独善心何远,随流我大难。
浮生常作嫁,世路几经关。
宏愿留高阁,丹心对晚天。
悠悠馀岁月,情趣寄诗坛。

(一九九五年六月)

临江仙·三峡畅想

李白诗篇千古唱,今看丽景尤殊。群山众壑岭云舒。西陵横巨霸,三峡出平湖。 美梦百年今始现,长江万里宏图。险礁急浪变通衢。电波传四海,华夏灿明珠。

(一九九五年六月)

青岛及胶东行吟

一九九五年六月偕华亭参加国家电网公司离休干部疗养团赴青岛电力疗养院疗养。

参观水族馆

百类千科水族殊，海疆万里最宜渔。
资源倘得深开发，十亿人民食有鱼。

有　感

独坐幽亭有所思，秋风明月夜凉时。
青骢倘许重归我，依旧疆场万里驰。

沁园春·刘公岛

宝岛风光，石秀山青，海阔岸宽。有汪洋万顷，波翻浪滚；港湾十里，虎踞龙蟠。南障威烟，北屏辽沈，黄海雄横一险关。千百载，是兵家要地，海上名山。　　清廷苟且偷安，更可恨、东瀛滋祸端。看排山倒海，强兵压境，赴汤蹈火，怒发冲冠。拼死求存，舍生取义，敌忾同仇神鬼寒。遗迹在，励炎黄儿女，奋勇登攀。

乳山案有感

乳山市长因贪污罪被判刑。竟流传市府大楼像一宝盖，楼前立一牛形雕塑，二者叠成"牢"字所致。

父母官成阶下囚，乳山一案启人忧。
可怜枉法谁评说，却道楼门压老牛。

西江月·陶然亭公园大修厕所，改为收费，其票价比门票还高

遍览公园两角，小登便所三毛。乌鸦价比凤凰高。荒谬真堪一笑。　　致富全凭心计，生财自有高招。为民服务九霄抛，入厕君先买票。

（一九九五年九月）

沁园春·张家港

改革春潮，物换星移，地覆天翻。看长江沙渚，新城崛起，姑苏故土，玉带绵延。人面如春，街容似锦，火树银花不夜天。朝阳出，有云蒸霞蔚，雀跃莺欢。　　从来创业维艰。欲前进、须经多少关。但宵衣旰食，心雄万里，披荆斩棘，力拔千山。奋发图强，精诚团结，顶点光辉只勇攀。欣今日，见山河巨变，换了人间。

（一九九五年九月）

望海潮·中华民族园

雾笼青嶂，烟生碧水，名园鸟语花香。情异景殊，风奇俗僻，中华民族之乡。大地竞梳妆。有藏原古寺，黎寨山庄。苗岭云天，侗家楼鼓，尽风光。　　尧疆巨变沧桑。看莺飞雀跃，凤舞龙翔。国遇升平，人逢盛世，神州万事隆昌。歌舞喜登场。愿三通早现，两岸同襄。百族骈阗欢庆，神采更飞扬。

（一九九五年十月）

逛赛特商城

宝气珠光任尔看,店堂春意正阑珊。
珍奇夺目人皆爱,价格漫天客自寒。
华饰本因新贵设,轻歌不为小民弹。
粗衣淡饭能知足,心到无求天地宽。

(一九九五年十月)

"名牌"有感

崇外思潮厄运来,中华传统失名牌。
闭关锁土诚为过,俯首由人亦可哀。
国货洋装应是耻,鹊巢鸠占必成灾。
繁荣经济须长策,民族工商唱主台。

(一九九五年十一月)

杜甫故居

诗圣家何在？南窑一窟中①。
墨含东泗水，笔架北邙峰。
语出惊天地，吟成舞凤龙。
悠悠千载隔，仰止古今同。

【注】
① 杜甫故居在今河南巩县城郊南窑村。

（一九九五年十一月）

过长沙

减字木兰花·橘子洲头

湘江北去，流水无情波不驻。橘子洲头，极目风烟笼晚秋。　　魂牵岳麓，岁月如梭惊梦促。霞蔚云蒸，搏击穹天盼后生。

访太傅里贾谊故宅

久仰前贤觅旧痕，长沙太傅一庐存。
街宽五尺难为路，日上三竿紧闭门。
道德文章名后世，残垣破壁问谁人？
才高北斗身遭贬，千古诗吟痛悼君。

（一九九五年十一月）

浣溪沙·东海海战演习

飞弹流光闪夜空，鱼雷舰艇走如龙。水兵个个赛英雄。　　华夏山河须一统，金瓯分裂岂能容，台澎金马射程中。

(一九九五年十二月)

亚星二号发射成功

又送新星入太空，中华火箭显神通。
炎黄喜得攀辉顶，世界惊看醒巨龙。
科技岂容欧美霸，文明应有亚非同。
长天万里微波漾，亿户荧屏彩映红。

(一九九五年十二月)

临江仙·一二·九运动六十周年

六十年前民族恨，神州风雨如磐。存亡家国万心弹，千钧垂一发，谁救我河山？　　抗日怒潮荼与火，诸生欲挽狂澜。从戎投笔赴边关，丹心抛碧血，马革裹尸还。

(一九九五年十二月)

扫黄打假有感

假货年年打，黄源岁岁查。
查黄黄不绝，打假假如麻。
打假须真打，查黄要狠查。
打查根务尽，慎莫现昙花。

（一九九五年十二月）

童年十忆 (选六)

拾 柴

林密山深独拾柴，少年气盛蔑狼豺。
枯枝败叶装筐满，换得炊香笑口开。

夜 读

落魄穷乡上学难，寒窗自习听更残。
灯花剪尽人难睡，犹自翻书月下看。

插 秧

潦倒穷愁一少年，面朝泥水背朝天。
蜗行龟步心何寄，唯盼新秧插满田。

少年豪气

少年豪气足风流，欲学英雄舞剑矛。
兄弟操戈争一胜，阋墙岂为有恩仇。

荆枝刺腹

日寇穷追跑后山，荆枝刺腹血流丹。
沧桑岁月流如水，依旧疤痕记旧年。

肩挑步担

父阻湘西似隔天①，家贫无计奉堂萱。
肩挑步担行千里，换得蝇头买米钱。

【注】
① 一九四四至一九四五年，衡阳沦为敌后。父亲在湘西公路局工作，失去联系。全家生活无着，靠我肩挑步担，维持生计。

（一九九五年十二月）

临江仙·住院偶感

住院本因治病，卧床反觉松心。休闲赢得好光阴。新书宜快读，斗室起高吟。　　不怕风吹雨打，何愁雪染霜侵。披荆斩棘到如今。馀生犹好梦，晚景似黄金。

（一九九六年四月）

恶人告状

四川夹江彩印厂印制假冒商标被技术监督局查封。该厂反以影响生产为名，状告技监局。此案拖延半载有馀，迟迟得不到处理。中央电视台曝光后，全国人民反映强烈，法院才判该厂败诉。

十亿神州斥有声，夹江奇案破天惊。
侵权竟可成原告，打假居然上法庭。
人鬼混淆千手指，是非颠倒万夫抨。
官司易了根难了，正本清源更一程。

（一九九六年四月）

临江仙·斥谬论

淄博市某县造纸厂污染严重，农田受损。该厂厂长却说："经济发展必有污染，有污染才能发展经济。"信口雌黄，令人气愤。

"经济繁荣靠污染"，谁人信口雌黄？漫天祸水肆猖狂，鱼虾皆毒死，禾稻尽枯光。　　发展尤须重环保，全球公论昭彰。中华四化应更张，工农齐跃进，生态并芬芳。

（一九九六年五月）

青岛于防空洞中查出"野孩子部落"有感

洞穴阴森群小藏，虫蛇为伍地为床。
父离母散身何寄，人弃时抛世已凉。
偷得衣裳难蔽体，嗟来饭食怎充肠。
唯期悲剧休重演，共护春花沐曙光。

（一九九六年五月）

感非洲

沃野葱林本富饶,缘何经济尚萧条。
灾荒不治群生苦,动乱难平百业凋。
唯见列强争夺果,从无富国愿扶苗。
中非友谊春常在,共建繁荣搭彩桥。

(一九九六年六月)

踏莎行·农机跨省收割小麦

地覆珠帘,麦翻金被,望中又是丰收岁。面朝黄土背朝天,半年辛苦今无悔。　　车队如龙,人流似水,抢收抢种风云会。农机十省跨区行,争分夺秒时为贵。

(一九九六年六月)

偕妻西欧行

踏莎行·伦敦中国城

异国唐城,伦敦华埠,流连疑是神州路。雕龙画凤饰高楼,港调川味飘香雾。　　万里逢迎,百年生聚,街区尽是炎黄住。笑谈犹吐故乡音,亲情化作相思雨。

巴黎圣母院

圣母居何处，千秋一院存。
疏窗花弄影①，高塔势凌云。
肃穆凝香客，虔诚托烛魂②。
世间烦恼事，到此付烟尘。

【注】
① 窗格呈玫瑰花形。
② 信徒均点燃一支小蜡烛，以示虔诚。

凡尔赛宫

胜地谁为绝，豪华一帝宫。
精雕羞鬼斧，巧塑夺天工。
彩壁人神跃，回廊锦绣通。
临窗无限景，烟雨接长空。

踏莎行·埃菲尔铁塔

高塔凌风，闲云出岫，游人蜂涌全天候。盘梯顶踵勇登攀，夜风吹得青衫透。　　万种豪华，一城锦锈，长街百里明如昼。澄江似练泛轻舟，灯红酒绿黄昏后。

虞美人 · 莱茵夕照

青山绿水知多少？独数莱茵好。澄江如练晚霞红，几处游船凫鸭钓鱼翁。　　红男绿女黄昏后，风细凉初透。沿堤情侣步轻盈，无数甜言蜜语耳边生。

竹

观阿姆斯特丹Rijksmuseum博物馆馆藏郑板桥名画四幅有感。

叶茂根深出九州，强夷豪夺异邦留。
为人作嫁心长戚，有国难投恨未休。
枝老已干斑竹泪，节昂犹剩故园愁。
尧疆吹遍春风日，遥祝新芽绿满陬。

采桑子 · 英吉利海峡轮渡

谁将欧陆三分切，一水中流，百舸争游，万里长天接浪浮。　　鸿泥雪爪今何在？英峡飞舟，皓日当头，搏击风雷任自由。

议会大厦钟塔（Big Ban）

杨柳春风绿上枝，巍峨高塔弄新姿。
兴亡千载知多少？唯有钟声似旧时。

（一九九六年六月至十月）

七十初度

（一）

日近黄昏更上楼，烟霞万顷望中收，
髫年湘澧沐春雨，壮岁幽燕竞上游。
家国兴亡常自责，人民苦乐总先忧。
古稀犹梦金瓯整，一统神州愿始酬。

（二）

世事难评是与非，浮生七十又何为？
文章憎命贫常守，岁月催人梦已违。
慷慨当年争国士，逍遥今日入诗帏。
沧桑正道君须记，自有长江后浪随。

（一九九七年一月）

临江仙·电力装机容量居世界第二有感

万里长空飞捷报,神州鼓噪金鸣。中华电力喜龙腾。环球登榜眼,建设胜东瀛。　　缺电阴霾长困扰,艰难四化宏程。今看雾散日初晴。民生欣改善,经济更繁荣。

（一九九七年一月）

减字木兰花·随感

韶华易逝,过眼云烟多少事。岁月如流,浪迹京华几度秋。　　初心未变,豪气犹馀三尺剑。壮志难泯,老骥仍怀万里心。

（一九九七年一月）

评市场经济

茫茫大海竞群鱼,各显神通百态殊。
水墨章鱼能护己,壳坚圆蚌可怀珠。
长鲸体硕潜深底,短蟹身轻入浅涂。
汰劣存优为正道,求生无术命呜呼。

（一九九七年三月）

国有企业

（一）

年年谈国企，岁岁报新愁。
体重身难转，疴沉病未瘳。
市场奔似马，机制笨如牛。
何日春风起，龙舟再上游。

（二）

曾铸青云史，犹怀赤胆忠。
只因时境改，便有病魔攻。
神药寻何处，良医在内功。
一朝重抖擞，华夏看龙腾。

（一九九七年三月）

梅

春寒料峭透衣裳，忽有梅开扑鼻香。
敢冒天威先独秀，愿为魁首领群芳。
含嫣凝笑情无限，傲雪凌霜气自昂。
但得满园花竞艳，身填泥沟又何妨。

（一九九七年三月）

香港回归倒计时100天

倒计回归一百天，万人空巷立牌前①。
广场三月凉如水，不敌民心似火燃。

【注】
① 在天安门广场东侧立有香港回归倒计时牌。

（一九九七年三月）

虞美人·紫竹院公园

春风吹皱平湖水，多少游人醉？扁舟摇曳载歌行，两岸桃红柳绿画中情。　　幽篁满苑添新色，疑是来南国。一轮煦日照长空，无限清辉疏影竹林中。

（一九九七年四月）

临江仙·偕华亭、宁宁游颐和园，追思与母亲鹣妹同游往事

孰造琼楼玉阁？谁开珠海瑶池？漫天春色着人痴。湖山皆入画，风物尽收诗。　忆昔名园共赏，伤今泉路长辞。人间天上两栖迟。重逢凭一梦，相会待何时？

（一九九七年四月）

观电视剧《东周列国》

羊皮换相

丧国沦奴百里奚，穆公换相五羊皮。
求贤不失为明主，从此强秦已可期。

赵盾

千秋同颂董狐笔，历史沉冤孰与申？
祸灭满门缘底事？皆因"赵盾弑其君"[1]。

【注】
① 赵盾避晋灵公杀害而出走，未出境，其族人赵穿因不满灵公昏淫无道而杀之。董狐任晋国史官，他认为责在赵盾，因此在史简上写道："赵盾弑其君"。

赵氏孤儿

赵氏蒙冤满族诛，忠良报主救遗孤。
程婴舍子公孙死，青史名垂两丈夫。

晏婴使楚

"狗国逢迎狗洞开"，"齐人入楚便贪财"。
晏卿巧鼓如簧舌，顿使灵王败下垓。

　　晏婴矮小，楚灵王故意关闭城门，只开小洞让他进入。晏婴说："到狗国才开狗洞。"灵王只好下令大开城门。灵王又故意让人伪装抓一小偷，说是齐国人，问晏："齐国人怎么当小偷？"晏答："齐国人在齐不当小偷，到楚国成了小偷，就好像江南的柑橘到北方变了味，是水土所致。"经过几番较量，楚王终于折服。

二桃杀三士

"田氏代齐"成隐患，晏卿诛逆计谋高。
论功行赏偏留缺，三士皆亡为二桃。

申包胥哭秦庭

国有良臣祚不亡，包胥痛哭动秦襄。
精兵十万东援楚，一夜吴师尽返乡。

（一九九七年四——五月）

观电影《离开雷锋的日子》

呼唤雷锋何处寻,银屏新剧扣人心。
频年世态如冰冷,一幕淳情似海深。
天地仍然存正气,国民依旧重丹忱。
神州草长莺飞日,春满乾坤发浩吟。

(一九九七年四月)

赠长女琪及矫勇婿

琪儿夫妇赴英伦留学,分别获硕士和博士学位后回国,诗以赠之。

负笈英伦几度春,归来双燕喜临门。
青春欣未偷闲度,壮岁仍须创业勤。
学富五车能纬国,书攻万卷可通神。
他年痛饮黄龙日,举酒衔杯共贺君。

(一九九七年五月)

庐山揽秀

一九九七年五月偕妻参加国电老干部疗养团赴庐山疗养。

望江亭

一揽江天上此亭，晴川烟壑画中情。
浮云蔽日终难久，又见长河分外明。

汉阳峰

揽月知何处，匡庐第一峰。
浮云吴楚接，曙色水天同。
拔地三千尺，盘山十八重。
凌空舒广袖，绝顶击长风。

仙人洞

纵览云飞此洞天[1]，清泉一滴石中穿。
神仙未必真无欲，占尽风光总独先。

【注】
[1] "纵览云飞"为仙人洞的景点碑刻。

庐山会议旧址

翻云覆雨祸无辜,一代元戎作罪徒。
立马横刀三十载,披肝沥胆万言书。
为民请命身何畏,报国成空恨有馀。
会址犹存人已去,千秋功过任乘除。

西江月·含鄱口

岭对九天曙色,口含千里鄱湖。云峰烟壑有还无,瞬息阴晴风雨。　　此日名山纵览,当年豪气犹馀。汉阳五老竞招呼,直欲乘风飞去。

姊妹峰

翠黛双峰姊妹栖,闺中待字嫁无期。
娇容每被檀郎赏,总恋名山不肯离。

庐山感赋

庐山五月正芳菲,千里寻幽上翠微。
九叠云开生紫气,五峰雾绕隐朝晖。
仙人洞里泉如滴,花径湖中影欲飞。
无限风光看不尽,轻车催趁夕阳归。

甘棠湖,烟水亭

甘棠笼瑞霭,烟水接长风。
月影摇波底,湖光入画中。
匡庐云岭峙,吴国将台空[①]。
白傅留佳韵,骚人感慨同。

【注】
① 三国周瑜点将台遗址。

沁园春·京九线

京九通车,四海欢腾,举国沸扬。看轨连京港,五洲来客,线穿南北,九省通商。黄水桥横,长江堑越,万里通途客货忙。神州地,喜云蒸霞蔚,凤鬻龙骧。　　山区无限蕴藏,未开发依然处女荒。昔井冈星火,赤旗辉耀,红麻将帅,青史昭彰。开国功高,脱贫步短,众盼穷乡运转昌。欣今日,有铁龙飞越,前景辉煌。

滕王阁

飞阁雕甍气势雄,危楼俯瞰大江东。
湖连彭蠡千层浪,岭近匡庐万壑风。
碧水浮云天地接,新城故郡古今通。
珠帘卷尽江南美,不是诗人韵也浓。

清平乐·庐山赠华亭

南游双燕,白首庐山恋。共赏风光偿宿愿,畴昔青春再现。　　早年之子于归,壮年比翼双飞。晚岁相依为伴,终生举案齐眉。

南海珠还·香港回归感赋

(一)

南海明珠在,天生璀璨容。
曾遭寒逼迫,犹自玉玲珑。
紫气冲关入,慈航破浪通。
一朝归故土,神采更凌空。

(二) 南乡子

国耻记心头,鸦片当年祸九州。林督销烟关督死,千秋,只恨清廷割地羞。　　百载洗前仇,华夏龙腾气斗牛。两制春风收港澳,宏猷,唯盼台澎共一瓯。

(一九九七年六月)

浪淘沙·《电力诗词选》编后

电海泛诗舟,勇立潮头。汪洋无际苦寻求,伴我同游知己少,何处漂流? 云气蓦然收,竞舞群鸥。水天一色日轮浮。柳暗花明迷望眼,疑是瀛洲。

(一九九七年六月)

浣溪沙·梦

梦里乾坤日月长,无穷往事枕黄粱。老年潇洒少年狂。 人世苍黄浑似梦,悲欢离合总平常。是非得失莫牵肠。

(一九九七年六月)

鹧鸪天·学跳交际舞

狐步轻摇飘欲仙,缓歌曼曲奏尧天。红男绿女心如醉,老妪耆翁脸笑圆。 明月夜,照无眠。京城处处舞翩跹。人逢盛世精神爽,返老还童不问年。

(一九九七年八月)

共青城胡耀邦墓

碧血全浇华夏土，忠魂永息共青城。
斯人虽去民心在，杯酒微忱祭伟灵。

（一九九七年九月）

满江红·小浪底截流

　　黄水滔滔，日与夜，奔腾不息。流经处，沙冲土卷，波掀浪袭。万里黄河唯套富，千年洪祸殃农极。更何堪，岁岁断流年，民心急。　　兴水利，争朝夕。营绿化，光阴逼。要江河听命，群山皆碧。小浪擎天横巨坝，黄龙斩脊凭群力。看今朝，喜截大江流，神州激。

（一九九七年九月）

望海潮·长江三峡截流

横流天地，包容华夏，奔腾万里长江。巫峡云横，夔门壁锁，雄奇三峡风光。急浪下荆襄，缓流过宁沪，永向东方。百舸争航，千帆竞发，赴重洋。　　水能无限蕴藏。可装机千万，送电八荒。大坝截洪，长龙俯首，工程举世无双。宏愿喜今偿，美景欣兹现，国运隆昌。忽报截流佳讯，欢泪满衣裳。

（一九九七年九月）

云南行

贺第十届中华诗词研讨会

喜见骚坛百卉馨，五洲吟友聚春城。
诗风已逐民风盛，文运欣随国运兴。
古韵今声凭舍取，旧瓶新酒任嘤鸣。
神州草长莺飞日，处处欢歌处处情。

大理行步韵和王澍吟长

名城大理古雄州，瑰丽风光入醉眸。
洱海波摇湖底月，苍山雪染画中秋。
塔飞云影泉飞蝶①，歌满楼船舞满舟。
白族人文天下美，阿谁到此不风流。

【注】
① 塔指崇圣寺三塔，泉指蝴蝶泉。

浣溪沙·洱海泛舟

举盏齐眉三道茶①，姑娘笑靥玉流霞。苦甜回味尽人夸。　　槛外弥天秋水阔，舟中歌舞正喧哗。游人倾倒看金花②。

【注】
① 三道茶按顺序分别为苦、甜和回味茶。
② 白族称姑娘为金花。

虞美人·咏大理

苍山未老头飞雪，洱海生明月。上关花与下关风，大理风花雪月四时中。　　澄湖百里平如镜，水上楼船竞。千秋人物尽风流，多少诗人骚客此飞舟。

南歌子·石林

怪石人间少，奇岩此处多。天光月色照嵯峨，宛似群仙聚会影婆娑。　　起舞阿诗玛，吹笙阿黑哥①。金童玉女织情罗。最是良宵相会鹊桥过。

【注】
① 路南石林地区为彝族撒尼人居住地，撒尼人称男子为阿黑哥，女子为阿诗玛。

（一九九七年十月）

京昆线过湘西，忆五十二年前旧事

湘西走遍路盈千，踏破芒鞋磨破肩。
重担勉挑期缩地，寸心未泯梦游天。
飞传东岛降强虏，顿使愁容换笑颜。
五十年前悲喜事，今朝如梦到眸前。

（一九九七年十月）

贵州行

临江仙·天河潭公园

路尽尘消佳境现，人间此有天河。驀看碧水泛清波。千帘珠瀑落，两洞漫穿梭。　　翠黛群峰铺软絮，闲云潭影婆娑。竹楼苗寨傍山多。茶香招贵客，渔唱起笙歌。

息烽集中营

抗日何辜迫害狂，当年此是杀人场。
囚杨八载玄天洞①，老树依然照夕阳。

【注】
① 杨虎城将军被囚玄天洞八年之久。

黄果树瀑布

遥看烟雾绕山峦，近觉雷声响耳边。
玉练轻飘千丈舞，银河急泻万珠翻。
一江春满流天地，百壑林深引凤鸾。
更有水帘藏洞巧，神仙到此也开颜。

（一九九七年十月）

心殚诗国

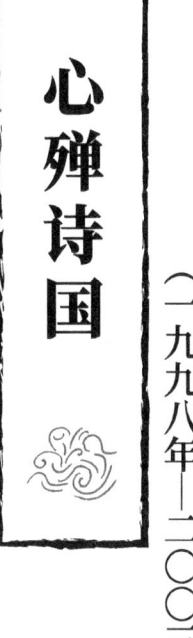

（一九九八年—二〇〇三年）

参加《中华诗词》编辑工作有感

（一）

苍黄岁月几重关，诗墨怡神亦有缘。
时代风流频入韵，河山锦绣每凭栏。
词疏华采情难尽，腹满生机铎未闲。
秋老欣逢丛菊艳，花香犹自发轻寒。

（二）

岳麓书香百载崇，欧门五代继遗风。
髫年母教音初识，壮岁神游韵渐浓。
玉笛红牙残月晓，铜琶铁板大江东。
桑榆尚有吟魂在，无限诗情入晚红。

（一九九八年一月）

临江仙·鸿妹来京，同游天坛、中山公园诸名胜

兄妹重逢人渐老，京华正值深秋，天高云淡古园游。儿孙今绕膝，晚景复何求。　　犹记当年曾此聚，萱堂遗爱长留。湖山依旧已人休。长亭相对语，悲意起心头。

（一九九八年一月）

虎年说虎

赫赫威名播八方,山中百兽我为王。
身腾尘雾披荆棘,足挟风雷走兔狼。
一啸飞空声震谷,双睛流火夜生光。
时来下得平川去,社鼠城狐命尽亡。

(一九九八年一月)

冬日偶成

碌碌平生已白头,唯馀诗兴足春秋。
唐音宋律勤求索,胜水名山任探游。
才钝难为班马笔,心丹尚有庙堂忧。
西风摇落千枝叶,犹剩寒松绿未休。

(一九九八年一月)

小平颂

新华建国栋梁臣,改革雄图指路人。
横祸身遭三起落,狂澜力挽一昆仑。
经天纬地山河变,播雨耕云物候昕。
重整金瓯行两制,巨龙腾舞九州春。

(一九九八年一月)

周恩来百年冥诞

（一）

千秋垂史更何人。玉洁冰清世罕伦。
大厦凌风身自正，苍松傲雪树长春。
心殚国运披肝胆，力竭时艰剩骨魂。
舍己为民高品德，甘棠遗爱万家芬。

（二）

高歌一曲大江东，板荡神州起蛰龙。
虎穴降魔千险越，纶巾胜敌万夫雄。
折冲尊俎乾坤小，叱咤风云海岳空。
旰食宵衣精擘画，丹心换得九州红。

春日偶感

夏潦常侵贫汉宅，冬寒不入富人家。
多情只有春消息，吹放天涯万户花。

（一九九八年二月）

五到西安感赋

人文胜地九州荣，每到西安总动情。
武帝威仪加四海，杨妃艳史恨三生。
门开玄武今无迹，殿合昭阳旧有名。
往事千年如逝水，钟楼鼓巷见新城。

（一九九八年四月）

采桑子·春

天涯又是春芳好，来也匆匆，去也匆匆，几日桃花别样红。　　浮生岁月馀多少，名也空空，利也空空，喜有诗书伴晚钟。

（一九九八年四月）

耆年兴赋

人生七十欲何为？觅胜寻芳上翠微。
铁画银钩龙凤舞，轻歌曼曲水云飞。
壮心不已情尤烈，童趣仍存老未违。
更喜东风吹好韵，无穷豪兴入诗帷。

（一九九八年四月）

鹧鸪天·清华班友重逢

意气纵横玉宇空，当年豪唱大江东。擒龙东海掀狂浪，揽月长天卷巨风。　　从别后，又相逢。一生甘苦笑谈中。青春易老心难老，国事家常慷慨同。

（一九九八年四月）

荣获政府特殊津贴感赋

古稀金榜忝题名，一世辛劳喜有成。
国运兴衰孤胆献，民生苦乐寸心萦。
能源只盼千家足，灯火唯求万户明。
竭虑殚精兴电业，馀生犹梦作先行。

（一九九八年四月）

三峡大坝

一九九八年五月随电力部离休干部疗养团赴宜昌疗养

长龙奔啸挟风雷，峡出西陵势欲飞。
喜润甘霖三楚富，怒倾狂涝万家危。
千秋治水洪难灭，一坝横江浪已回。
人事苍黄天地变，禹王何事不重归？

减字木兰花·钓鱼

一九九八年八月中电联老科技协会组织到京郊北京科技钓鱼池钓鱼。

轻装简旅,辘辘车声风带雨。结伴同行,沃沃郊原色绽青。　　长堤芳草,水笑波横迎客早。落日馀辉,囊满鱼肥载兴归。

陈溶年吟长来京,诗交数载,今得一见,感慨系之

高山流水觅知音,白首诗交两地心。
天隔参商云路远,书传鱼雁友情深。
蓬门早扫堪迎客,豪兴犹存足抚琴。
秋水望穿欣一聚,京华风月共长吟。

(一九九八年七月)

《中华诗词》编后感

幽泉奇石隐山深,浪里淘沙必有金。
琼苑飞花开韵境,碧梧栖凤引知音。
好诗不厌千回读,拙句何堪半遍吟。
一集编成丝吐尽,疏窗淡月夜寒侵。

(一九九八年七月)

新疆及敦煌行

选四绝句

(一)

入眼平畴满地银[①],花摇裙舞彩缤纷。
姑娘问你来何处,笑答屯边二代人。

【注】
① 满地银指棉田。

(二)

戈壁无垠见绿洲,天山雪水地中流。
葡萄十里薰人醉,不羡苏杭是此游。

（三）

轮台自古干戈地，乌市如今玉帛城。
各族心连胶与漆，同舟风雨赴长征。

（四）

彩袖云裳步绕轻，胡笳羌笛奏边声。
谁家歌舞迷游客，维族姑娘笑靥迎。

踏莎行·军垦十三团送哈密瓜

皮裹黄金，身怀白玉，名瓜滋味甜如许。芳香四溢引游人，五洲佳客来无数。　　一代精英，九州儿女，韶华尽伴风和雨。屯边卅载万千辛，赢来今日丰收舞。

望海潮·吐鲁番

　　天山俊秀，博峰挺拔①，绵延万里长龙。岌岌冰川，皑皑雪岭，融成流水淙淙。坎井暗渠通，莽原细流灌，草木青葱。万顷葡萄，千畦瓜果，兆年丰。　　车师故国新容。有家家杨柳，户户春风。丝路重开，名城再建，五洲宾客如洪。商贸庆兴隆，旅游喜昌盛，海阔天空。各族精诚团结，前景更登峰。

【注】
① 博峰，即博格达峰，为天山主峰。

采桑子·博格达峰

　　博峰万仞谁栽此？直插云端，笑傲群山，天淡风高影自闲。　　冰川雪岭头飞白，化作清泉，灌溉良田，绿了葡萄白了棉。

农八师宴会上喜遇湖南同乡

　　湖湘子弟散天山，席上相逢亦有缘。
　　春色洞庭余旧梦，秋风紫塞续新篇。
　　乡音未改情仍热，神采犹存鬓已斑。
　　创业艰难言不尽，荒原新貌笑开颜。

新疆颂

何必春风度玉关，芳洲秋色正斑斓。
飘香瓜果铺丝路，撒野牛羊满草原。
匝地油流黄土黑，腾空鹏鸶鸟途宽。
江山如此堪人醉，无限诗情接塞天。

菩萨蛮·敦煌鸣沙山

黄盐金粉如山垛，斜阳一抹明如火。向晚听驼铃，天涯无限情。　　高坡千丈滑，似箭离弦发。底事促沙鸣，人间多不平。

（一九九八年八月）

中秋感赋柬诸兄妹

中秋偏隐蟾宫月，夜坐高楼感自生。
吟趣未随人并老，诗情犹与岁同增。
湖山游览心无俗，兄妹嘤鸣韵有声。
敲碎红牙馀兴在，残弦尚作四时鸣。

（一九九八年九月）

虞美人·玉渊潭

　　玉渊潭畔秋光好，朝练人来早。晨曦冉冉照丛林，无数清辉碎影伴浓阴。　　人生岁月流如许，几度风和雨。馀生尚有晚霞天，多少诗情画境入吟笺。

（一九九八年九月）

东南亚游

一九九八年十一月九日至廿三日随凤凰假期旅游团赴新加坡，马来西亚，泰国，香港，澳门旅游。

曼谷鳄鱼潭

　　屏息乔装伺杀机，形如槁木色如泥。
　　贪残未果身先死，腰带缠人只剩皮。

四面佛

　　官财婚寿任君求，南北东西竞扣头。
　　底事佛颜开四面，只因人欲总无休。

参观国立毒蛇研究中心

毒冠群蛇眼镜王，咬人百步便身亡。
蛇心未比人心毒，肉作佳肴胆入方。

燕窝

咳唾成珠信已真，鸟窝竟可列奇珍。
可怜惟有金丝燕，普岛营巢岁岁新。

【注】
　　燕窝产泰国南部普济岛。金丝燕冬天从北飞来，用唾液作巢。专人在悬崖上采取燕窝。

《世纪颂》中华诗词大赛开赛式感赋

开元盛赛闪金辉，满座吟朋尽展眉。
蠖曲百年黄胄耻，龙腾万里舜天雷。
行云流水情无限，急管繁弦调入微。
绿染春江花竞发，轻舟千艘载诗归。

（一九九八年十二月）

新年有感

又是更新一岁除，人生何必计荣枯。
休凭旧我夸今我，终必今吾胜旧吾。
残热犹堪温醴酒，馀辉尚可照桑榆。
耽诗幸有春常在，笔底风云任卷舒。

（一九九九年元旦）

参加《中华诗词》编辑工作周年感赋

一载诗刊寄此身，春风惠我遂初心。
浮生有幸擎吟帜，世事无争远俗尘。
蹇足难登千丈顶，残牙犹正四方音。
馀年未许闲中度，晚景如霞好自珍。

（一九九九年一月）

有 感

风云七十梦中空，只盼河山两岸同。
为国为民轻为己，成才成业竟成翁。
人生有尽情无尽，岁月无穷寿有穷。
丝老春蚕犹剩茧，旗亭诗酒尚心雄。

（一九九九年一月）

己卯迎新曲

迎新送旧本寻常，人世苍黄岂自伤。
秋尽难圆春日梦，老来犹发少年狂。
身无才气馀豪气，情重奚囊薄阮囊。
放浪形骸心物外，唯留诗韵尚飘香。

（一九九九年二月）

深圳纪行

大亚湾核电站

水色山光耀眼明，琼楼玉宇以诗名。
谁云科技无风雅，宋韵唐音满核城。

销烟池

酒绿灯红舞步痴，珠江春水踏歌时。
劝君莫忘前朝耻，林督销烟尚有池。

（一九九九年二月）

满庭芳·诗词之友"九九之春"笔会

绿上枝头，烟笼寒水，东风暗换年华。雀喧莺唱，春气醒天涯。处处兰香蕙馥，京畿地，十里飞花。休闲日，红男绿女，觅胜走千车。　　休嗟，人已老，壮心不减，豪兴犹佳。聚多少吟朋，诗思如麻。座上谁家翁媪，情真处，笑涕交加。弦歌劲，高山流水，击节碎红牙。

（一九九九年四月）

论 诗

灵 感

水阻山横路已穷，忽闻云外一声钟。
千锤百炼浑难得，天上飞来句自工。

基本功

休道诗才别样红，三分天赋七分功。
源头无水泉难活，树大根深绿始浓。

诗 情

情发于言始是诗，兴观群怨任由之。
云蒸国运千歌颂，水下时风万口笞。
锦绣江山生雅韵，沧桑岁月寄吟丝。
乌台馀悸今消未？莫负东风第一枝。

（一九九九年四月）

赠 友

磊落襟怀感至诚，请缨当日气纵横。
卅年报国抛颅血，十载蒙冤见性情。
马背吟诗肝胆洞，牛棚觅句死生轻。
军人合是诗人未？卸甲犹闻唱广陵。

（一九九九年四月）

夜月有感

月魄云魂照影微，嫦娥清夜暗生悲。
伤心应悔偷灵药，媚眼何堪作画眉。
人世任抛身永别，家山望断泪长垂。
前车应鉴贪婪客，天理昭彰不可违。

（一九九九年五月）

悼叶承澍

底事西游鹤驾匆？乘龙仙去鼎湖空。
遗言在耳情犹烈，绝笔留笺墨尚浓。
人世几回伤逝水，天涯何处觅归鸿。
黄泉有酒君休醉，好与亲朋梦里逢。

（一九九九年五月）

颂边防战士

闪闪军徽照嫩寒，英雄岂悔戍边关。
千堆晓角唯余雪，万仞黄昏只看山。
瀚海无涯凭远望，男儿有泪不轻弹。
参商路阻家何处？报国甘捐一寸丹。

（一九九九年五月）

采桑子·海峡情思

　　凄清怕看蛾眉月，水复山重，暮鼓晨钟，多少离人泪眼红。　　欢欣喜看团栾月，柳绿花红，雾散冰融，两岸三通趁好风。

（一九九九年五月）

南行吟草

一九九九年八月赴湖南永兴参加全国第三次中青年诗词创作研讨会并顺访衡阳市、湖南省诗词学会和衡阳乡下故居。

京—郴车次

青山绿水眼前过，岁月如流梦与梭。
世上欢娱长恨少，人间悲苦总嫌多。
侯门不入心无欲，诗海常游鬓已皤。
唯剩吟魂情尚热，风骚盛会纵高歌。

丹霞第一漂

书剑平生诗胆豪，天涯何处不逍遥。
巫山云雨漓江水，汇作丹霞第一漂。

浣溪沙·便江游

放棹清流远俗尘，丹崖翠壁豁眸新，修篁垂绿落江心。　　水舞舟行人自乐，楼船吟唱入云深，天涯何处更消魂？

便江夜酌

长堤宵饮晚风徐,满座吟朋俗客无。
慷慨高歌皆雅颂,迴旋低唱尽玑珠。
半轮明月诗千首,十里清江酒一壶。
人世几回今夜乐,风流如此亦仙乎?

临江仙·永兴风光赞

翠竹摇窗春梦醒,犹馀睡眼朦胧。清江照影驻芳踪。姿仪三万种,风韵五千重。　　长在深山人未识,天生丽质娇容。檀郎何处待闺中。愿凭诗路接,得驾鹊桥通。

赠湖南省诗词学会人寿、奇才诸吟长

有才唯楚铸辉煌,华夏诗人半在湘。
赛出高标频夺冠,吟成大雅屡登堂。
千秋韵史添新页,一代骚坛续锦章。
风起九嶷传四海,神州文运赖更张。

鹧鸪天·潇湘觅旧

一 重访水口旧居

乍见依然是旧楼，万般思绪涌心头。慈闱问暖人何在？稚子敲书事已休。　　多少梦，几春秋，人非物是与谁俦？呼名惊认儿时伴，无限乡情涕泗流。

二 兄妹团聚

久别重逢又七年，弟兄姐妹庆团圆。同温旧梦情无限，共品新茶话未闲。　　皱满面，雪盈颠。一生甘苦复何言。秋光更比春光好，尚可为霞灿晚天。

三 故乡情

童趣依然现眼前，故园何处不心连。洞庭春水乡魂远，岳麓秋山客梦牵。　　多少愿，几回全？世间难得是团圆。人生有限情无限，只盼重逢尚有年。

登华山

采桑子·坐缆车

登山今岂一条路，天马行空，人坐春风，万丈悬崖铁索通。　　休流韩愈投书泪，苍岭降龙，峭壁寻松，笑傲群峰肝胆雄。

韩愈投书

岭过苍龙险境殊，人言韩愈此投书。
文章道德名千载，不信前贤是懦夫。

（一九九九年九月）

第十二届中华诗词研讨会感赋

一九九九年九月第十二届中华诗词研讨会在武汉华中理工大学召开，主题为"让诗词走向大学校园"。

重振风骚系国魂，薪传大雅赖何人？
黍离咏唱多前马，棠棣嘤鸣少后尘。
每虑诗声随岁减，唯期吟运逐时新。
瑜园一石掀千浪，禹甸阳回九域春。

贺霍松林八十华诞

骚坛风雨赖扶持,树蕙滋兰一代师。
阁诵唐音扬古调,情萦时运唱新词。
育英绛帐公犹健,立雪程门我恨迟。
齿德俱尊桃李盛,神州祝嘏竞飞诗。

(一九九九年十月)

贺载人飞行器神舟一号发射成功步韵和王澍吟长

(一)

一箭神舟报月知,嫦娥泪接雁书时。
人间已有航天术,重返家山定可期。

(二)

划破重霄惊镝声,神舟飞箭震天庭。
迎宾玉殿仙群集,祝捷瑶池酒共倾。
万里穹空凭凤鬶,九州雷电促龙腾。
载人巡宇期非远,再展雄风定有星。

(一九九九年十二月)

"祖国颂"电力诗词大赛感赋

临江仙

(一)

遍撒人间光与热,千条银线纵横。神州四化献丹诚。无缘登大雅,有幸作先行。 一夜春风花满树,枝头百鸟齐鸣。铜琶铁板奏新声。诗情如海阔,吟兴际云平。

(二)

诗赛迎来花似锦,英才佳作如林。琳琅满目寓情真。明珠生雅韵,银线起豪吟。 犹忆神州风雨急,长因缺电心焚。廿年拼搏到如今。热融千户暖,光照万家春。

赠大赛第一名王炜

京华雅集喜逢君,折桂蟾宫第一人。
数载嘤鸣容未识,频年鱼雁谊长存。
金银有价情无价,命运无神笔有神。
吟帜同擎弘国粹,弥原春草豁眸新。

赠家骧

夜雨巴山忆旧情，耆年喜又共吟旌。
五旬奉献襟何烈？数载嘤鸣韵已馨。
诗海有舟凭我渡，书田无税任君耕。
相期再着生花笔，更上层楼唱晚晴。

南乡子·会后与诗友同游名胜

一 樱桃沟

此处觅源头①，两岸樱桃水一沟。木石姻缘通宝玉②，悠悠！人去亭空墨尚留③。　遗恨贯千秋，梦断红楼涕泗流。十二金钗悲薄命，休休！只剩残阳照野丘。

【注】
① 樱桃沟顶有泉水名水源头。
② 樱桃沟内有一老树生于岩隙上，另有一巨石，形如宝玉，相传曹雪芹即因此而构思出木石姻缘与通灵宝玉。
③ 沟内有一亭和石台，相传为曹雪芹写作红楼梦之处。

二 黄叶村曹雪芹故居

掩泪唱红楼，一片痴心记石头。多少风流多少恨？休休！绝代豪华梦里留。　遗韵尚悠悠，庐舍依然黄叶秋。檀篆香笼人已杳，神留！烛影摇红月上钩。

（一九九九年十二月）

为某公画像

附凤攀龙上九天，人间唯我独逢缘。
胸无点墨身无术，腹有阴谋手有鞭。
指鹿何妨称作马，弄权自可变为钱。
一朝皮破真形显，纸虎烧空只剩烟。

（二〇〇〇年一月）

新年有感

往岁峥嵘肝胆雄，餐风宿雨忆前踪。
流干扬子江中水，老尽黄山岭上松。
豪气未随朝雾失，丹心犹逐晚霞红。
金瓯尚缺情难泯，只盼馀生两岸同。

（二〇〇〇年一月）

庚辰迎春曲

（一）

神州万里沐春风，华夏流年又属龙。
世纪将开新格局，山河已变旧颜容。
莲花喜逐荆花艳，诗运欣随国运隆。
铁板铜琶歌大雅，豪情直欲上穹空。

（二）

东风送暖遍遥岑，戛玉敲金又一春。
身老已难肩重任，心雄尚可发豪吟。
辞多慷慨情如火，诗到沧桑泪满襟。
国宝重辉存厚望，传薪今喜有来人。

（二〇〇〇年二月）

观电视剧《雍正王朝》

奠基开业诚非易，继化承平亦大难。
众嗣睽睽觊帝位，万民切切盼尧天。
萧墙斩乱邦先稳，宦海惩贪国始安。
扭转乾坤凭智勇，明君青史应名传。

（二〇〇〇年二月）

南乡子·访双清别墅毛泽东建国初期住址

山树尚葱茏，碧水长亭觅旧踪。帷幄运筹天下定，从容！赢得江山万里红。　　功过论毛公，辟地开天国运隆。白璧有瑕仍是玉，英雄！青史煌煌几可同。

（二〇〇〇年二月）

赠华中理工大学教授程良骏

十载苍黄忆旧游，披襟同唱老龙头。
献身水电情何烈，寄兴风骚韵亦稠。
岁暮犹萦三峡梦，心丹不泛五湖舟。
一虹飞截巫山雨，磊石长江愿已酬。

（二〇〇〇年二月）

【注】
程良骏为著名水电专家、诗人，自称长江磊石。余与程教授曾于1991年5月在北戴河水电机械学术会上相遇，互有唱和。

朱镕基总理批示财政部和国管局拨给中华诗词学会基金和办公用房有感

爱重甘棠泽惠深，雪中送炭振吟魂。
群龙竞舞因时雨，百卉争妍正好春。
十亿炎黄弘大雅，九州弦管奏谐音。
如蒸国运兼诗运，万里尧疆遍浩吟。

（二〇〇〇年二月）

吴柏森吟长惠赠《鸿爪集》读后感

满卷珠玑豁眼明，华章掷地作金声。
杏坛春雨滋兰蕙，吟苑秋花寄性灵。
豪气未随人并老，诗情犹与岁同增。
天涯不尽芳菲路，鸿爪长留记雁程。

（二〇〇〇年三月）

偶 感

（一）

少年豪气欲屠龙，志大才疏事半空。
凌阁无缘留画影，萧斋有幸作吟虫。
诗因浅薄篇常拙，情到纯真韵始工。
宋律唐音遗范在，孜孜学海一衰翁。

（二）

红旗遍插忆浮夸，苦尽神州亿万家。
一大二公池底月[①]，三超五赶镜中花[②]。
粮吹创纪民枵腹，钢唱翻番铁变渣。
梦里南柯今醒未？休教腐草又生芽。

【注】
① 一大二公指人民公社。
② 三超五赶指"三年超英，五年赶美"。

（三）

风雨人生莫叹嗟，泛游诗海一浮槎。
山川不老情何限，肝胆犹存气自华。
白首尚耕芳草地，痴心欲摘上林花。
芸窗灯火勤挥笔，午夜褰帘月已斜。

（四）

一生风雨叹蹉跎，碌碌无为鬓已皤。
追日唯馀夸父杖，回天终乏鲁阳戈。
江山惠我情无限，岁月遗人憾几多。
且喜黄昏晴尚好，浮槎诗海放高歌。

（二〇〇〇年三月）

鹧鸪天·松山保护区

野岭葱茏绿间黄，层峦叠翠接天光。泉飞百瀑垂银练，蝶舞千枝竞艳妆。　　离闹市，觅春芳。云涛松海若仙乡。鸳鸯崖畔清溪水，还我青春照影忙。

（二〇〇〇年五月）

赴西安参加电力诗会

过秦陵

纷纭青史说秦嬴，功过何人作定评。
统轨同文尧域合，焚书坑士罪名膺。
千秋兵马唯馀俑，百代沧桑尚有陵。
细雨斜风青墓草，彷徨无语听虫鸣。

杨贵妃墓

青史凭谁定是非，唐皇失道罪杨妃。
无边幽恨埋芳冢，一缕香魂绕翠微。
夏土"红颜皆祸水"，东瀛先祖认蛾眉[①]。
离离墓草潇潇雨，千古诗人叹马嵬。

【注】
① 日本有人认为杨贵妃并未死在马嵬坡，而是出逃日本。

西江月·大雁塔

俯瞰闾阎扑地，仰观日月经天。白云苍狗越千年，多少风霜雷电。　　建塔高宗弘孝，译经玄奘修缘。人间逆子应羞颜，到此革心洗面。

踏莎行·西部大开发

沙漠驼铃，丝绸古道，东西文化交流早。长埋宝藏万千年，天荒地老谁知晓？　　世纪钟声，炎黄口号，西疆开发春来到。资源广供裕中华，繁荣经济更新貌。

踏莎行·西安赞

秦政周文,唐宗汉武,长安故国名如许。钟楼鼓巷万家春,龙吟凤唱千秋誉。　　济济人才,堂堂学府,高新科技谁堪伍。西疆开发作先行,繁花如锦荣新路。

(二〇〇〇年六月)

风入松·北戴河鸽子窝

惊涛万顷起云烟,碧水接长天。斜阳一抹山如画,绕雕廊,芳草芊芊。啄食群群飞鸽,扬帆点点渔船。　　词人豪兴寄幽燕,遗韵九州传。英雄慷慨同今古,浪淘沙、浮想联翩。英哲如今何处?风光依旧当年。

【注】
鸽子窝有毛泽东石像及《浪淘沙·北戴河》诗碑。

(二〇〇〇年六月)

赠故人

地北天南两聩翁，当年策马洞庭东。
欣君坛坫名先占，愧我诗文老未工。
隔水隔山情不隔，逢年逢节面难逢。
琼崖春早花应发，驿路传梅万里红。

（二〇〇〇年七月）

西部大开发放歌

新阳关曲

春风杨柳绿无涯，白了棉花熟了瓜。
劝君莫唱前朝曲，西出阳关处处家。

西气东输

油气狂流直向东，黄沙万里走长龙。
汉唐冷落西凉地，血沃中华第一功。

绿化西疆

滚滚黄尘蔽日浮,荒原秃岭使人愁。
九州生态平添祸,三水源头欲断流。
环境已遭沙漠逼,河山应为子孙谋。
西疆绿化无边景,各族同心共运筹。

黄 河

天上飞来一莽龙,开山辟岭直朝东。
兴来沃土三千里,怒发生波九万重。
大禹难圆疏水梦,时人已奏治河功。
平湖梯接如春笋,塞外明珠晚照红。

春阳高照

丝绸古道旧辉煌,沙棘驼铃两未忘。
汉武雄图通异域,唐皇文略靖边防。
千秋更替风兼雨,百代兴亡国与邦。
往事沧桑皆已矣,春阳今喜照西疆。

(二〇〇〇年八月)

观电视剧太平天国

农奴奋戟起狂澜,首义金田震宇寰。
初试霜刀三楚靡,频挥锋剑九州寒。
时逢忧患相交易,业到辉煌共处难。
天国衰亡缘内讧,长留史鉴后人看。

(二〇〇〇年九月)

贺怀化诗联社成立

萧索湘西路,鬐龄落魄行。
穷途闻寇败,喜泪欲盆倾。
故国萦怀久,新城拔地兴。
今欣风雅继,万里动乡情。

(二〇〇〇年九月)

秋 感

寥廓长天雁阵横,秋风掠地起商声。
苍黄世事云催雨,飘泊人生浪打萍。
羸体已然随岁老,雄心尚欲竞蝉鸣。
燃藜秉笔馀痴梦,愿我龙图属老成。

(二〇〇〇年九月)

西安全国电力诗会感赋

五年回顾

五年心血未空流,电力诗词已露头。
短调长歌银线舞,巴人白雪水轮悠。
岂唯皓首耽吟咏,更喜青春爱唱讴。
工业风骚终有果,诸君勉力再登楼。

西安雅集

华西开发鼓声隆,雅集名城趁好风。
廿载纡筹欣电富,五年执着喜诗丰。
弘扬律吕群心聚,倡导人文大纛红。
国宝重辉肩重任,长江万里直流东。

西江月·审稿

案上诗篇狼籍,床头韵谱横陈,一支秃笔走风云,务把瑕疵去尽。　　纵使流年似水,依然惜日如金。豪情寄电发高吟,奉献一生何恨!

(二〇〇〇年十月)

龙虎山之夜

住龙虎山宾馆，夜幕初临，闲庭信步，时月华初上，流光如水，山岚峰霭，气象万千，遂成二律。

（一）

底事嫦娥面带羞，玉容半掩隐山陬。
若非忏悔偷灵药，许是凄清对晚秋。
天上藏娇空寂寞，人间有美定风流。
神州巨变君须返，多少儿郎盼好逑。

（二）

半轮秋月一天星，独步闲庭对晚晴。
万壑岚藏龙虎气，千峰云拥宇寰情。
江山有幸名先哲，坛坫无人掖后生。
偶藉诗缘来胜地，长歌短调向谁倾？

八唱泸溪 选三

一 坐竹筏

两岸丹霞夹一江，轻摇竹筏坐秋光。
无边诗思如潮涌，欲与泸溪共比长。

二 漂流

一路飘流一路歌，岚烟花树画中过。
人间美景君须赏，莫待身衰唤奈何。

三 过龙虎山

谁持神笔写丹霞，绘出江山美似花。
惹得兽禽痴望眼，从兹龙虎便安家。

晚会即兴

豪诵低吟舞态翩，陆台港澳共婵娟。
诗情更促亲情热，唱得金瓯两岸圆。

龟峰揽胜

一 江南盆景

金风习习日徘徊，秋暖寻芳上翠微。
十里烟岚从谷起，千寻帘雾自空垂。
龟形知幻身犹近，狮影疑真步竟回。
人造何如天造美，有为未必胜无为。

二 东方迪斯尼

谁把园名向此移？胜游又遇"迪斯尼"。
狮形虎影缘天设，烟壑云峰是地遗。
世上有钱能造景，人间无处可忘机。
劝君莫恋西方梦，壮丽神州自蕴奇。

【注】
龟峰素有"江南盆景"之称，号称"东方迪斯尼"。

（二〇〇〇年十一月）

世纪风云

（一）

九州雷电舞狮雄，紫气东来万丈虹。
南海掣鲸掀浪阔，长空揽月震天隆。
千秋华夏风云际，十亿炎黄慷慨同。
重整金瓯归一统，寰球刮目看腾龙。

（二）

风雨如磐世纪初，河山破碎漫嗟吁。
群魔竞噬唯僧肉，百药难医是病夫。
一炬神州腾紫气，高歌龙裔起宏图。
兴邦尚有鹏程远，共贺开元酒满壶。

（二〇〇〇年十二月）

电业之歌

电到人间

来无踪迹去无痕，潜入人间万事新。
溢彩流光天不夜，传声播影地皆邻。
机旋轴转千钧力，暑退寒驱四季春。
百载辉煌风靡世，乾坤长在我长存。

沁园春·世纪颂

莽莽神州，雾散云开，狮舞凤鸣。看河山万里，金披锦缀；人文千载，史耀今荣。纬地经天，还珠返璧，五十春秋紫气腾。开新纪，正朝霞喷薄，旭日蒸升。　　百年艰险征程。仗志士抛头苦抗争。忆武昌义举，烟消紫禁；井冈旗矗，梦断金陵。十载红羊，廿年生聚，迈向蓬瀛路始明。中兴业，更乘风破浪，勇掣长鲸。

（二〇〇〇年十二月）

采桑子

当年华夏谁知电？长夜难明，冷暖无情，寂寞荒村听晚更。　　神州今日谁无电？处处华灯，户户荧屏，冷热空调春意盈。

（二〇〇〇年十二月）

清华大学八十周年校庆及毕业五十周年组诗选

行香子·抚今追昔

　　黉苑森森，学子莘莘。忆华年，岁月缤纷。昆明搏浪，紫塞摩云。欲驾长风，揽明月，扣天门。　　路隔商参，年换庚辛。喜相逢，旧梦重温。身经浩劫，国喜全新。尚馀心志，留肝胆，葆纯真。

江城子·抒怀

　　当年豪唱大江东。气如虹，贯长空。水木清华，育我仗春风。天下兴亡争己任，抒壮志，欲屠龙。　　一生肝胆对苍穹。似飞鸿，任飘蓬。沥血呕心，事业尽孤忠。百折千磨终不悔，兴华夏，尚情浓。

（二〇〇一年四月）

自 况

曲折人生路，如行独木桥。
浮云天上聚，明月水中摇。
鬻凤残双翼，屠龙钝一刀。
萧萧何处是？诗海任逍遥。

（二〇〇一年五月）

随妻参加华北电管局离退休干部蟒山疗养

八声甘州·十三陵抽水蓄能电站

　　正江天寥廓乱云横，风烟满山陬。看群峰叠翠，天池澄澈，水库清幽。多少前朝旧事，散落帝王丘。霸业今何在？都付东流。　　犹忆当年缺电，遏工农发展，百业皆愁。喜频年建设，电业占鳌头。到如今，能源初裕，欲平峰，调度再绸缪。欣今建，蓄能电站，更复何忧？

鹧鸪天·定陵

　　墓室深深深几层？精雕细琢玉棺横。哀哀黎庶嗟朝食，灿灿黄金建帝陵。　　多少事，后人评。勤兴奢灭总无情。开基洪武兴明祚，丧国崇祯缢禁城。

鹧鸪天·居庸关

万里长城卧巨龙,群峰矗立故关雄。烧天边火传何急?扰境骁兵梦总空。　　烽燧息,坦途通。江山今已遍游踪。情连百族轻歌溢,翠绕千山野径红。

(二○○一年五月)

北京申奥成功

底事神州动地欢,百年痴愿喜今还。
病夫旧耻抛云外,健将新姿展世前。
十亿魂萦强国梦,九州声奏艳阳天。
长江浩瀚东流水,载我蓬瀛万里帆。

(二○○一年五月)

国清寺千年隋梅

二〇〇一年五月在浙江天台举办笔会，因妻伤腿，未能赴会。应许士祺诗友之约，草成三首，选一。

岁岁迎春不恋春，唯将寒蕊迓春临。
千年风雨花频发，百代沧桑树独存。
毅魄未随时序老，淡装仍逐物华新。
神鹰振翮君先觉，又送清芬报好音。

纪念中国共产党建党八十周年组诗

（一）

莽莽神州叹陆沉，狂澜力挽竟何人？
先驱鼎革功中折，强虏侵凌祸未泯。
赤地万家吞血泪，南湖一炬变乾坤。
红旗漫卷群魔倒，老树重荣九域春。

（二）双调江城子

寒潭浅沼困虬龙。夜迷朦。地冰封。鱼戏虾欺，怒目对苍穹。倒海翻江期有日，凭射手，挽雕弓。　　一朝雷电便腾空。驾长风，舞霓虹。逐日追星，击鼓震天隆。纵目环球谁是主？华夏裔，竞豪雄。

（二〇〇一年七月）

临江仙·龙

何处神州龙起舞？具茨矗立中原。开宗一脉衍支繁，纵横三万里，上下五千年。　　倒海翻江摇玉宇，也曾身陷泥潭。今逢时雨水云宽，再掀千丈浪，更上九重天。

（二〇〇一年七月）

从电五十年感赋

毕生劳碌不求功，五十春秋一梦空。
工地华灯鏖夜白，机房炉火战天红。
甘抛热血输光力，愿洒春霖润夏冬。
蜡炬将灰犹厚望，中华长盛电长丰。

（二〇〇一年八月）

偕妻赴越南参加诗联活动

友谊关

车马如龙是此关,晴空万里岫云闲。
欣逢旧雨翻新雨,喜见镇南更睦南①。
野岭蓬葱双界接,平川绽绿一江连。
邦交玉帛春常在,山自青青水自宽。

【注】
① 昔日"镇南关"已更名为"睦南关"。

水上木偶

舞台着水觅无痕,狮跃龙腾戏演真。
世事纷更如木偶,个中牵线究何人?

联句(周笃文、欧阳鹤、蔡厚示、林从龙)

谁剪云霓作越裳,(周)妆成南国似仙乡。(欧)
江山胜迹花如锦,(欧)儿女深情品自芳。(蔡)
友谊关谈兄弟爱,(蔡)下龙湾赏水天长。(林)
烽烟扰扰经千载,(林)一统金瓯日月光。(周)

(二〇〇一年九月)

时政偶感

连年政绩誉声隆,蚁蚀长堤总未穷。
百业欣欣蒸国运,万民切切虑时风。
擒妖捉鬼身虽老,斥腐鞭贪笔尚雄。
水净沙沉期有日,中华各族更腾龙。

(二〇〇一年九月)

南乡子·入世

入世度重关,风雨阴晴十五年。尊俎折冲谈未了,何难!当日青丝已见斑。　华夏亿民欢。喜讯多哈庆梦圆①。好雨乘时龙起舞,狂澜!搏击云雷上九天。

【注】
① 二〇〇一年世贸大会在多哈召开,通过中国加入世贸。

(二〇〇一年十月)

闻鸰妹病重

兄妹嘤鸣书信频，何期恶症又相侵。
早逢乱岁情如昨，晚遇明时病已沉。
人世荣枯留素魄，天涯漂泊寄孤吟。
上苍倘得重开眼，再假诗人二度春。

（二〇〇一年十月）

儋州诗会行

二〇〇一年十月第十五届中华诗词研讨会在儋州召开。

望海潮·儋州赞

　　山川秀美，人文荟萃，南疆胜地儋州。蕉雨万畦，椰风千顷，青青百里平畴。花树一园收，热凉两泉滑①，月上高楼。碧水松涛②，长天云影，醉吟眸。　　坡翁曾此羁留。但教民稼穑，忘我绸缪。丝竹管弦，文章道德，千秋遗韵悠悠。逝者已难求，来者须穷索，再展宏猷。且看诗乡歌海，今日更风流。

【注】
① 住兰洋度假村，该处有凉热二泉，相距咫尺。
② 松涛水库。

松涛水库

水上轻歌画舫摇,湖天一色醉松涛。
江山岂必诗人捧,自有风流万古豪。

三亚天涯海角

旧地重游岁月更,秋风伴我作南行。
天涯有尽情无尽,海角无凭誓有凭。
兄妹频年生死别,江山何处鹭鸥盟?
馀霞尚好须珍重,莫负人间走一程。

三亚南山寺

之一

三亚重游新景开,南山有寺便招徕。
人流如海钱如水,疑是如来也爱财。

之二

法事先交二百元,冥钱不要要真钱。
真钱自可通神鬼,烧后冥钱只剩烟。

之三

南山寺里满游人,挤挤餐厅百味陈。
土豆还须牛肉配①,佛门未必断凡根。

【注】
① 用豆制品作成酷像牛肉的菜肴。

荣获"轩辕杯"全国诗词楹联大赛一等奖有感

志大才疏事半空,馀生有幸作吟虫。
忝登金榜心何寄,再写春光入晚红。

(二〇〇二年四月)

三苏坟吊苏轼

寂寞苏坟墓草深,披风千里祭斯人。
修身道德垂先范,济世文章启后昆。
两赋吟成天失色,大江歌罢水流金。
乌台馀悸今须否,物候神州已换新。

【注】
三苏坟在河南郏县,为苏洵、苏轼、苏辙父子三人墓址。

(二〇〇二年四月)

八声甘州·陆水湖

中华诗词学会成立十五周年纪念大会暨第十六次研讨会在赤壁市召开,参观陆水湖。

看无边烟雨接天浮,漪浪拍扁舟。过梁山水泊,迷魂九曲,桂馥芳洲。恍若蓬莱仙境,美景豁凝眸。暂忘尘凡事,物我悠悠。　　本是蛮荒僻地,为西陵筑坝,此作先筹。竟天人合一,造化此清幽。待来年,长江壁立,灿双珠,风物更谁俦?诸君在,共期他日,再两湖游。

【注】
陆水湖在湖北赤壁市,是三峡工程试验坝建成后形成的湖泊,现已成为旅游胜地,二〇〇二年五月,参加中华诗词学会成立15周年庆祝会后曾游此。

(二〇〇二年五月)

咏呈濠江诗会

炎黄文化本同源,雅集濠江自有缘。
两岸同声求璧合,四方分韵得珠联[①]。
昆仑路远归心接,日月潭深望眼穿。
骨肉情连诗万首,九州明月几时圆?

【注】
① "四方"指大陆与港澳台。

(二〇〇二年五月)

悼鸽妹

生离死别竟成真，噩耗飞传泪满襟。
岳麓有山留伴影，衡阳无雁诉归心。
湘音绝唱频惊座，岭表骚人尽识君。
劝妹诗情终莫减，黄泉依旧发高吟。

（二〇〇二年六月）

红豆情

七夕相思节[①]

天上银河隔，人间红豆连。
相思情万里，七夕梦终圆。

【注】

① 二〇〇二年夏秋之交，中华诗词学会、《中华诗词》杂志社、无锡市委宣传部、红豆集团联合主办"七夕'红豆·相思节'诗词大赛"，奖项中设一等奖一名，奖金高达20万元，此事在诗词界引起了轰动，参赛者3万多人，参赛诗作11万首。我有幸忝列大赛评委，并赴无锡参加颁奖大会，深受鼓舞。

临江仙·顾山红豆树[①]

天上三千仙曲，人间十万情诗。神州何处不生姿。鲜花浮嫩叶，碧水涨春池。　似睹慧尼貌绝，堪怜太子情痴。一株红豆种相思。人亡馀旧梦，树老发新枝。

【注】

① 江阴市顾山红豆树相传为梁昭明太子萧统为纪念因他殉情而死的聪明美貌尼姑慧如而种植的，距今已1400馀年。

（二〇〇二年八月）

白洋淀行吟

（一）

云淡天高日影迟，风光满淀醉人时。
凫游鱼跃情无限，借得扁舟好载诗。

（二）

出没轻舟苇障重，雁翎当日杀声隆[①]。
猖狂倭寇今安在？依旧荷花满淀红。

【注】

① 雁翎队是一支在抗日时期活跃在白洋淀的著名游击队。

（二〇〇二年八月）

荣获国际炎黄文化研究会龙文化金奖有感

（一）

炎黄金奖五洲名，偶获殊荣百感生。
幼习诗书趋鲤对，晚吟风雅趁时清。
愧无佳句遗青少，喜有龙图属老成。
国运兴隆文运吉，尧疆歌起万家声。

（二）

幼承家教铸诗魂，仄仄平平伴此身。
咏事咏人崇道直，吟风吟物重情真。
初心不改肠何热，百折难回眷已深。
大雅薪传肩己任，唯期古韵逐时新。

（二〇〇二年九月）

晋南行

虞美人·参加全国新田园诗歌大赛颁奖会随感

田园大赛诗千首，豪兴浓如酒。吟坛几度沐东风，多少巴人白雪唱花红。　神州万里春来早，遍地笙歌袅。天涯何处可消魂，道是山乡风物最宜人。

鹳雀楼

高阁凌云上此楼，河形山影望中收。
风光摇动生花笔，竟泻诗情入晚秋。

（二〇〇二年九月）

巫山神女还乡记

九天仙女喜家还，瞢睹乡容竟愕然。
万顷平湖开玉镜，千寻高坝锁狂澜。
电流银线输尧域，水奏铜琶彻广寒。
休觅襄王旧相识，巫山春梦庆今圆。

（二〇〇二年九月）

重聚石家庄

浣溪沙

廿载暌违觅旧痕，市容如锦画图新，当年门巷已难寻。　晨练忽看人面熟，交谈未改旧时音。人间不变是情真。

竹枝新唱

（一）

老少同堂正好秋，轻歌曼舞上高楼。
媪翁今日添豪兴，康定情歌唱破喉。

（二）

齐上高楼唱晚霞，铜琶铁板杂红牙。
歌声飞向重霄去，惹得嫦娥也想家。

（三）

南北东西尽兴聊，笑声更比话声高。
人生相聚能逢几？莫负今朝走一遭。

（二〇〇二年十月）

评"打假"

打假年年唱入云，如今作假更翻新。
标签防伪又成伪，检验求真竟失真。
顾我生财加进宝，管他祸国与殃民。
市场整顿呼诚信，净化心灵是治根。

（二〇〇二年十月）

青春诗会致青年诗友

莫问蓬瀛路几千，东风助汝驾征帆。
重洋也可通高速，礁险涛狂只等闲。

（二〇〇二年十一月）

参加中华诗词学会工作五周年有感

五载驱驰未足论，诗程如锦慰初心。
风骚重振拼馀力，家国中兴献寸忱。
数典敢忘前辙鉴？擎旗还望后车人。
高山流水情长在，信有惊天动地吟。

（二〇〇三年一月）

癸未迎春曲

(一)

重到名园又早春,花黄柳绿草如茵。
人生有限情无限,流水无痕屐有痕。
岁月也曾留好梦,江山未肯负诗心。
羸身岂许期颐寿,赶趁馀年寄晚吟。

(二)

又是春光照晚晴,浮华如水过云轻。
髫年曾有擎天志,晚岁何求欺世名。
半纪殚精谋电裕,馀生勠力为诗兴。
传薪我盼新人出,一息犹存尚梦萦。

(二〇〇三年二月)

春日抒怀

壮年从电老从诗,科技人文两辔驰。
九域光明曾梦许,千秋风雅总情痴。
常添毫兴非关酒,亦有忧思是感时。
但愿河清瓯一统,神州龙舞奏埙篪。

(二〇〇三年三月)

临江仙·陈纳德与陈香梅结缡的联想

异国百年燕侣,重洋万里莺俦。英雄红袖喜盟鸥。发肤分两色,情爱结千秋。　　往事峥嵘犹在,今人纷扰何求?相逢一笑泯恩仇。天涯春水阔,海角庆云稠。

（二〇〇三年三月）

玉渊潭樱花盛开

底事花如雪?芳心洁似冰。
结缡来夏土,远嫁别东瀛。
根系三生石,枝摇两地情。
一泓衣带水,玉帛永相迎。

（二〇〇三年三月）

赠函授班诸诗友

一载鱼书两地心,天涯万里共长吟。
兴观群怨抒当世,雪月风花唱晚春。
素魄未随秋叶老,诗情更比暮云深。
恢宏大雅吾侪事,越宋超唐信有人。

（二〇〇三年三月）

夜 兴

（一）

少年耽雅韵，老大浴诗河。
香茗杯中淡，佳联腹内磨。
窗前帘卷月，灯下笔生波。
一曲敲成后，清宵发浩歌。

（二）

耆年攻电脑，情趣自悠悠。
时尚跟难及，高科信可求。
键盘敲欲碎，荧幕看无休。
诗出眉飞舞，天街月上钩。

（二〇〇三年三月）

鹧鸪天·龙的传人

华夏斯民本属龙，支繁族衍九州荣。同文同种安危共，俎豆千秋祀一宗。　　乘巨浪，驾长风。神州鼙鼓震天隆。龙孙今日龙威显，倒海翻江直向东。

（二〇〇三年三月）

上海申博成功

又是荧屏报好音,花飞旗舞沪江滨。
抡魁京市欢如昨,夺冠申城笑已新。
黄胄千秋重抖擞,神州万里更缤纷。
天公惠我机休失,虎跃龙腾国步春。

(二〇〇三年四月)

赞社区某大妈

一领红衫稳称身,公园晨舞欲腾云。
沙场喋血年方少,漠地支边志已申。
离职赋闲肠未冷,为民献热面重春。
嘘寒问暖情无限,光照人间赤子心。

(二〇〇三年四月)

先祖欧阳厚均赞

安仁灵秀毓精英,岳麓花开更向荣。
树蕙滋兰施化雨,行廉持正著清名。
卅年心血浇书院①,一代能臣出祖庭②。
亮节高风遗范在,儿孙永作四时铭。

(二〇〇三年四月)

【注】
① 先祖欧阳厚均任岳麓书院山长,掌教岳麓书院27年。
② 曾国藩、左宗棠、郭嵩焘等皆出自欧阳厚均门下。

偕妻参加国电公司离休干部疗养团赴江西

井冈山杜鹃

烟峰云壑郁葱茏,千杆修篁万树松。
更使名山生色处,英雄血染杜鹃红。

西江月·黄洋界

一岭界分湘赣,层云雾锁峰峦。崎岖小道上青天,多少游人挥汗。　往日硝烟不再,当年伟绩犹传。今看春色满冈山,堪慰英雄遗愿。

烈士陵园

烈士遗容何处寻？庄严高阁四墙陈。
蹒跚我自迎阶上，只为灵魂洗净尘。

水口双虹瀑

圣地瞻游壮此行，琼琳仙境又怡情①。
涂红抹绿山如画，漱石抟沙水自清。
高瀑悬空珠链落，斜阳穿雾彩虹生。
风光如许长相伴，先烈忠魂定可宁。

【注】
① 水口景区奇峰环立，怪石异花，云烟缭绕，山青水秀，人称"琼琳仙境"。

重泛泸溪

八唱泸溪咏未穷①，重来有兴再吟风。
清流汩汩水常绿，白发盈盈韵尚浓。
岁月如梭休带憾，江山似锦且留鸿。
人生易老情难老，一片诗心入晚红。

【注】
① 2000年11月，余曾参加龙虎山诗会，泛筏泸溪，赋八绝赞泸溪风光。

重游龙虎山

南国寻春此是涯,清溪十里映丹霞。
山成龙虎无双地,侣结鸳鸯第几家?
天府迎宾皆赐福[①],仙乡有土便生花。
诗如流水人如醉,惹得荆妻笑我邪。

【注】
① 天府,即天师府,为道教历代天师起居处。

三清仙境

乘缆车过坳,陡见山顶群峰错落,烟云缭绕,谷中杂花生树,满目葱茏,顿生如临仙境之感。

仿佛腾云上九天,翻疑身与梦魂连。
虚无飘渺神仙境,窈窕婀娜姝丽颜。
错落群峰纱掩面,葱茏满目壑生烟。
人间有景如斯美,五岳黄山不再看。

(二〇〇三年四月)

耆年豪唱

（二〇〇三年——二〇〇七年）

镕基赞

板荡神州盼俊才，无边风雨送君来。百年积弱须重振，万里河山待剪裁。皆言君本朱皇后，叵耐苍天偏不佑。疑将大任降斯人，遂教苦难先尝够。凄风苦雨笼长沙，冰封大地发寒芽。含辛茹苦亲何在？怙恃双亡幼失家。东瀛灭我刀兵逼，将士无能竟逃逸。名城一火万家焚，天涯何处堪容膝。求学艰难一少年，家亡国破几颠连。夙兴夜寐书勤读，击楫中流欲挽天。抗战伤亡人不计，劫后重生呼胜利。何期内祸又萧墙，弥天烽火重燃起。欣登高榜入清华，十载寒窗捧玉瓜。天下兴亡为己任，书生救国夜鸣笳。神州龙战争朝夕，风雨鸡鸣催晓急。天旋地转变乾坤，人民作主共和立。茅庐初出绽新葩，小试牛刀誉倍加。展望前程花似锦，卢生一梦到天涯。玉庭乍怒风雷袭，霎那晴天飞霹雳。忠言逆耳豆萁煎，禹甸儒冠皆掩泣。梦坠空云齿发寒，男儿有泪不轻弹。廿年蠖曲心难曲，黄卷青灯志未残。大地春回葬"文革"，万里江山再生色。尧疆百废待中兴，呼唤人才声切切。何堪美玉久沉埋，一朝焕彩出尘埃。囊锥脱颖锋初现，鸣凤朝阳震九垓。雷厉风行主经委，根除积弊从无畏。质量严求技改精，生产经营初上轨。百年老埠叹湮沉，沪上欣逢市长新。振聋发聩频筹策，催趁东风夺上林。清廉从政身垂范，经济腾飞新貌现。三年治沪建殊勋,千万市民交口赞。抡才抡德入中枢,一朝机遇便何如?经纶满腹凭施展,不负生民寄望殊。又是神州经济热,泡沫横飞如卷雪。物价飚升马脱缰,"跃进"劣根锄未绝。抽紧银根斩乱麻,一棒当头猛刹车。宏观调控软着陆,力挽狂澜见曙霞。初遴揆首誓言洪,硬语盘空震宇穹:深渊万丈身何惧?地雷铺阵我偏冲。鞠躬尽瘁死而已,一往无前辟路通。听罢掌声长不断,座上无人不动容。金融大鳄兴波乍,台风席卷东南亚。汇率堤崩物价飞,昔日繁荣今饼画。直面狂涛智不昏,运筹帷幄挽沉沦。力排众议稳币值,砥柱中流誉四邻。九州洪水祸频加,怒骂工程豆腐渣。老泪纵横亲决策,速固江堤万姓夸。全球经济低迷久,市场萧条成掣肘。扩大投资促内需,唯我中华枝独秀。折冲樽俎破重关,入世经年历万难。一会多哈锤落定,全球经贸更争先。浩浩汤汤今不见,濯濯童山沙暴卷。退耕还水更还林,定使城乡生态转。国企今逢改革秋,农村致富更牵愁。千头万绪心操碎,旰食宵衣苦运筹。弘扬国粹冰霜重,大雅薪传谁与共?甘棠厚爱及诗词,华裔吟魂情激动。君知否?五年总理岂寻常,华夏中兴国有光。人大掌声民誉在,英名赢得五洲扬。诚知说项难为听,人心自有公平秤。聊歌一曲赞镕基,功过千秋留史定。

(二〇〇三年五月)

悼盖凡老友①

噩耗惊闻泪洒珠，当年斗室共蜗居。
孤灯苦读知今古，中夜清谈论有无。
博学如君终作栋，浅尝似我尚如弩。
春宵寄语情仍热，天上人间路已殊。

【注】
① 张盖凡乃余清华同班同学，皆为湖南人，曾同住一室。盖凡为海军工程大学著名教授，曾多次获国家科技奖。

（二〇〇三年六月）

常德诗人节

诗 墙

华夏文明亘古长，泽流九有铸辉煌。
诗墙十里诗千首，挺起中华硬脊梁。

游桃花源自嘲

老来万事不经心，一入桃源便忘秦。
往景唯留蕉鹿梦，馀生疑似烂柯人。
悠悠岁月随流水，莽莽乾坤任转轮。
若问此身何所寄，泛舟诗海觅情真。

（二〇〇三年九月）

神舟五号载人飞行成功

千载炎黄志未申，苍穹问鼎恨无门。
嫦娥久托飞天梦，夸父空留逐日心。
世界许谁称霸主？神舟任我上青云。
宇航今见三分势①，捉月拿星信有人。

【注】
① 现只有美、俄、中三国有载人宇宙飞船。

（二〇〇三年十月）

参加上海电力诗词研讨会并赴浙东

周庄万三蹄

富甲江南枉自迷，画蛇添足费心机。
皇恩岂可消疑妒，万贯家财只剩蹄①。

【注】
① 沈万三曾为江南首富，资助朱元璋建都城。朱元璋对其财富甚为妒嫉。沈万三要犒劳建城军士，朱怒甚，斥其谋反，欲诛之。后经大臣阻谏，改发配云南。

迷 楼

赌酒豪吟剩此楼，当年南社赋同仇①。
乌云散尽朝霞出，恭候诸公返故畴。

【注】
① 南社柳亚子、陈去病、王大觉等曾于1920年12月聚会此楼，饮酒唱和。

满庭芳·西湖感兴

山色空蒙，水光潋滟，四时佳景缤纷。泛舟湖上，迷眼尽烟云。漫步苏堤春晓，消炎夏，柳浪垂阴。怡情日，平湖秋月，冬雪断桥昕。　　展痕，曾几度、邀朋侣友，赌酒论文。赏如画风光，高唱低吟。今日吾身老矣，犹偕妇，旧梦重温。秋风起，楼船往返，吹唱更何人？

溪口小洋楼致蒋经国

血债还须以血洗，钦君慷慨赋同仇。
英魂倘作和平使，一统中华返故楼①。

【注】
① 小洋楼为蒋经国夫妇住所。蒋经国生母被日机炸死，他立"以血洗血"碑以表复仇决心。

雪窦寺张学良囚禁处

小院萧疏几树阴,将军当日此囚身。
抗倭反被横加罪,一拜遗容涕泗纷。

鹧鸪天·四明放歌[①]

漠漠云林四面开,群峰排闼入眸来。携风挟雨一溪水,坠玉飞珠千丈崖。　寻古寺,上高台。风光催我放吟怀。江山如此钟灵地,不育英才亦霸才。

【注】

① 四明山支脉雪窦山为国家级风景区,剡溪、千丈崖、雪窦寺、妙高台等均为著名景点。

参观溪口抽水蓄能电站,赠王炜吟长[①]

情系千家乐与忧,东归不为己身谋。
黄河万里曾挥斥,溪口群峰任运筹。
三线来回调网电,双池上下舞潜流。
名山胜水风流地,卧虎藏龙总未休。

【注】

① 王炜曾任陕西安康水电厂厂长,后调回故乡浙江奉化,任溪口蓄能电站总工程师。

赠朱长荣吟长

诗海心长系，蓬山路未通。
航标初指向，天马便行空。
咏世情常热，抒怀韵更浓。
攀登无止境，勉力上高峰。

赠钱明锵吟长

小楼一统对湖天，卜宅西溪度晚年。
水木清华舒望眼，尘凡悲喜付吟笺。
门迎雅俗诗中侠，语近疏狂酒后仙。
四海吟俦频唱和，人生何事尚情牵？

（二〇〇三年十一月）

廊 坊 行

二〇〇三年十一月廿一日至廿四日应廊坊市政府之邀,与杂志社同仁携夫人同赴廊坊及所属霸州,永清,香河诸县参观访问。

鹧鸪天·屈家营听古乐

古乐人间何处寻?屈营笙管奏谐音[①]。浮华尽去纯情出,俗念全抛雅韵陈。　声激越,调低沉。高山流水曲中闻。中华国粹欣传世,广播寰球寄望深。

【注】
① 屈家营古乐为全国现存三种古乐之一,历史已近千年。

煎茶铺谷风诗社成立十二周年社庆

冬阳和煦胜春风,茶被煎浓韵更浓。
镇日京城吟大雅,谁知诗在此村中。

竹枝新唱·公园一瞥

秧 歌

八十婆婆头插花。轻歌曼舞醉流霞。
嫣然一瞥秋波送,惹得游人笑语哗。

京 剧

不求字正与腔圆,唱破喉咙拉断弦。
地是舞台天是幕,老来寻乐自悠闲。

约 会

妪跳秧歌日渐升,翁挥太极正微明。
分飞劳燕勤叮嘱,今夜争锋到舞厅。

(二〇〇四年四月)

景山公园观郁金香

红紫橙黄黑白蓝，斑斓七彩灿春园。
新成宠卉繁中国，早是名花出荷兰。
茎直不因风雨曲，衫青更比芰荷鲜。
群枝永向遥天指，馈赠人间品自妍。

（二〇〇四年四月）

偕妻云南三度游（国网公司离休干部疗养团）

傣女入浴图

轻曳罗衫缓下滩，春江拨水起微澜。
冰肌欲露还须掩，不是情郎不许看。

【注】
傣族喜在河中沐浴，女在上游，男在下游。

撒尼之爱

一曲相思唱到今，痴男阿黑用情深。
秀岩玉立阿诗玛，惹得游人也动心。

【注】
阿黑哥为撒尼族对男子的称呼，阿诗玛为对女子的称呼。

白族掐新娘

白族风情绽异葩，姑娘出嫁喜人掐。
掐时用力君须重，臂紫肩青是一家。

布当族颈箍

旅游招客演荒唐，围脖金箍炫颈长①。
缠足倘然今尚在，中华奇俗更成双。

【注】

① 布当族人少，居深山，妇女常被坏人强暴斩首，故从小在颈部套一金属箍防身，久而成俗，以致颈部细长无力，去掉金箍后不能支撑头部重量。

白族对歌

雪月风花戴满头，金花有意结鸾俦。
阿鹏若是真相爱，蝴蝶泉边一展喉。

【注】

白族称女为金花，男为阿鹏。白族头上帽子象征着大理风光特点——风花雪月。白族男女通过对歌谈情说爱。三月节时，大批蝴蝶飞到蝴蝶泉边（现此景已不复存在），正是男女对歌的好季节。

(二〇〇四年四月)

公园观兰

本长深山野径边，谁将移植到公园。
指天青剑伸难屈，匝地须根细更盘。
偶有清香飘室内，从无媚态献君前。
人心倘许如兰洁，世上贪婪一扫完。

（二〇〇四年四月）

京郊爨底下村

海味山珍补养汤，城中美食已全尝。
市民今品农家饭，野菜粗粮更觉香。

（二〇〇四年五月）

平谷金海湖垂钓

（一）

手执鱼竿坐对湖，轻抛虫饵任沉浮。
篓空篓满何须问，钓得清风胜钓鱼。

（二）

面对浮漂望眼穿，夕阳西下篓空悬。
鱼儿也识婪心险，胜似人间只顾贪。

鹧鸪天·清东陵

雾列前圈万点峰，长城风水接来龙。一朝兴废铭青史，几代君妃卧地宫。　　功与过，岂能同？慈禧看罢又乾隆。兴邦睿主人皆颂，祸国昏君骂未穷。

【注】
东陵分前圈和后龙两部分，前圈为陵寝所在地，后龙为护陵部分。

鹧鸪天·乾隆"自述"

继绪承平敢自疏？朝乾夕惕悚称孤。南巡只为民情访，北返终将积弊除。　编闹剧，演虚无。荧屏几个似真吾。文韬武略谁言我？惹草沾花愧不如。

（二〇〇四年六月）

安仁访祖谒厚均墓

野树荒丘草掩坟，先人踪迹杳难寻。
用心料是千般苦，不建豪茔耀后人。

（二〇〇四年六月）

洪湖荷颂

应洪湖诗词学会之约题书，镌刻于市广场诗词长廊

一望无涯水接空，万枝朱笔插湖中。
花开底事红如血？料是当年血染红。

（二〇〇四年七月）

菩萨蛮·百里峡海棠峪

2004年7月,中华诗词社组织到野三坡进行邓小平百年诞辰诗词大赛评奖,余偕华亭前往。

巉崖峭壁如刀削,幽兰烟树藏深壑。流水绕长沟,天涯无尽头。 风光如梦境,城市嚣尘净。对峡发长吟,弦歌高入云。

娄底感赋

一九四四年孟秋,余由衡阳西乡曲兰(沦陷区)通过封锁线到湘西。肩挑步担,藉以养家奉母,并一路寻父,曾经此处。今日在此召开中华诗词学会常务理事会,旧地重游,感慨万分。

(一)

故国三千里,风云六十年。
神州罹浩劫,寇骑碎尧天。
国弱锥无地,家贫我剩肩。
重游来故地,往事倍情牵。

（二）

六十年前风雪路，霎时重返眼前来。
凶残倭寇屠城急，苦难神州动地哀。
杀敌恨无三尺剑，求生愁对九天雷。
今逢盛世君须记，莫让东瀛旧梦回。

（二〇〇四年九月）

望海潮·常德诗墙颂

第二届中国常德诗人节参观常德诗墙

滔滔黄水，巍巍泰岳，中华源远流长。群怨兴观，风骚雅颂，千年诗国辉煌。遗韵久流芳。有诗经三百，橘颂九章。唐撷诗英，宋飞词彩，更名扬。　　防洪立壁沅江。喜孽龙驯服，碑刻琳琅。古往今来，寰中海外，名篇洒洒洋洋。十里灿诗墙。看承骚继雅，赶宋追唐。他日层楼更上，风韵五洲香。

（二〇〇四年九月）

中秋海峡情

今岁中秋月又妍，台澎骨肉最心连。
人难欢聚情难割，岛未回归镜未圆。
已见神舟翔玉宇，还期黄胄共尧天。
任他海峡狂涛涌，破浪乘风更向前。

（二〇〇四年九月）

观京剧感呈诗坛诸大老

旦生净丑俱登场，弹唱吹拉各擅长。
诸位名家精表演，一台好戏盛开张。
声情并茂宾盈座，龙凤呈祥彩满堂。
谐乐还须人合奏，休因争位乱宫商。

（二〇〇四年十月）

浙江行

京温机次

又是穿云破雾行,耆年尚许赴新征。
续貂电业甘为尾,附骥吟坛浪得名。
颂德颂功千笔颂,抨贪抨腐几人抨?
诗风自古关时运,忧国忧民是至情。

应吴妙智女士之邀偕妻参加瑞安市仙岩寺慧光塔重修开光盛典

古刹庄严溯远唐,千年佛塔喜重光。
八方信客虔朝拜,四海高僧盛赞扬。
法雨梳林山自绿,禅风漱石地生香。
人间仙境云何在,别有天堂此处藏。

菩萨蛮·登温州江心屿

偕朋携妇登孤屿①,茫茫思绪连千古。谢客此行吟②,文公浩气存③。　瓯江流不断,人拍栏杆遍。世事几浮沉,天涯谁梦真?

【注】
① 江心屿亦称孤屿;
② 谢灵运;
③ 文天祥。

江心屿联句

钱明锵（杭州）蔡圣栋（瑞安）黄有韬（乐清）欧阳鹤（北京）

登上浩然搂，凭栏豁远眸。
涛声暄日夜，雁影落汀洲。
谢客诗情在，文公正气留。
江山馀胜迹，遗范足千秋。

雁荡风光

一 浣溪沙·大龙湫

百丈悬崖一幕垂，跳珠撒玉共云飞。澄潭波涌响惊雷。　削壁连峰林隐隐，晴空飘絮雨霏霏。龙湫醉我不思归。

二 浣溪沙·灵岩飞渡

捭阖风雷此展旗，冲天一柱与云齐。双峰对峙竞高低[①]。　孤索横空穿紫燕[②]，悬绳荡壁舞樵衣[③]。鹊桥飞渡世称奇。

【注】
① 双峰指天柱峰和展旗峰；
② 两峰之间连一绳索，人在索上通过。

③ 另一表演是"悬崖滑索"。表演者悬于孤索上，沿崖直下，模仿古时采药者，表演各种动作。

三 灵峰夜景

怪石奇山暮色中，千形百状变无穷。
几时圣母留双乳？何处雄鹰踞一峰？
少女思春情郁郁，犀牛望月梦空空。
流连如醉祈天意，化我成岩入景同。

四 游雁荡有感

雁荡风光久梦求，耆年觅胜正清秋。
奇峰飞瀑无双景，还我青春是此游。

应李国林诗友之邀赴诸暨，参观西施殿

灭吴兴越志难申，竟把江山托美人。
将帅无能勾践耻，千秋毁誉应重论。

（二〇〇四年十一月）

写诗自况

敲金戛玉几经年,剑气箫心两未然。
人事沧桑催短句,江山瑰丽泻吟笺。
也曾感奋鞭时弊,亦有情怀唱梦圆。
他日泉台归旧部,高歌一路赴遥天。

(二〇〇五年一月)

贺中国电力诗词学会成立十周年

电火诗花共一瓢,诗随电舞更生娇。
轮歌急节催光热,线奏谐音送富饶。
绽蕊十春缘汗沃,收珠八斛见标高[1]。
风骚缵续须加力,欲步青云路尚遥。

(二〇〇五年五月)

【注】
[1] 指《电力诗词》刊物。

论诗绝句

寻 诗

何必诗材世外求,人间无处不风流。
灵犀倘许通天地,万紫千红尽入眸。

灵 感

诗含灵性方称妙,酒到微醒始入仙。
鸡尾九摇难变凤,龙睛一点便飞天。

诗 情

咏事须防假大空,矫揉造作路难通。
诗心本自人心出,吟到情真句便工。

推 敲

句未吟安寝未安,千斟万酌梦魂牵。
敲诗敲退窗前月,一韵敲成月已残。

(二〇〇五年二月)

读寓真《四季人生》诗集感赋

读罢瑶篇感不禁,人间难得是情真。
青春似火情犹热,秋叶如丹色更珍。
堂上惩奸凭玉律,梦中得句是乡音。
诗坛扰扰君行健,活水无尘味自纯。

(二〇〇五年三月)

临江仙·随国电疗养团赴京山疗养

天河漂流

四面青螺环玉镜,天河又作漂流。山光水色景清幽。通天犹有洞,入峡已无舟[①]。　竹筏轻摇人似梦,湖山任我优游。人间烦恼暂全丢。千窗开画卷,万象豁吟眸。

【注】
① 清流峡、通天洞均为天河景区名胜。

绿林山

　　莫道绿林皆是寇，也曾锄佞扶忠。灭新匡汉建奇功①。丹心昭日月，草莽出英雄。　　盖地铺天仍是绿，千峰万壑葱茏。旧时风景此时逢。当年豪杰去，今日旅游通。

【注】
　① 驻绿林山的好汉王匡、王凤等曾与王莽作战，帮助推翻新朝，匡扶汉室。

（二〇〇五年四月）

旧恨难忘六十年

当年日寇侵华，神州大地生灵涂炭，国破家亡、腥风血雨之情景仍历历在目。今值抗战胜利六十周年之际，抚今追昔，感慨万千。爰本亲身经历，愤作长诗以记之。

苍黄往事未如烟，血雨腥风似眼前。国破家亡民族恨，炎黄无地更无天。文明古国辉煌史，积弱百年华夏耻。列强蜂拥欲瓜分，东瀛捷足鞭先指。甲午风云战未休，山东又欲乱中收。兵无血刃吞东北，禹甸山河尽在眸。风云突变飞鸣镝，倭奴入寇烽烟疾。无端战祸起芦沟，神州何处能安席？强胡不敌失平津，华北旋看满战云。江河天堑投鞭渡，金瓯半壁已狼吞。寇骑纵横筹莫展，转瞬潇湘危累卵。步步为营拒敌深，名城一炬烧天半。长沙沙水水无沙，继世诗书五代家。岳影江声连曙色，童年美梦总如霞。杏坛化雨滋苗早，洙泗弦歌声正好。渔阳鼙鼓乱琴音，曲断丝残春去了。世乱年荒走避胡，穷山恶水对门居。父病母羸兄弟散，天涯飘泊叹居诸。落难他乡生不易，身无寸物锥无地。陋祠一角寄萍踪，荒坡几亩谋生计。茹苦含辛一少年，家贫何以奉椿萱。肩挑步担奔黔粤，为赚蝇头买米钱。读书更比登天难，诗礼传家因母贤。慈帏画荻春晖重，无限温情融冻寒。国危人命轻如纸，身遭厄运心难死。闻鸡起舞誓中宵，时乖不坠青云志。昼耕朝采几曾闲，夜读芸窗蜡炬残。体倦神疲昏欲睡，墨痕乱舞污云笺。全球合力歼顽敌，穷寇图南情转急。烧杀奸淫逞兽狂，虽居僻壤逃何及。邻家有女正芳辰，蕙质兰心貌罕伦。一双巧手绣成锦，四处媒婆踏破门。春花一夕被摧残，柳暗花明独户存。大难临头浑不识，逃逸未成悲命失。抓伕缚我计挣脱，寻亲千里湘西路。祖孙诀别最伤情，天上人间两泪零。世间鬼蜮几时除？苦难生民倾泗涕。瓜分豆剖列强争，环球从此庆和平。拜灵篡史日嚣张，莫效前车六十年。怒问苍天胡不佑？从兹人失黄昏后。女织男耕歌击壤，横祸飞来狼入室。鬼子临门杀气腾，毒染荆伤印可凭。敌枪封锁夜潜穿，魂寄他乡土一茔。家仇国恨交相逼，人世悲辛何日息？横尸千万筑长城，扰扰乾坤总未宁。又闻东岛机心动，侵略野心如火洞。中华今已腾龙起，狭路相逢偏遇寇。山穷水尽一孤村，只认桃源不问秦。妇被欺凌已被抓，云山雾沼且逃生。经年饱受生离苦，父子重逢唯泪雨。死去犹存亡国恨，灭倭叹乏回天力。神州喜讯飞天际，抗战八年迎胜利。但愿干戈成玉帛，竟欲重温军国梦。我向东邻进一言，敢谁弄火必全歼。

（二〇〇五年四月）

黄兴颂

大厦将倾风雨狂,群狼争馔欲吞羊。
湘江结义凭杯酒①,瀛岛盟心赴镬汤②。
六合纵横旗猎猎,九州捭阖势洋洋。
河山万里归民主,一代先行世未忘。

【注】
① 黄兴在湖南成立华兴会。黄诗:"结义凭杯酒,驱胡等割鸡"。
② 黄兴与孙中山在东京成立同盟会。

(二〇〇五年四月)

临江仙·游汨罗江

昔醉莱茵锦绣,今酣汨水清幽。天涯万里任优游,神州开胜境,欧陆觅漪流。　　屈子怀沙激浪,少陵绝笔扁舟。一江春水两魂留。骚声传万户,诗韵动千秋。

(二〇〇五年八月)

题关永起画

入画鱼犹跃，疑真鸟尚飞。
花香飘纸外，直欲折枝归。

（二〇〇五年九月）

鹧鸪天·黄山光明顶

立马巅峰四望空，霓裳霞袂舞天风。凝眸云海仙源近，入耳山涛阆苑通。　　观怪石，赏奇松。九州烟雨此间浓。耆翁到此宁无韵？一片诗心化彩虹。

（二〇〇五年九月）

苍松劲挺

美籍华人谭克平老先生年逾八旬,犹情怀故土,钟爱中华传统诗词,亲自发起并资助"华夏杯"全球华人诗词大赛,赤子之心,感人至深。特赠此诗,以表敬佩之情。

老干凌云一劲松,经霜澡雪傲长空。
枝繁异域今为祖,根系尧疆本属龙。
扑面常迎欧美雨,萦怀仍是汉唐风。
愿将落叶添薪火,炬照神州别样红。

(二〇〇五年十一月)

论诗二绝

一 哲理

不识庐山缘在山,欲穷千里上层看。
世间万物皆存理,诗到精微理自含。

二 情与景

有情无景情难托,有景无情景亦庸。
情景交融诗境出,醉人更比酒香浓。

(二〇〇五年十一月)

临江仙·赠别蔡淑萍女史回蓉

今已才名播宇，曾经玉镜埋尘。天涯沦落铸诗魂，高歌腾大野，清唱遏行云。　　入夜寒灯对影，凭窗诗海捞针。京华斗室献微忱。一刊心路远，三载客情深。

（二〇〇五年十二月）

京郊红螺寺

一　夫妻银杏树

雌树开花不结果，雄株结果不开花。
无知亦有人间爱，少了夫妻不是家。

二　紫藤寄松

缠定虬枝寄此身，藤柔松劲共凌云。
千年风雨情依旧，真谛人生此悟深。

（二〇〇六年一月）

夜吟有感

冷雨敲窗夜已深，孤灯疏影对寒衾。
室无余热身难暖，腹有丹忱血尚温。
往事如烟休带憾，新程似锦且长吟。
天公假我十年寿，定把中兴唱入云。

（二〇〇六年一月）

临江仙·电力装机超五亿千瓦

万里长征初起步，当年几许雄襟。披霜饮露战晨昏。江山描锦绣，岁月付风尘。　　奉献一生谋电富，欣今好梦成真。神龙腾舞伴谐音，能驱千业富，光照九州春。

（二〇〇六年一月）

乙酉京华除夕夜

音杳烟消憾有年，京华今夜又狂欢。
礼花送彩群星落，鞭炮鸣雷满地喧。
民俗岂能因令改，人心只可以情连。
承平治国须深省，管豹窥斑镜已悬。

（二〇〇六年一月）

荣获第一届华夏诗词奖一等奖第一名有感

戛玉敲金伴此生，年登耄耋喜殊荣。
心萦家国图强梦，魂系诗词未了情。
风雅颂骚抒胜概，兴观群怨寄丹忱。
天公倘许期颐寿，定唱黄河水到清。

（二〇〇六年五月）

偕妻游张家界

西江月·黄龙洞

底事蛰居幽洞？何时重返蓝天？潜藏鳞甲度流年，只盼时来运转。　　四海风生水起，九州地覆天翻。期君腾雾出深山，畴昔雄风再现。

西江月·定海神针[①]

伏地群岩璀璨，冲天一柱嵯峨。亿元投保价如何？珍贵谁堪比我。　　曾为龙王镇海，也随大圣降魔。人间尚有鬼狐多，愿助斯民除祸。

【注】
① "定海神针"为黄龙洞内一根从岩底伸到岩顶的钟乳石柱，投保金额一亿元，为全国自然景观投保之冠。

临江仙·宝丰湖

造物何其天意巧，人间置此明珠。云烟缭绕是仙居。群峰垂翠幕，倒影入平湖。　　阿妹谁家迎客棹？山歌水上轻浮。汉男土女定情初。八年银汉隔，咫尺鹊桥无。

【注】
宝丰湖上有土家族少女和汉族男子分别在自己船上唱歌，并与客人对歌。据说汉族男子要在此地八年，才能成婚落户土家族。

（二〇〇六年六月）

蓬莱疗养行

乘机口占

只为浮云遮望眼，世间清浊总难凭。
豁眸望尽三千里，缘在浮云更上层。

苏公祠

五日为官罢榷盐，千年香火尚绵延。
爱民定有民心在，踵武前贤吏自廉。

【注】
苏轼在登州做了五天官，了解到百姓不堪盐税重负，即上奏朝廷，获准免除盐税。

田横山

义重千秋百姓崇,亡齐不受汉王封。
精魂五百归沧海,血染丹霞岭尚红。

刘公岛

十载暌违续旧游,楼新路阔豁晶眸。
岛容易变情难变,甲午风云耻尚留。

(二〇〇六年六月)

讽喻五章

升学叹

高考登科喜泪流,无钱入校又成愁。
务农为本贫如洗,办学求财款滥收。
千里辞亲犹可忍,万元交费怎生筹?
远航起步遭狂浪,谁送东风助上游?

打工叹

为谋生计走天涯,背井离乡泪眼花。
屡建高楼迎客住,长居陋室有谁嗟。
三餐粗饭唯求饱,一载工钱尚未拿。
时近年关车票涨,亲情梦断怎回家。

就医叹

千里来城为治疴，贫羁闹市倍煎磨。
赶时头顶三更黑，排号谁怜两鬓皤。
收费万元犹觉少，开方一刻总嫌多。
人疲财尽回村去，活路难寻怎奈何。

挖煤叹

黑洞劳生不见天，淹坑爆井祸连连。
丧心矿主敢违法，参股乡官只认钱。
滚滚财源归饕腹，条条人命赴黄泉。
蒸黎惯听安全调，何日安全到眼前。

审小偷

纷纭世界出奇闻，狭路相逢法也神。
今日华堂君审我，前宵贵府我偷君。
五千盗款刑三载，百万贪银酒一巡。
尔秘深藏吾揭发，难逃天网更何人。

（二〇〇六年七月）

采桑子·赞中央电视台《我的长征》纪念长征胜利七十周年

当年勇赴长征路,碧血丹心,嚼雪茹根,民族危亡系一身。　而今重走长征路,步武前尘,温故知新,华夏中兴盼后人。

(二〇〇六年七月)

参观贾岛祠墓感赋

二字推敲百代珍,诗山韵海用情深。
郊寒岛瘦遗风在,引领诗人重苦吟。

(二〇〇六年九月)

武当山笔会后过香溪昭君故里

一江秋水尚流芬,绝代名姝旧宅存。
出塞只因君令逼,和亲仍以寸肝陈。
人亡漠地留青冢,魂恋家山伴暮云。
万里投荒偏说爱,谀今纂史更何论①。

【注】
① 有的电视剧把昭君出塞编成爱情剧。

(二〇〇六年九月)

赠戴云蒸学长

建国开邦献赤诚，栉风沐雨刻年轮。
桑榆溅血浇诗土，万里长征不老心。

（二〇〇六年十月）

采桑子·唐槐诗社成立三周年致贺

秋枫自有弥天赤。沥血呕心，振古开今，赢得诗名天下闻。　　真情不作趋时舞。琴瑟调纯，诗企联姻，创出唐槐一树荣。

（二〇〇六年十月）

浣溪沙·首届海峡诗会

（一）

一峡天涯肠断时，云空望月总迟迟，离人遥夜起相思。　　两岸桥通圆宿梦，九州花发灿春姿，欣逢盛会竞挥诗。

（二）

同种同文汉脉连，亲情难断总心牵，浮云蔽日聚何年？他日金瓯归一统，今宵黄胄共翩跹，诗人唱和彻云天。

（三）参观永定土楼（振成楼）

闽西风物豁吟眸，路转峰回访土楼。
百户晨昏双井水，一窗烟雨几陵秋。
院中继世书香溢，域外传名夙愿酬。
倘得余生能住此，耆年潇洒更何求。

（二〇〇六年年十一月）

广西行

二〇〇六年十一月底至十二月初,应家佐兄邀请,赴广西参加两广诗会并到各地采风。

金田太平天国起义旧址

千秋青史演荒唐,天国风云戏一场。
举帜灭清诚可贵,阋墙祸已更堪伤。
盟交草莽情何笃,位别君臣义便亡。
落日孤村空对影,犀潭如镜照沧桑。

踏莎行·桂平龙潭国家森林公园

壑起轻岚,峰飘薄雾,垂青滴翠芳菲路。银河泻瀑落澄潭,龙翔凤翥飞珠雨。　　诸岳尝登,五湖曾旅,风光醉我宁如许?耆翁尚有梦中情,他年卜宅溪山住。

西江月·桂平西山洗石庵

门对三江秀色,背依千载名山。风云捭阖此当关,多少兴亡聚散。　　佛寺梵音悦耳,尼庵舍利惊天。香联四海信徒虔,只为人间多怨。

玉林云天文化城

高阁凌霄是此楼,云天直上兴悠悠。
城中文物来台岛,槛外风光正晚秋。
绣凤雕龙工艺绝,摹山状水匠心留。
登临我亦馀遗憾,两岸何时共一瓯?

奇石颂

丙戌孟冬,承家佐兄邀请,与从龙、梁东二兄同访其私邸。甫进中厅,蓦见一奇石岿然置案上。此石珠圆玉润,色相天成,尤令人瞠目结舌者乃石上隐藏"钟家佐公公寿"六字,且以蝙蝠环之,蔚为奇观。嫂夫人称此石本为其女公子坊间购石时之附赠品,初弃置于案下,偶于整理清洗时发现石上所隐之字,遂置于中厅案上,以备友人浏览。如此奇石奇缘,不亦天意呼?实平生所未见也。乃慨然作七律以歌之。

一石岿然坐正厅,珠圆玉润豁眸青。
不周山上千磨出,太极炉中九炼成。
填海曾膺精卫志,补天亦托女娲情。
玄藏六字君知否?蝙蝠纷纷颂鹤龄。

陕西电力诗词学会举办"欧阳鹤诗词研讨会"诗以谢之

电业吟旌举,长安第一流。
风骚登大雅,吟唱拔头筹。
愧我才何浅,输君意更稠。
诗评铭座右,耄耋再精求。

(二〇〇六年十二月)

鹧鸪天·咏电

混沌初开便诞生,无踪无影亦无形。阴阳际会惊天闪,雷雨交加动地鸣。　来世界,献光明。人间冷暖总关情。振兴华夏千秋业,仗汝先行照远征。

(二〇〇六年十二月)

八声甘州·读《蔡世平词选》

似清风阵阵扑帘来，醇醪润心头。恍一江流碧，层峦染黛，水软山柔。何处银弦玉笛，吹奏上高楼？尽人间天上，意密情稠。

蓦睹南园芳草，有风情万种，醉我吟眸。只凌云松柏，此处尚难求。愿他年，花繁树茂，灿双珠，美景更谁俦？军魂在，豪雄婉约，并显风流。

（二〇〇六年十二月）

悼张信传老友

噩耗惊传涕泗纷，高歌盛会尚声闻[1]。
有才唯楚湘音重，大笔如椽谠论珍。
晓露万珠迎旭日，晚霞千朵伴黄昏[2]。
料君虽去诗魂在，天上人间共浩吟。

【注】
① 2006年5月2月清华班友聚会。
② 《晓露》为清华解放前的地下刊物，张信传乃主要举办人之一；《晚霞》为清华班友离退休后的交流刊物，由张信传主办。

（二〇〇七年一月）

耄叟高吟

（二〇〇七年—二〇〇九年）

八十感怀

（一）

白云苍狗变无常，人世甘辛百味尝。
险遇倭刀戕稚命，幸登高榜入名庠。
一生献电情何笃，十载捐诗梦亦香。
老去廉颇犹健饭，杖筇豪唱更由缰。

（二）

欲赴三山觅大同，重洋远渡路迷蒙。
常因舵误航偏左，亦趁潮平驶向东。
填海长存精卫志。怀沙每惜屈平忠。
今欣万里风波定，犹望蓬瀛一耄翁。

（二〇〇七年一月）

鹧鸪天·重返马头电厂

重见机炉次第排，当年灯火战高台。寒风刺骨丹心热，烈焰烧冰冻管开。　　经卅载，更萦怀。青丝尽白我重来。厂容人面新还旧，聊慰相思亦快哉。

（二〇〇七年春节）

虞美人·读《苎萝雨痕》赠蔡世英诗翁，李国林、鲁云信、朱巨成诗契

（一）

晨曦乍露闻啼鸟，知是春来早。东风裁柳眼初开，阵阵袭人花气扑帘来。　苎萝烟雨弦歌动，自有诗痕重。嘤鸣求友路千程，无限深情长在梦中萦。

（二）

高山流水知多少，总听琴音好。黄鹂玉树舞东风，尽把春花秋月啄诗中。　天涯万里吟怀共，时有芳菲送。心期北雁再南飞，重到浣沙溪畔沐馀晖。

（二〇〇七年三月）

轶青会长八十五岁华诞志庆

耄耋依然夒铄翁，诗舟操舵自从容。
为公正气一身揽，无欲清风两袖笼。
四海归心人拱北，千帆破浪路朝东。
蓬瀛虽远愁何必，众志成城彼岸通。

（二〇〇七年三月）

满庭芳·《中华诗词》发行百期抒感

今露峥嵘,昔经坎坷,难忘筚路艰辛。一刊初创,风雨便凌侵。冷月孤灯长夜,稿盈室,沙里淘金。何求索?中兴诗运,耿耿献丹忱。　　风云,今际会,神龙昂首,诗国逢春。看吟帜高擎,四海盟心。愿我同仁共勉,乘风进,锐意求新。推精品,青钱万选,不负盛时音。

(二〇〇七年四月)

河 南 行

参观孙轶青书法展

琳琅掛壁迓佳宾,国宝弘恢又一轮。
凤舞龙飞锋百转,银勾铁画力千均。
诗关时运情何烈,字绍前贤笔有神。
华夏中兴文事盛,迎来书苑满园春。

菩萨蛮·清明上河园

长街闹市皇家院,小桥流水垂杨岸。北宋旧繁华,风光凝万家。　　龙图公案在,遗范崇千代。忠佞此间明,两湖分浊请①。

【注】
① 两湖为潘、杨二湖。潘湖浊,杨湖清。

老君山放歌

屹立玉皇顶,纵横天地看。
风云来塞北,烟雨自江南。
经去山犹墨,丹成火未寒。
登仙函谷外,何日此家还。

【注】
传老君山为老子写经处。

（二〇〇七年四月）

赠乾隆酒业公司

史自辉煌水自纯,地灵人杰更谁伦。
皇家玉液平民饮,酒业风流独占春。

（二〇〇七年五月）

偕华亭赴俄——北欧四国旅游

沁园春·红场巡礼

早岁情怀，暮年心愿，一谒旧踪。看广场前后，摩肩接踵；克宫内外，携手扶筇。百国来宾，五洲游客，群集俄都辨故容。思往事，觉沧桑几度，感慨千重。　　虽然瑰梦成空，但历史依然载伟功。记全民抗敌，裹尸马革；举邦纾难，舍命严冬。拿破仑逃，法西斯灭，剩有宫墙血染红。期他日，国强民富，重振雄风。

无名烈士墓前见鲜花

云翻雨复屹孤茔，墙自红红草自荣。
一代强盟称鼎盛，积年专制肇山崩。
霸君有罪民无罪，烈士无名墓有名。
依旧鲜花奠忠魄，千秋功过应公评。

南乡子·列宁墓

何处卧英魂，十里红场墓影沉。接木移花终未果①，民心！尚有群氓酒奠君。　青史与谁论？首义功成国运新。一代强盟终瓦解，何因？后世专横祸自寻。

【注】
① 苏联解体后，有人主张将列宁墓从红场迁走，因群众反对未果。

赫鲁晓夫墓

宿草深深绕墓碑，当年政变出宫闱。
力除旧弊诚明举，尽弃前功岂智为。
得意螳螂方起舞，伺机黄雀已追随。
捕蝉未果腰先折，谁与斯人论是非。

【注】
1964年赫鲁晓夫去黑海疗养，勃列日涅夫趁机召开中央委员会罢免他的苏共第一书记职务。

圣彼德堡冬宫

宫乐轻飘绕耳旁，流光溢彩满华堂。
飞红许是金镌柱，滴翠疑为玉砌墙。
鬼斧雕成姿万态，神工绘出画千廊。
如痴如醉人何处？似到罗浮一梦香。

西贝柳斯音乐公园

海韵传千里，金声出管琴。
风揉弹小曲，雷击发强音。
侧耳云伫步，争荣蕊吐芬。
谁知仁者志，只为醒斯民。

【注】
西贝柳斯为芬兰著名音乐家，他在海边用钢管制成一架巨大的露天管琴。

鹧鸪天·过波罗的海海湾

耄耋偕妻过此湾，清波万里眼前宽。云舒云卷天翻白，潮涨潮平海绽蓝。　　人纵老，未心甘。瀛寰胜景几回看。壮心不让徐霞客，世界环游兴未阑。

鹧鸪天·S1LJA LlNE 游轮

说尽豪华是此轮，层楼高耸入云深。舱中闹市人如鲫，槛外微澜海跳银。　　缘可遇，梦成真。今宵美景伴良辰。风光纵使匆匆过，不负天涯印屐痕。

临江仙·车行北欧高速路

极目三原叠翠，飙车千里穿梭。天光云影日婆莎。两间弥秀色，一路纵高歌。　　世事风云常变，人生苦难偏多。何如此处醒南柯。诗随花影荡，年共月痕过。

挪威皇宫

飒飒英姿女卫兵，皇宫风景亦温馨。
游人摄影争分秒，只为芳颜笑已盈。

哥本哈根美人鱼雕像

人身鱼尾貌天仙，面带愁容望眼穿。
只盼有情成眷属，滩头伫立待年年。

（二〇〇七年六月）

杭州西溪湿地二期景点特邀征联

为高庄捻花书屋、来凤轩题联

（一）

室雅曾迎龙驻跸；
书香长引凤来仪。

【注】
康熙曾到过高庄。

（二）

书屋捻花，十里兰香迎贵客；
文轩来凤，九天箫吹入幽帘。

（三）

花气袭人，满室清香宾客至；
书声悦耳，一帘幽梦凤凰来。

（二〇〇七年六月）

电力诗词上网有感

重振风骚报好音,人随电脑逐时新。
昔传锦字千山隔,今亮荧屏百友临。
网络联成通海角,键盘敲出是诗心。
何愁前路多霜雪,燕剪莺飞又一春。

(二〇〇七年七月)

偕妻赴镜泊湖疗养

浣溪沙·镜湖晨雾

旭日含羞面半遮,澄湖葱岭笼轻纱,微澜层起似飞花。 细雨斜风翔燕子,渔舟游艇趁朝霞,江山如画乐诗家。

参观静波湖电厂见日本国昭和十五年出厂水轮发电机仍在运行,感慨系之

昭和十五赫然存,百感丛生聚此心。
千万旧机齐退伍,七旬老骥尚从军。
屠城岂可忘前耻,攻艺仍须学彼邻。
去尽浮夸人敬业,腾龙宏愿定成真。

(二〇〇七年七月)

"太白山"杯诗赛评奖后游太白山

拜仙台

跪对苍冥望远云,拜仙台上爱民心。
甘霖莫道从天降,疑是苏公泪雨淋①。

【注】
① 苏公指苏轼。

世外桃源

幽林悬瀑对流云,绮丽风光惬意人。
何处桃源真世外,如今都作旅游村。

(二〇〇七年九月)

望海潮·大唐芙蓉园

芙蓉旧苑,曲江胜景,盛唐风采盈眸。轻舞曼歌,飞红滴翠,澄湖水软波柔。吹奏紫云楼。看遗风流俗,古市勾留。心醉唐音,情萦诗峡,梦悠悠。　　遥思故国风流。有河山万里,文物千秋。乐奏九天,邦交百域,迎来举世同讴。兴盛更谁俦!召炎黄后裔,奋展宏猷。又见风云捭阖,崛起我神州。

(二〇〇七年九月)

到衡阳参加第二十一届中华诗词研讨会

南岳磨镜台

明镜无台不染尘,菩提非树自成荫。
世间多少伤心事,利锁名缰是祸根。

登南岳感抗日时期旧事

豕突狼奔未有涯,当年归雁已无家。
倭刀虽断锋犹在,万绿丛中看旧疤。

(二〇〇七年九月)

《中华诗词》社举办绵阳笔会后游九寨沟

水调歌头·过杜鹃山黄土梁

仰望顶飞白①,俯瞰叶飘红。穿云破雾,轻车摇曳上巅峰。海拔三千六百,我自悠然安度,上下任从容。八十何言老,心有旧时雄。　　驱万山,赶林海,挟天风。茫茫穹宇,奔雷走电赴仙宫。王母蟠桃盛会,邀我瑶池赴宴,岂顾路千重。天地人神会,千载一回逢。

【注】
① 指山顶的雪。

水调歌头·九寨沟

本是天仙女，底事降尘凡？千姿百媚，深闺长锁匿真颜。头戴玉冠螺结①，身着霓衫霞佩②，秀立雾云间。理鬓湖当镜，待月夜无眠。　　容乍露，惊绝艳，震瀛寰。游人如织，摩肩接踵勇登攀。定是神工鬼斧，造化风光如许，五彩竞斑斓。九寨归来后，不看水和山。

【注】
① 指山顶上的苍松白雪。
② 指山间各种树叶，在深秋时节呈现出姹紫嫣红，五彩缤纷。

临江仙·九寨水

试问环球何处水，堪俦此地斑斓？澄湖如镜五花妍，彩林成倒影，孔雀戏河湾。　　许是玉皇颁圣旨，天心泽惠人间。银河琼液泻尘寰。神工开胜境，藏寨蔚奇观。

（二〇〇七年十月）

贺陕西省电力诗词学会获奖表彰会

又听西来报捷声,诗坛夺锦冠群英。
拔仙台上争高下,比武场中任纵横。
数载磨锥锋未露,一朝脱颖剑先鸣。
恢宏国粹逢时雨,电业风骚更向荣。

【注】
在"太白山杯"全国诗词大赛中,陕西省电力诗词学会获一等奖第一名、二等奖第一名、三等奖多名。

(二〇〇七年十月)

淮安诗教会

石塔湖小学听学生朗诵古诗词蓦然有感

围楼高百尺,处处读书声。
忽忆垂髫日,唯闻寇骑鸣。

城管新貌

城管与民鱼水亲,诗风化育是情真。
精诚所至开金石,先净心尘后地尘。

哈尔滨监狱诗教赞

诗词化育见奇功,照得监牢影也红。
倘使囚徒能向善,人间何处不春风。

古韵新淮演唱会

古韵新声动地吟,鹅翔蝶舞样翻新。
诗心催得群花发,一曲南薰醉万人。

(二〇〇七年十一月)

花都两广诗会

与 会

盛会躬临又一轮,羊城风物四时春,
繁花似锦迷双眼,诗谊如山重万钧。
喜有青衿堪接代,愧无积学可传薪。
登高驾我人梯上,国粹恢宏盼后昆。

参观坤州小学诗教

东唱春风西写蛙,童声稚嫩笔歪斜。
中华传统谁云断,挂壁诗书绽彩霞。

(二〇〇七年十二月)

论 诗

顿 悟

思绪茫茫雾不开,胸中块垒似沉霾。
忽然天马腾空出,一片晴光入眼来。

功到自然成

细揣精摩学画龙,描身绘甲不腾空。
功夫换得玄机悟,一点龙睛上九重。

(二〇〇八年一月)

戊子春联一副

别矣金猪,卫星探月巡天,六合翱翔凭凤翥;
来兮银鼠,奥运夺标争冠,九州捭阖任龙骧。

恭贺周汝昌老九旬华诞步晓川兄原玉

文坛名重足风流,勘石研红擅解牛。
金玉诗成兼讽喻,龙蛇笔走济刚柔。
失聪自有聪常在,病眼何妨眼更修。
米已盈仓颐可待,品茶定上最高楼。

附晓川兄原玉:学贯三才第一流,神明独识目无牛。龙蛇笔底波澜壮,檀板尊前脚色柔。梦解石头天可补,香分桂影月能修。燃藜夫子千秋寿,俯仰皋比最上楼。

(二〇〇八年一月)

贺马英九当选中国台湾地区领导人应明锵兄约步和台湾陈心雄教授原玉

飞传佳讯满乾坤,喜见人间正气存。
昔恨沉霾弥宝岛,今欣甘雨涤尘昏。
千年情系根和脉,两岸心连仲与昆。
度尽劫波重握手,龙骧玉宇更谁伦。

(二〇〇八年一月)

贺新郎·戊子年春节南方雪灾民工返家纪实

六出横空舞。又何期，凄天惨地，送猪迎鼠。千里冰封归程阻，遥望家山何处。哀父母，情牵儿女。一载他乡牛马累，到年关，不得回家去。心似煮，泪如雨。　　春风吹暖天涯旅。喜人间，匡危济困，真情如许。箪食壶浆优妇孺，救死扶伤无数。铲冰雪，军民共赴。线断塔倾重架起，电先行，又照金光路。除夕夜，阖家聚。

（二〇〇八年二月）

日本吟剑诗舞代表团赴华演出

和服飘摇弄玉姿，管弦扬抑奏相思。
诗吟剑舞群情激，怒放樱花正此时。

（二〇〇八年三月）

望海潮·杜甫江阁

幽幽古郡,熙熙新市,人文荟萃谭州。岳麓垂青,湘江泻碧,山容水色谁俦?盛世更宏猷。看凌云建阁,独占风流。四海嘉宾,五洲胜友,畅情游。　　中华史迹悠悠。有诗词歌赋,李杜苏欧。身陷困穷,心牵黎庶,少陵笔底绸缪。漂泊任孤舟。但抒怀伏枕,绝笔长留①。今日崇楼仰止,诗圣足千秋。

【注】

① 据考,《风疾,舟中伏枕书怀三十六韵,奉呈湖南诗友》为杜甫绝笔诗。

（二〇〇八年三月）

偕妻澳新行

贺新郎·乘机过太平洋

又上登天路。御长风,奔雷走电,踏云踩雾。百岛千山从容越,万里汪洋横渡。穿浩渺,天涯何阻。海外蓬瀛闻名久,大洋洲,疑似仙居处。赴新澳,旅游去。　　金猴玉棒多威武。忆当年,敲山震海,缚龙擒虎。筋斗一翻行万里,大闹天宫地府。终究被,紧箍套住。佛祖掌心难逃脱,何似吾,潇洒穷空舞。问大圣,情何许?

满庭芳·悉尼歌剧院

势若腾蛟，形同闪贝，俨然东海龙宫。倚天长剑，直欲刺苍穹。待赴重洋万里，银帆发，斩浪披风。岿然立，英姿飒爽，风韵赞由衷。　　弥空，传广乐，声穿环宇，情越苍穹。有红牙檀板，大吕黄钟。摇荡天鹅湖上，罗朱恋，意密情浓①。人何在，魂牵梦绕，浑忘旅途中。

【注】
① 指舞剧《天鹅湖》和歌剧《罗密欧与朱丽叶》。

堪培拉之一

绕水环山一望平，牧羊当日草青青。
定都何处虎龙斗①，别出心裁建此城。

【注】
① 澳大利亚联邦成立后建都何处？悉尼和墨尔本两大城市争执不下，最后决定另建一新的首都即堪培拉。

勘培拉之二

城内花园园内城，百年规划鉴英明。
从知四季如春景，浑是人天造化成。

墨尔本唐人街

又见牌坊耸入云,龙腾狮舞有唐人。
他乡岂止淘金热,文化交流献寸忱。

菩萨蛮·凯恩斯热带雨林

密林高树迷离景,云缠雾绕仙人境。日色入沟深,馀霞乱点茵。　蜂窝悬老树,蚁石如磐固。水陆两兼程,军车载我行。

大堡礁观鱼

海底穿梭竞自由,纵横上下几曾休。
鱼儿任尔飞如电,插翅难逃摄影留。

新西兰游感

久处洪荒世未名,近人开发胜蓬瀛。
山清水秀原生态,云白天蓝自在情。
百业齐兴臻国富,千家同乐颂时明。
环球尚有桃源在,不负平生是此行。

白云峰

万里蓝天缀白云,澄湖葱岭望无垠。
更耽毛利歌兼舞,醉里风光梦里人。

地热间歇喷泉

蓦然平地起风雷,一柱腾空热浪飞。
料是天怜人世冷,东风送暖入柴扉。

(二〇〇八年四月)

汶川地震

金缕曲·汶川地震

　　一瞬山河裂。震乾坤,天倾柱折,地摇维绝。百万生灵遭涂炭,楼宇灰飞烟灭。真个是,人间浩劫。怒问苍天胡不义,作淫威,祸向神州叠。悲杜宇,又啼血。　　连天号角关山越。大旗横,貔貅十万,汇川何捷。蹈火赴汤身不顾,救死扶伤情烈。排险障,披星戴月。扶地匡天神兵降,拯斯民,自有心如铁。生与死,更谁说。

海陆空军赶赴汶川

天上穿云过,江中破浪行。
推山开险道,只为救苍生。

直升机

骤雨狂风雾霭浓,银鹰冒险过群峰。
灾区路断民心急,只盼神兵降太空。

开山辟路

震情如令时如命,炸石推山险道平。
十万精兵蹈火海,灾区升起满天星。

女警壮歌

重任身膺岂顾私,亲亡正是救亡时。
普天之幼皆吾幼,且把孤儿当己儿。

【注】
女民警蒋敏在惊悉母亲、女儿等十余名亲人遇难后,仍坚守岗位,日夜奋战,直至晕倒在现场。

甘棠爱重

一杆春旗荡柳丝，救民何急救亲迟。
为官清腐君休问，看此烝黎落难时。

【注】
　　一位失去15位亲人的县民政局长，顾不上去救自己的亲人，连续救灾5天，只睡了7个小时。

亲民总理

汶川急难动中枢，揆首风驰到震区。
一问如雷惊幕府，"人民养你看何如？"

【注】
　　温总理说："我就一句话，是人民在养你们，你们看着办。"

（二〇〇八年五月）

北京奥运

开幕式中华文化展示

画卷鸿开意境深，古琴徐奏播谐音。
字形昭世和为贵，武术交朋谊自珍。
声像京昆情并茂，丝绸海陆路双分。
中华传统五千载，奥运元宵一展新。

鸟 巢

瑰奇杰构建京城，八面玲珑耀日明。
玉镜飞虹迎燕剪，琼枝作架任莺鸣。
场中龙虎争高下，宇外炎黄唱治平。
但愿寰球同一梦，人间遍结五环情。

望海潮·水立方

　　晶莹洁净，玲珑剔透，龙宫谁建人间？穹顶绽蓝，立方如水，清辉玉照长天。风采自无前。更节能环保，时尚天然。科技精求，人文厚蕴，五洲先。　　瑶池畅舞群仙。看千姿竞秀，百态争妍。鱼跃高台，鲸游浅底，夺标创记连连。观众尽腾欢。赞北京盛会，万国骈阗。华夏百年盼奥，好梦喜今圆。

南乡子·圣火上珠峰

峻岭立苍穹,虎踞龙盘傲雪风,利剑横天天欲断,何雄!此是寰球第一峰。　奥运百年逢,旗举星环上九重,万险千难浑不顾,冲锋!誓炬祥云天际红。

奥运会获51块金牌高居榜首

鸟巢呐喊立方呼,叱咤风云战古都。
万国争雄龙虎斗,五洲联谊弟兄如。
何期金榜题魁首,敢说尧孙不丈夫?
老树逢春新蕊发,高歌直欲上天衢。

(二〇〇八年八月)

第二届华夏诗词奖感赋

又闻颁奖感如何?当日抡魁事已过。
莫道廉颇犹健饭,焉能梁颢再登科。
兴来悠唱清平调,情至高吟击壤歌。
行看龙腾臻大治,诗心期米岂云多。

(二〇〇八年八月)

题黄安诗集《咏光二集》

眼疾心无疾，身残志未残。
咏光圆好梦，豪气在人间。

(二〇〇八年九月)

和刘刍《示儿诗》

驰书万里见丹心，奥运抡魁笑靥新。
旧耻今荣兴百感，龙腾华夏盼儿孙。

【注】

刘刍乃吾清华同班好友，现为美籍华人。其原作为：东亚病夫犹在耳，华人与狗记犹新。喜闻奥运荣金榜，历史重温告子孙。

(二〇〇八年十月)

高阳台·清华班友聚会

阆苑寻芳，西窗剪烛，名园水木争妍。揽月摩星，豪情欲上云天。初生牛犊焉知虎，竟迎来，筚路多艰。更何堪，苦雨凄风，瓦冷衾寒。　　风云半纪如驹过，幸年登耄耋，春到人间。除旧布新，神州歌舞蹁跹。龙腾玉宇心长热，喜尧孙，好梦初圆。举金樽，同醉今朝，共贺来年。

(二〇〇八年十月)

四赴云南

玉溪笔会吟

雅集重开胜友稠,滇中风物正宜秋。
湖山秀色迎宾客,联匾文光射斗牛。
玉缀抚仙名远播,声螫义勇气长留,
芳华如酒催人醉,笑对云天我自讴。

望海潮·秀山吟

迤东胜地,尼南佳境,风光秀甲滇南。曲径通幽,丛林绽绿,云霞漫卷长天。四望夺眸鲜。看两湖流碧,一镇浮烟。螺髻朝岚,琉璃晚翠,尽娇妍。　人文胜迹斑斓。有名楼古刹,匾海联山。寺可涌金,诗堪刻石,元杉宋柏巍然。海内独居先。喜炎黄赤子,寰宇情牵。愿我中华瑰宝,更向五洲传。

抚仙湖

漪浪浮金漾夕阳,丛林泛绿灿天光。
水清休道无鱼在,湖畔渔人结网忙。

满庭芳·丽江

曲苑垂杨,小桥流水,古城遗韵犹存。舞台歌榭,风物逐时新。街铺琳琅满目,凭游客,搜玉淘金。皑皑雪,玉龙山顶,张臂振寒襟。　　风云,千百载,元明设治,木府归心。看枝绿花荣,老树逢春。养在深闺今识,登遗产,举世名闻。诗心发,东巴故土,耄耋起豪吟。

木 府

瞠目知何处?豪华似帝宫。
殿堂罗锦绣,花木郁葱茏。
中土流风在,东巴古韵浓。
凤凰经浴火,出世更雍容。

【注】
木府大部分建筑毁于清末兵火,幸存的石牌坊也毁于"文革",后世界银行贷巨资重建。

玉龙雪山

因地球气候变暖,雪逐渐融化,面积大为缩小。

曾是名城一壮观,玉龙飞舞雪连天。
只因地暖销金铠,败甲残鳞不忍看。

长江第一弯

万壑千山阻水流,长江到此也回头。
群峰四季巅封雪,纵是枭鹰不敢留。

观虎跳峡悟写绝句之道

一水漪流万象融,渐行渐急渐成龙。
横江陡遇飞来石,破浪腾空上九重。

(二〇〇八年十月)

龙游诗作

龙游石窟

碧草繁花一望舒,谁开石窟费踌躇。
江移已变山高下①,水落方知洞有无。
宁是龙王三宝殿?岂非勾践十年居?
奇观谜底何须解,剩有疑团世更殊。

【注】
① 据考证,千馀年来衢江已南移,水位抬高20到30米。

浣溪沙·龙游民居苑

寂寞门庭觅旧踪,小桥流水画堂东。灰墙青瓦夕阳红。　　天上流云仍自在,人间故迹已难逢,谁能到此不情钟?

浣溪沙·浙江大竹海

碧透群山接九重,卷澜如海走长龙,娇姿婀娜舞东风。　　劲节岂甘事权贵,微躯何吝献工农,神州绿化尽孤忠。

(二〇〇八年十一月)

黄埔军校

二〇〇八年十一月参加广东中华诗词学会成立二十周年

依旧轩昂一校园,中山遗训未如烟。
春风两岸恩仇泯,华夏重辉再比肩。

偕妻二度广西行

赴藤县参加两广诗会

又御风云赴远游,香飘千里桂三秋。
天酬南国春常在,地本名州韵自留。
世上虚情随处有,人间真谊此间稠。
诗心愿逐尘心尽,玉宇澄清一梦求。

踏莎行·诗会开幕式

落日浮金,崇山隐雾,名州风物佳如许。春江秋月唱东坡,乡情边雪思袁督①。　　一代芳华,五千儿女②,诗心化作三春雨。铜琶铁板发豪吟,轻歌曼舞抒情愫。

【注】
① 袁督指明末爱国将领袁崇焕,藤县人。
② 有5000学生参加开幕式,表演吟诵歌舞节目。

浣溪沙·东方狮王表演

串跳翻腾恁逞狂,挺身扬首站高桩,雄姿矫健兽中王。　　足挟风雷狐兔匿,身披荆莽武威扬,无私无畏自昂藏。

苍梧县石桥镇

民风醇似酒，人面美如花。
天意凭诗问，豪吟出万家。

清风诗社

轻车趁午过苍梧，古郡风光似画图。
豪唱低吟诗醉我，春风万里入屠苏。

东安诗社

小桥流水古风存，韵海歌乡此地真。
莫道山村无作手，此间个个是诗人。

梧州六堡茶

陈醇品质溯茶经，纯雅精神茶道承。
畅饮何妨拼一醉，寻诗如梦到三更。

采桑子·贺州姑婆山

天生丽质千峰秀,山也宜人,水也宜人,世外桃源此处真。　　情浓恍若姑婆在,茶也清醇,酒也清醇,织梦春蚕锦绣村①。

【注】

① 电视剧《茶是故乡浓》《酒是故乡淳》《春蚕织梦》均在此山拍摄外景。

四树同根

四树同根世上稀,盘根石上更生奇。
中华各族根盘石,浪打风吹不可移。

临江仙·贺州玉石林

玉石成林谁造就?神工鬼斧今遗。参差百态竞瑰奇。群峰开画境,一线上天梯。　　桂北滇南双绝景①,何堪姊妹分栖。天涯遥隔久亲离。四时花有信,千里会何期?

【注】

① 指贺州玉石林和云南路南石林。

昭平县黄姚古镇

明巷清街古趣浓,亭联庙匾觅遗踪。
山前鹄立千年阁,溪畔龙盘百丈榕。
昔日繁华今日梦,今时人物昔时风。
但祈修旧仍如旧,莫把新容换故容。

独秀峰摩岩石刻有"桂林山水甲天下"句

佳句谁成总费猜,溯源本是此间来。
风光不负名言誉,环宇游人尽畅怀。

靖江王府

王城双桂记风流,一代元戎此运筹[①]。
霞客登峰终未遂[②], 何如今日万民游。

【注】
① 1921年孙中山在此设立了北伐大本营,曾与夫人宋庆龄亲自栽了两颗桂花树。② 徐霞客曾四次到靖江王府,要求登览独秀峰,均遭婉拒。

水调歌头·两江四湖

　　湛湛四湖静，冉冉两江流。龙飞凤舞，穿城过市驾扁舟。桥上彩虹千道，水上鳞波万顷，月色照当头。痴望境如梦，遐想际天浮。　泛漓江，访阳朔，几回游。暌违数载，何期旧迹又新修。从此桂林山水，更可名扬名天下，美景有谁俦。环宇观光客，一览醉方休。

【注】
两江指漓江、桃花江，四湖指榕湖、杉湖、桂湖、木龙湖。

鹧鸪天·新安县灵渠

　　水利开宗青史彰，古渠今日尚流芳。群氓茹苦开双道，一水分流入两江。　南泻桂，北奔湘，中原百越可通航。千秋伟业功犹在，莫说秦皇只罪皇。

（二〇〇八年十一月）

荆州行

满庭芳·荆州

巫峡春云，洞庭秋雨，毓灵钟秀名疆。九州初奠，青史已名杨。曾是纪南故国，欲强楚，问鼎庄王。传贤相，布新除旧，梓里尚留芳。　锵锵！金鼓振。天翻云狗，地变沧桑。看如笋高楼，花树飘香。更有虹飞天堑，车联网，路向康庄。腾金凤，呼风唤雨，古郡再辉煌。

荆州博物馆瞻西汉古尸

千载黄泉枕地眠，一朝面世现奇观。
土卑未损衣冠艳，椁蚀犹存骨相全。
死后殊荣君已得，生前显贵世难铨。
他年重会知何处，汝在人间我在天。

（二〇〇八年十二月）

三鹿奶粉

奶业名牌枉自骄,源源毒粉祸儿曹。
何言诚信惟知利,早把良心抛九霄。

(二〇〇八年十二月)

己丑年迎春感赋

(一)

抗灾办奥接新禧,悲喜交加一岁移。
华夏宏图方起步,寰球经济又低迷。
力求熊市回牛市,务使危机变契机。
扫尽阴霾朝日出,风和气爽竞莺啼。

(二)

科技精英聚一堂,迎牛送鼠说苍黄。
抗灾斗倒魔千丈,办奥赢来誉八方。
经济危机沉应对,金融海啸慎操张。
任它天际风云谲,稳驾神舟玉宇翔。

(二〇〇九年一月)

耄年偶感

浮生如梦亦如烟，忍把光阴付等闲？
梦断烟消馀正气，精神不死在人间。

（二〇〇九年一月）

《秦风》创刊二十周年纪念

长安故郡萃风流，振古开今岁月稠。
兵马雄姿惊万国，汉唐遗韵誉千秋。
声承大雅哼时调，歌继南薰唱白头。
诗路艰难心路勇，吟旌插上更高楼。

（二〇〇九年一月）

赠贺州诗词联学会《忘年诗草》

江山真锦绣，风物本天然。
赓唱饶清趣，诗交已忘年。

（二〇〇九年一月）

赠云南镇雄鸡鸣诗苑联

彩墨泼清江,染就一河水赤;
诗声蜇夏土,胜于三省鸡鸣。

(二〇〇九年一月)

赠程良骏老先生

人生何处不辉煌?磊石长江愿已偿。
更有诗心燃似火,豪吟无愧老年狂。

(二〇〇九年一月)

赠东坡赤壁诗社

赤壁鏖兵日,东坡醉月时。
长江流不断,后浪更催诗。

(二〇〇九年二月)

题联赠安仁袁绍芳先生

为法献忠诚，除恶安良凭法治；
从诗弘教化，移风易俗仗诗心。

（二〇〇九年二月）

赠溶年兄

闽南春雨育灵根，塞外秋光耀电魂。
鹤发童心人未老，耽诗高唱入青云。

（二〇〇九年二月）

贺周克玉将军八旬寿诞

开国功勋在，安邦建树丰。
将军诗兴发，豪唱更凌空。

（二〇〇九年二月）

贺野草诗社成立三十周年

首闯藩篱破,京华早得春。
疾风知劲草,好雨壮诗魂。
播火凭先哲,传薪仗后昆。
龙腾诗路远,歌唱逐时新。

(二〇〇九年三月)

读《天山明月歌》感赋赠凌朝祥先生

戍垦西陲一老兵,天山明月放歌行。
阆中故里身长别,塞外新城梦总萦。
肝胆昔曾捐热土,诗词今又唱边声。
终生献罢儿孙献,不变炎黄赤子情。

(二〇〇九年三月)

步韵和刘育新先生《中国书店签名售书〈古街〉有感》

折桂蟾宫鬓已斑,长街签售思如泉。
抒怀曾舞龙蛇笔,愤世尝歌胆剑篇。
纸上文章随兴写,人间风景卷帘看。
吟行莫道桑榆晚,尚有红霞照满天。

附刘育新先生原诗：冲风冒雪鬓先斑，欲隐长林少冽泉。偶陷尘机居闹市，常怀忧患写长篇。三千武库随心阅，十万文玩过眼看。莫道夕阳多寂寞，惊飙吹雨洒江天。

(二〇〇九年三月)

贺陈荣权七旬寿诞联

坎坷度时艰，忆当年苦雪凄霜，何处寻海市蜃楼，瀛洲蓬岛；　　欢欣迎世泰，看今日庆云吉雨，随时有豪情迸发，诗兴湍飞。

(二〇〇九年三月)

全国电力诗词大赛题联

除旧布新，神州狮醒凭先哲；
光前裕后，华夏龙腾仗后昆。

(二〇〇九年四月)

宣武区第二届法源寺丁香诗会对联

（一）

千年法雨人从善；十里丁香我赋诗。

（二）

法可求源，梵呗清音频入耳；
境真如画，丁香花影竞迎眸。

（二〇〇九年四月）

挽马萧萧联

（一）

盛德媲前贤，持身公正清廉，五岳松风苏嫩草；
宏文传后世，迭卷诗联书画，千秋流韵重斯人。

（二）

热血荐轩辕，早年振臂挥毫，民族存亡孤胆在；
贞心弘国粹，晚岁殚精竭虑，联坛捭阖大旗横。

（二〇〇九年四月）

沧州纪晓岚纪念馆落成典礼联

（一）

四库全书，千秋盛典；
万言笔记，百态人生。

（二）

天下有书皆入库；
人间无语不成联。

（二〇〇九年四月）

老马吟

伏枥何甘老？凝眸望远空。
驱风曾万里，涉险也千重。
慷慨捐肝胆，从容对困穷。
壮心今剩否，尚在不鸣中。

（二〇〇九年四月）

沉痛悼念孙轶青会长

（一）

蒿里哀歌动地吟，苍天泪雨洒纷纷。
沙场喋血惟驱虏，诗海扬帆奋领军。
竭虑殚精筹策尽，滋兰树蕙育人新。
祈公仙去心能息，重振风骚继后昆。

（二）采桑子·忆孙老亲临寒舍

东窗日暖茶烟绿，贵客临门，斗室生春，诗国重辉契两心。　斯人虽去情犹在，期望殷殷，教诲谆谆，笑貌音容梦里寻。

（二〇〇九年四月）

中州揽胜

洛阳牡丹花会

（一）

姚黄魏紫欧家碧，五彩缤纷十色全。
不是洛城花季客，何来灵感到吟笺。

（二）临江仙

几度洛阳羁旅客，长嗟未睹芳容。今生何幸得相逢。天香酥老鼻，国色耀昏瞳。　　本是瑶池和露种，穷妍尽艳谁同？缘何仙女下苍穹？天庭真爱少，人世至情浓。

西江月·世界邮票展

小小一枚邮票，迢迢万里行程。天涯何处不传情，纵隔崇山峻岭。　　样式千姿并展，图形百彩纷呈。全球参展尽争荣，顿使古都添胜。

白马寺

柳色青青日影沉，释源古寺裹烟云。
金人入梦连神路，白马驮经送梵音。
跪破蒲团祈福至，敲残鱼木悟禅深。
浮生已是风尘客，恕我无缘拜佛门。

关　林

非神非佛亦非圣，底事尧孙祭祀同？
百代流芳因信义，中华美德蔚然风。

龙门石窟

伊阙风云变古今，龙门山水动高吟。
流年四百崖镌佛，书客三千壁寄魂。
古寺飘香诗迹老，清江荡影浪琴新。
中华遗产惊寰宇，继后承前任在身。

八声甘州·黄河游览区

莽黄龙昂首自天来，奔腾向东流。沃平川千里，禾青豆绿，麦稔梁收。哺育尧孙舜子，祖脉接千秋。纵山环水曲，永不回头。　洗尽百年污浊，又筑堤建坝，造景营畴。塑炎黄大禹，母爱九州留。喜今朝，乘风破浪，上重霄，天际驾飞舟。睡狮醒，腾蛟起凤，瞩目环球。

鹧鸪天·清明上河园

阔别斯园七度春，长桥流水旧时痕。茗春坊内茶烟绿，上善门前柳色新。　观水浒，看杨门。绣球抛出美人心[①]，若非名画传千古，那得风光赏到今。

【注】
① 王员外招女婿。

开封府衙

(一)

清正廉明举世钦,趋堂拜谒客如云。
贪官游此知多少,勒马悬崖有几人?

(二)

明镜高悬法度严,龙头铡美令名传。
仁宗不失为明主,竟许包卿胆破天。

南乡子·回京车过卢沟桥

烽火忆从头,当日卢沟带血流。吞我河山屠我族,深仇!不灭倭奴誓不休! 今尚石狮留,万紫千红豁醉眸。国向欣荣民向富,方遒!华夏龙光射斗牛!

(二〇〇九年四月)

鹧鸪天·白家大院

金碧辉煌照影斜，回廊曲院满园花。芬香扑鼻饶春意，歌舞迎宾奏玉笆。　　斟美酒，品新茶。评今论古漫吁嗟。旧时富贵王侯宅，已是京厨第一家。

（二〇〇九年五月）

纪念刘公武先生106周年冥诞

负笈西洋为救亡，东瀛灭我更猖狂。
盟心赴国捐肝胆，喋血降倭逐虎狼。
勇向独裁雄辩斥，甘投民主义旗张。
春风浩荡君何处？功在千秋誉在湘。

（二〇〇九年五月）

"屈原杯"全国诗词大赛

屈原颂

泽畔行吟一楚狂,离骚喻世自辉煌。
怀沙有恨惟天问,哀郢含悲痛国殇[①]。
四海飞舟追毅魄[②],九州投棕祭端阳。
时人欲识家何处,绿水青山是故乡。

【注】
① "怀沙""天问""哀郢""国殇"均为屈原诗篇名。
② 指赛龙舟。

贺大赛成功举办

天问何人答?谁招楚客魂?
诗吟赓胜地,千载有回音。

(二〇〇九年六月)

吴逸志将军赞

投笔从戎赴国危,雄威儒雅将中魁。
千麈赣岭骁军捷,三战长沙寇骑摧。
决胜兵书传卓略,抒怀诗卷敞心扉。
神州春晓君何在?一缕英魂上翠微。

(二〇〇九年六月)

晋北行

悬空寺

高阁三登又好风,何须耄耋叹途穷。
艰难我自攀援上,古寺悬空步未空。

鹧鸪天·云冈石窟

十里长崖气势雄,精雕细琢叹神工。佛容含笑仪千种,伎乐飞天态万重。　　钦拓跋,赞丰功,辉煌帝业未成空。皇朝更替如梭急,石窟长留永世崇。

鹧鸪天·昙曜五窟

造像雄浑世罕伦,身魁体硕气深沉。慈容善面形融睿,垂耳修眉目有神。　　千古事,与谁论。人间天上两难分。庄严佛像犹兼帝,那得凡心脱俗尘。

【注】
五座佛像代表北魏五位皇帝。

应县木塔

"天下奇观"此地真，崔嵬一塔溯辽金。
佛门珍奉牙犹在，御笔亲题匾尚存。
几遇震灾仍抖擞，屡经劫火更精神。
只缘木构基因好，造就千秋不败身。

【注】
此塔有几位皇帝题匾，"天下奇观"为明武宗朱厚照所题。

沁园春·恒山

北岳崔嵬，近抚平林，远极浩冥。望莽原万里，长城似带；险峰千叠，峻岭如行。烽火频仍，河山破碎，多少兵家此地争。欣今日，聚骈阗各族，国泰邦宁。　　山容自古峥嵘，被诸帝群贤赋盛名。有禹王尊岳，秦皇封禅；诗仙泼墨，霞客垂青。翠柏苍松，奇花异草，庙观楼台别有情。如今是，更风光如画，游客心倾。

望海潮·五台山

中孚灵鹫,文殊道场,汉皇首重斯山。隋建五台,唐尊大德,兴修寺庙连连。香客拜诚虔。有信徒十万,僧侣三千。春夏秋冬,东西南北,九州缘。　　重来倍觉新鲜。纵年华已老,情趣依然。秀列群峰,珠联一镇,风光更胜当年。荣获世遗冠。看五洲游客,接踵摩肩。避暑参禅胜地,不负盛名传。

龙 泉 寺

一 天下第一雕

海内龙雕第一观,百年蛰伏未掀澜。
今逢时雨思腾雾,破壁腾飞上九天。

二 龙泉

九龙行恶犹能悔,引出甘泉馈世间。
我愿文殊重作法,人间贪腐变清廉。

普法寺法会

三千弟子聚无声,肃穆庄严整队行。
不是袈裟频入目,此身疑已到兵营。

临江仙·菩萨顶

步履蹒跚攀此顶,耄年游兴依然。台怀又到最高巅。灵峰开胜境,菩萨露真颜。　　三度五台寻好梦,心期路接仙凡。人间美景总无边。登山虽旧客,入目已新天。

建国六十周年全国电力诗词曲大赛成功举办致贺

玉韵金声唱好春,诗花电火结良姻。
诗连电友心何近,电赋诗情味更真。
百业先行初遂愿,千秋缵续得传薪。
前程尚有风兼雨,再造辉煌仗后昆。

(二〇〇九年八月)

步韵和家佐兄《八十初度》

天翻云狗几回新，寒尽香来晋八旬。
诤友常临缘谊重，乡音未改觉根亲。
诗涵境界情无限，笔舞龙蛇字有神。
能饭廉颇人尚健，晚霞如锦胜阳春。

附：钟家佐原诗《八十初度》：儿时幻梦忆犹新，倏忽衰龄步八旬。对镜萧疏关塞远，开怀坦荡友情亲。且斟杯酒酬风雨，自许平生鄙鬼神。品茗笑谈桑海事，放歌高唱九州春。

（二〇〇九年八月）

庆祝中华人民共和国建国六十周年

腾龙颂

鱼戏虾欺困沼中，百年蠖屈盼腾空。
乍逢春水滋尧域，便趁东风出网龙。
翔宇曾遭雷电击，巡洋终克浪潮汹。
如今更奔青云路，逐日追星上九重。

东方狮舞

初升旭日地天新，风雨兼程六十春。
自有灯明辉棘路，也因舵误陷迷津。
卅年更始民增富，百业兴隆国向昕。
世变苍黄人变貌，东方师舞竟谁伦。

楹 联

举国迎花甲；全民奔小康。

（二〇〇九年九月）

楹 联·国庆六十周年阅兵观感

救国忆当年，曾凭小米步枪，驱倭逐蒋迎新鼎；
阅兵看此日，喜有雄师重器，反霸维和举大旗。

（二〇〇九年十月）

为《石韵飘香》题诗

观赏寿山石雕《荷塘清趣》

秀水幽林郁寿山,女娲遗石散尘凡,仙人对弈馀棋子,凤凰彩蛋留人间。黄巢洞里沉埋古,日月精华尽吞吐,一朝破土出深闺,天生丽质真颜露。芙蓉绽艳茁塘中,精雕细琢夺天工,亭亭仙女凌波立,绰约丰姿展玉容。荷仙本是瑶池种,思春惹得凡心动,不甘寂寞别天庭,愿与人间呼吸共。婆娑起舞弄娇姿,花容招展动龙螭,风摇绿盖珠凝露,雨打红幢酒满卮。多情总有相思重,含嫣凝笑秋波送,好逑君子采莲来,一曲菱歌风月梦。不似天庭戒律严,人间情爱本天然,牵线何须劳月老,种玉蓝田信有缘。赏罢荷塘清趣足,惜玉怜香更心祝:和谐世界有情人,海角天涯成眷属。

临江仙·螭虎串线章

螭虎赋形呈串线,斑斓色相天成。精工磨琢更温莹,迎眸珠熠熠,入韵玉琤琤。　　昔作王侯天子印,凡夫今亦镌铭。躬逢盛世总情盈,人难标史册,石可记清名。

(二〇〇九年十月)

论文

振兴中华诗词的希望在青年

——全国第十二届中华诗词研讨会论文

当前，中华诗词正处在一个伟大的振兴时期。诗社林立，诗作如潮。现中华诗词学会有个人会员7000余人。团体会员170余个；地方诗词组织逾千家，其成员达10余万人。有人估计，全国爱好和写作诗词的人数超过百万。这次"世纪颂"中华诗词大赛，在短短的四个月内，参加人数近15000人。《中华诗词》订户急剧增加，1997年订数只有6200份，1998年猛增至12500份，今年又增加到15000份，加上零售，18000份，这在全国文化刊物普遍不景气的情况下，可以说是绝无仅有。尤其是在江泽民同志给长白山诗社题诗和参加唐宋名篇音乐朗诵会发出"学点古典诗词"的号召后，全国学习和创作中华诗词的热情更为高涨，诗坛呈现出一派生机焕发、欣欣向荣的可喜景象。

在这种大好形势下，我们也应该喜中有忧，要清醒地看到中华诗词在青年一代中还缺乏吸引力。参加诗词活动的绝大多数是中老年，这一问题如果得不到解决，中华诗词的发展将会出现断层。因此，采取切实措施，扩大中华诗词在青年中的影响，吸收他们到诗词活动中来，就成为我们肩负的重要历史责任。

正确认识中华诗词

我国被称为"诗国"，诗词是国之瑰宝。从《诗经》作品算起，三千多年来，诗人辈出，佳作如林，诗词备受人民群众的喜爱，享受崇高的社会地位。但近几十年来，诗词的发展却出现了低潮，形成了"门前冷落车马稀"的局面。党的十一届三中全会以后，迎来了诗词的春天。但多年来对诗词的某些片面看法并没有完全澄清。我们应该通过讨论，求得比较统一的认识。

一是新诗与旧诗。我们所说的新诗与旧诗，只是就诗的形式而言，严格说来应称为新体诗和旧体诗，而真正体现诗新与旧区别的应该主要是内容而不是形式。文学内容作为上层建筑，与社会变革紧密相关，因时而异。故古人有"诗文随世运，无日不趋新"和"文章合为时而著，歌诗合为事而作"的名言。而文学形式是在长期文学实践中形成的，有其自身的特点和规律，虽然不能说与时代变迁毫无关系，但具有相对的独立性。那种认为旧体诗就代表腐朽过时的文学观点是完全错误的。旧瓶可以装新酒。甚至还可以比新瓶装的酒更香。旧的文学形式完全可以创造出极具时代精神的杰作。传统京剧可以演出现代戏《沙家浜》、芭蕾舞可以演出《白毛女》。诗词更是如此。毛泽东就利用旧体诗词形式写出了激扬当代、气壮山河的瑰丽诗篇。相反，诗体新不一定内容新。新诗固然不乏具有时代精神的好作品，但也有不少崇尚虚无、陶醉自我的诗作，与过去某些吟风弄月、幽怨闲愁的陈腔滥调并无二致，难道也算内容新吗？

二是自由与束缚。胡适曾打出了"诗体大解放"的旗帜，他说："若想有一种新内容和新精神，不能不先打破那些束缚精神的枷锁镣铐"，主张"打破五言、七言的诗体并且推翻词调、曲谱的种种束缚；不拘规律，不拘平仄，不拘长短，"提出"句末无韵也不要紧"。这些当然是极其荒谬的主张，对此郭沫若在《文学革命之回顾》中指出："这根本是不懂文学的人的一种外行话"。现在当然不会有人同意胡适的那些谬论，但是认为旧体诗格律太严，束缚人的创作思维。尤其不符合青年人的则尚有人在。

须知，自由是认识了的必然。没有规矩，不能成方圆，没有严格的要求，就不会有高水准。要跳好芭蕾舞就必须练好基本功，要走好钢丝就必须掌握住重心，要打好球就必须遵守打球规则。可见，自由和束缚并不是完全对立的，而是辩证的统一。诗词也是如此，诗词的基本格律主要包括押韵、平仄和对仗。句尾的押韵产生和谐美，平仄在句中的交错和句间的对粘产生了节奏美，对仗则产生了骈丽美。这些基本规律是千百年来无数诗词创作实践中总结出来的，它充分体现了汉文字一字一音一义的特点，是其它任何文字难以达到的。它的形成使诗词艺术水平达到了空前的高度。诗词格律正是中华诗词的艺术精华，是诗词历千百年，几经磨难而不衰，并在人民群众中广泛流传的重要原因。闻一多说的非常好："对于不会做诗的，格律是表现的障碍物，对于一个作家，格律变成了表现的利器。"真是一语中的。

三是创新与继承。世间一切事物都在不断演变、进化，没有永久不变的东西。创新精神正是推动事物进化的动力。年轻人朝气蓬勃，富有创新精神，这是十分可贵的。文学发展历史证明，文学形式也是不断创新的。就诗而论，经历了《诗经》、《楚辞》、五七言古、格律诗、词、曲等各种诗体的变化。但是，历史同样证明，新的文学形式总是在继承旧的文学形式的某些优秀传统的基础上发展起来的。例如格律诗，就是在由魏晋南北朝到初唐的四百年中，经过谢灵运、沈约、陆法言、初唐四杰、沈佺期、宋之问等人的潜心研究，总结了诗词创作中有关音韵和语言的规律而形成的。词的句子可长可短、句数可多可少，与格律诗有固定格式不同，但充分继承了格律诗押韵、平仄、对仗等一些基本特点，而且词中律句也很多。曲的发展情况也大体如此。很显然，创新离不开继承。那种企图割断历史、否认传统的创新，只不过是一种海市蜃楼式的空想。

在创建新的文学形式时，当然可以而且应当吸收外国文化精华，但千万不可以抛弃中华民族的优秀文化传统。否则将一事无成。"五四"以来的新诗，只有横向移植，而无纵向继承，因而被公刘先生戏称之为中国诗界的一次"洋务运动"。"未能实现当初的美妙理想，也未能取得彰明昭著的成功。"因此，他大声疾呼："新诗，切不可丢了自家的金饭碗！"

文学发展的历史还告诉我们，一种新的诗体的出现，并不意味着旧的诗体的消亡，而是并存并荣，例如格律诗的出现，古诗并没有消亡；词的出现，诗并没有消亡。同样，新体诗出现，旧体诗也不会消亡，完全可以继承发展，新体旧体并行不悖，共臻繁荣。

诗词自身的改革

诗词改革是诗词自身发展的需要，并不单纯是为了吸引年轻人，但诗词改革确实与吸引年轻人关系重大，如果不实行改革，诗词要在年轻人中生根发芽是不可能的。诗词改革主要是哪些方面呢？

一是内容要有时代精神。反映时代风貌是诗歌的主要内容。我们当前所处的时代是人民当家作主的时代，是全国人民万众一心、斗志昂扬、意气风发、奋力拼搏，建设有中国特色的社会主义，走向国家富强，民族振兴的时代。诗词的主要内容应该是弘扬爱国主义精神，讴歌社会主义建设的伟大实践，颂扬人民群众的忘我劳动热情和新人、新事、新风，以便进一步鼓舞人民斗志，加快建设步伐。同时，也要鞭挞一切消极腐败现象，做到有美有刺。鞭挞是为了促进社会更好、更快进步，刺是为了更美。

当代诗词中有大量反映时代精神的作品，且其中不乏佳作。但勿庸讳言，确也存在着一些思想陈腐、感情狭隘、语言老旧的泥古仿古作品，值得注意的是，少数青年诗人也起而效之，作品中不去歌颂光明，鞭笞腐恶，却一味追求某些古诗中那种虚无缥缈、缠绵悱恻的意境，这不能不说是一种不良倾向，它将严重地影响诗词在青年中的普及和提高。

当然，我们反对泥古仿古，也要防止另一种倾向，即诗词口号化、概念化。一些水平低下的三应诗（应景、应时、应酬）不能算为真正的诗，因此，不会受到青年的欢迎。

二是韵部和平仄的划分要适应语言的变化。如前所述，格律是中华诗词的艺术精华，因此，必须坚持诗词的基本格律。但是，这并不意味着不须改革。如何改革呢？我认为方向应当是韵部与平仄的划分要适应语言的变化，并要适当放宽韵部。老诗人学过古韵，用《平水韵》、

《词林正韵》做诗填词驾轻就熟，已经习惯，当然可以。年轻人则不同，他们学的是国家普遍推行的现代汉语拼音，如果仍要他们非用古韵作诗不可，那岂不成了邯郸学步？因此，我们应尽快以现代汉语为基础，编制出新韵书，以适应广大作者包括年轻作者的需要。可喜的是，在中华诗词学会的指导下，广东诗词学会已着手开展此项工作。

三是提倡诗词语言通俗化、现代化。也就是说，多用现代语言和活的词汇作诗。

用现代汉语作诗并不意味着将普通话或散文按格律加以拼凑就行了，这样做出来的不是诗。我们必须对现代语言加以提炼、浓缩、并按格律要求，巧妙而自然地加以组合，才能作出既通俗易懂又韵味深长的好诗来。聂绀弩就是一位公认的善于用现代语言写传统诗词的高手，语言明白通畅，韵律铿锵，对仗工稳，把在北大荒劳动、生活情景，描写的惟妙惟肖，令人叫绝。

提倡用现代汉语作诗，并不是一律排斥文言、典故和古代词汇，而是反对用那些艰深的文字、僻奥的典故和过时的词汇。诗词与散文的特点不同，句有定格，字有定数，格律要求严。因此，必须文字精练，语言浓缩，在某些情况下，文言比较适合这种要求。一些人所熟知的典故和成语用到诗词中，也易收到寓意深长、诗味隽永的效果。

同样，我们提倡通俗化，并不是不要雅。我们要把雅俗共赏作为最高目标。须知，俗与雅是对立的统一。俗中可以生雅，雅中也可以通俗。例如朱帆的《席间遇当年红卫兵》："蚁穴王侯原是梦，牛栏神鬼本非仇。何妨此夜斟鸡尾，忘却当年砸狗头。""牛棚""神鬼""砸狗头"都是"文革"中极鄙俗的语言，但在诗中与"蚁穴王侯""斟鸡尾"形成强烈的反差和巧对，使人读后感到诗意盎然，非常雅致。毛泽东的"虎踞龙盘今胜昔，天翻地覆慨而慷。宜将胜勇追穷寇，不可沽名学霸王。"文字很雅，而且用典，但谁又能认为他不是雅能通俗呢？

改善青年人学习和创作诗词的外部环境

应当说，从整体上看，诗词环境已有所改善，但对青年人而言，仍缺乏一个学习和创作诗词的良好环境。为此，我希望：

一、诗词也要"从娃娃抓起"。目前中小学课本中只有少数古典诗词作品及革命领袖诗词作品。应当加大诗词教学份量，除增加一些当代的诗词精品外，还要讲授诗词基础知识，把诗词教学列为重点语文课程。不但要教会学生读诗，而且要培养学生的写作能力。

二、要把诗词教学作为学校人文教育的一个重要内容。我们要通过诗词教学，培养学生具有崇高的民族精神、高尚的道德情操。使他们不但能学到科学技术，成为某一方面的专家，而且具有良好的文化素质，可以为祖国富强，民族繁荣多做贡献。

三、大学中文系应开设诗词专业，彻底改变现在居然还有中文系学生不懂诗词、不会写诗词的状况，为振兴诗词培养出优秀师资和骨干。

四、鼓励青年积极创作诗词。各种诗词报刊要提供园地，经常发表青年的作品。各诗词组织要支持青年结集出版个人或群体专集。

五、各级诗词组织要积极创办诗词培训班，多吸收青年参加。通过培训，传授诗词基本知识，提高他们的鉴赏和创作能力。

(刊于一九九九年第六期《中华诗词》)

柳永词的特点及对我们的启示

——柳永研讨会论文

柳永，原名柳三变，字耆卿，后改名永，因在家族排行第七，又称柳七。曾任屯田员外郎，也称柳屯田。柳永出身官宦之家，书香门第，自幼受文学熏陶，为人落拓不羁，才思敏捷，但怀才不遇，屡试不中，穷愁潦倒。直到宋仁宗景佑元年（公元1034年），年过半百，始中进士，曾任屯田员外郎小官。据闻其所以至此，与填词忤宋仁宗有关。宋人吴曾《能改斋漫录》卷十六云："仁宗留意儒雅，务本理道，深斥浮艳虚薄之文。初，进士柳三变好为淫冶讴歌之曲，传播四方，尝有《鹤冲天》词云：'忍把浮名，换了浅斟低唱'。及临轩放榜，特落之曰：'且去浅斟低唱，何要虚名？'柳永由是不得志，日与狷子纵游娼馆酒楼间，无复检约。"柳永任屯田员外郎时，适逢仁宗寿诞，永奉《醉蓬莱》词。据《福建通志·文苑传》载："仁宗读至'宸游凤辇何处'适与御制悼真宗词暗合，惨然不乐，又读至'大液波翻'，怒曰：'何不言波澄？'掷之于地，自此不复进用。"

尽管柳永官运蹉跎，命运多舛，甚至在宋史中未能占有一席之地，然其词风影响甚大，在北宋词坛独树一帜，在词之内容与形式创新上其功不可磨灭。

当前，中华诗词正处于中兴之际，我们应继承优秀民族文化传统，取其精华而去其糟粕，以此为基础，进而开辟诗词发展之新路。然者，我们应当从柳词中得到何种启示呢？

一、柳永词内涵的社会性

晚唐五代到宋初，基本上是歌词由文人创作，家伎演唱，为少数士大夫所欣赏。至柳永，词风为之一变。柳永生活于北宋初期，战事平息，修养生聚，城市繁荣，市井文化因而兴起，这是柳永词风转变的客观基础，而柳永本人个性豪放不羁，又兼怀才不遇，一生潦倒，在激愤之下，纵情秦楼楚馆，混迹三教九流，亲自接触到社会各阶层，熟悉市井文化，这是柳永词风转变的主观原因。柳永自诩："才子词人，自是白衣卿相"，大致不差。

柳词中有大量描述爱情和赠妓之作，这一方面反映了市民阶层追求恋爱自由和个性解放，是对传统思想和封建道德的反叛。如："衣带渐宽终不悔，为伊消得人憔悴"（《凤栖梧》）、"红颜成白发，极品何为"（《看花回》）。另一方面，他对处于社会底层的妓女寄予无限同情，颇多描写妓女悲惨处境和内心痛苦的感人之作，如"无人处思量，几度垂泪，不会得都来些子事，甚恁底死难摒弃。待到头，终久问伊看，如何是。"（《满江红》·其三）《离别难》即为哀悼某歌妓而作。有的作品描写了妓女企盼摆脱苦海，寻觅真正爱情的渴望，《迷仙引》即写一个"才过笄年"便坠入青楼的歌妓，发出了"永弃却、烟花伴侣。免教人见妾、朝云暮雨"的心声。有的作品甚至坦露了柳永本人与妓女之间真挚的爱情，如赠歌妓虫虫的《集贤宾》就有"就中堪人属意，最是虫虫。""算得人间天上，唯有两心同。""眼前时，暂疏欢宴，盟言在，更莫忡忡。""待作真个宅院，方信有初终。"

对于柳永这些描写爱情和妓女的词作，历来褒贬不同，多数人斥之为"淫冶"之词，吴曾即称柳永"好为淫冶讴歌之曲，传播四方。"然而，这种评价是极不公正的。柳词中确有为数很少的过于坦露男女交欢情景的作品，这应视为柳词之下品，如《昼夜乐》《尉迟杯》等，我们当然不能以此为法。但多数作品都反映了妓女的悲惨生活和对爱情的挚着追求，语婉而涵深，情真而意切，是有反对封建的积极意义的。王国维在《人间词话》中指出："'昔为倡家女，今为荡子妇。荡子行不归，空床独难守'……然无视为淫词，鄙词者，以其真也。"确是灼见。那些把柳词统统斥为"淫冶"之词的人，正好暴露了他们自己的封建主义道学家面孔。其实这些人大都身居高位，周旋于三妻四妾，出入于妓馆歌楼，只不过他们行而不言，无懈可击，而柳永行而又言，授人以柄，以致招来非议。

北宋真宗和仁宗两朝是盛明之世，柳词中颇多称颂当时民丰物阜，歌舞升平之作。在《迎新春》中他写道："太平时，朝野多欢民康阜"。柳永到过江南许多城市，他赞美金陵是"万家绿水红楼"（《木兰花慢》），苏州是"万井千闾富庶"（《瑞鹧鸪》），扬州是"酒台花径仍存，凤箫依旧月中闻"（《临江仙》），而一曲《望海潮》更是把杭州瑰丽风光、繁华景象、人文胜慨描写得传神入画，成为千古名篇，甚至引起金主完颜亮顿生投鞭渡江之志。宋范镇叹曰："仁庙四十二年太平，吾身为史官二十余年，不能赞述，而耆卿能形容尽之"，诚有以也。当然，在封建社会，即使国泰民安，繁荣昌盛，依然会存在

"朱门酒肉臭,路有冻死骨""几家欢乐几家愁",这是社会本质决定的。柳词中几乎见不到这方面内容,相反,他却写了不少给皇帝和权臣的投献词,例如他为祝仁宗寿写了一首《送征衣》,其中有"挺英哲、掩前王","指南山,寿无疆"等语,极尽阿谀奉承之能事。歌颂有余而鞭刺不足,不能不说是柳词之一缺点。

总的说来,柳词确实具有较强的社会性。我们提出"适应时代,深入生活,走向大众"作为诗词发展的导向,可以从柳词中得到一些教益。当然,我们只能吸收那些内容健康、对我们有用的东西,对于那些内容不健康的东西应予摒弃,对于柳词的缺点应加以克服。

二、柳永词语言的通俗化

与内涵的社会性相表里,柳永词不事雕琢,少用典故,语言直白,通俗易懂,甚至大量采用了俚语,且多用赋体,铺叙展衍,娓婉细赋,引人入胜。因此,受到社会各阶层的欢迎。上达宫闱,下及闾里,"凡有井水饮处,即能歌柳词",流传之广,于此可见。

雅与俗本为对立的统一,雅者凝重蕴藉,俗者明近清新,二者各有所长,无可轩轾。如能做到雅中有俗,俗能道雅,则为上品。柳词俗不伤雅,雅俗并陈;以俗为骨,以雅为神,"骫骳从俗,天下咏之",这是柳永作词的成功之道。尽管由宋到清,词家多病其俗,如王灼谓其"浅近卑俗"黄升谓其"多近俚俗",但有些有见地的词论家却对此给予了很高评价。例如《八声甘州》被苏轼赞为"唐人高处,不过如此",被王国维赞为"格高千古"。以

"今宵酒醒何处?杨柳岸，晓风残月"而传诵千古的《雨霖铃》，完全采用白描的笔触娓娓道来，融情入景，情切意真，结构自然，语言和谐，如行云流水，婉转自如，被刘熙载誉为深得点、染之法。

我们提倡诗词走向大众，语言现代化是重要手段之一。诗词采用现代化的通俗语言，包括某些俚语，不但能使群众易懂，而且也便于表达时代内容。当然，我们主张多用现代语言，并不意味着要摒弃那些依然有生命力的古代语言，而是反对用那些艰涩难懂的奥字辟典。奥字辟典只会使自己的作品被封在象牙之塔中，难以被人民群众所接受。我个人认为："诗词创作之标准，取法乎上者，雅俗共赏；取法乎中者，雅俗各赏，既有阳春白雪，也有下里巴人；而雅俗俱不赏者，斯为下矣。

看来，柳词的语言特色是值得我们借鉴的。

三、柳永词的艺术创新精神

柳永不但在词的内涵和语言上超越了前人的旧轨，而且在词的艺术形式上也作了大胆创新。

一是大量创作慢词。慢词并非始于柳永，敦煌曲子词中已有长调，但晚唐以迄北宋初期，在词坛占优势的仍为小令。柳永为了在词中能反映丰富的社会生活和复杂的思想情绪，全力写作慢词，其《乐章集》二百余首作品中，慢词几占三分之二，遂使慢词成为词之主体之一。诚如宋翔凤在《乐府余议》中所说："词自南唐以后，但有小令。慢曲当起于宋仁宗朝。中原息兵、汴京繁庶，歌台舞席，竞赌新声。耆卿失意无聊，流连坊曲，遂尽收俚俗语言，编入词中，以便使人传习，一时动听，散播四方。其后东坡、少游、山谷等相继有作，慢词遂盛。"

二是变旧声为新声。所谓旧声，指唐五代旧曲，所谓新声，指据旧曲翻成的新调。柳永深谙音律，既熟悉旧曲，又勤究新声，因此他能发挥独创性，制新调，填新词，旧调翻新，移宫换羽。《乐章集》中此类情况甚多。故李清照《词论》云："逮至本朝，礼乐文武大备，又涵养百余年，始有柳屯田永者，变旧声作新声，出《乐章集》，大得声称于时"，是为公允之论。

柳永这种在艺术上的创新精神也是值得我们学习的。中华诗词是民族文化的瑰宝，我们首先要认真地继承，这是不言而喻的，但也应当在继承的基础上继续发展，以便与时代同步。这不但表现在作品内涵和语言文字上，也表现在艺术的创新上。当前我们遇到的一个实际问题，便是声韵改革问题。首先要明确的一点是这里所说的是改革声韵而不是改革格律。格律是经过两千多年创作实践总结出来的符合汉文字特点、形成诗词音乐美的基本规律，我们不能轻易变更。但声韵则不同，语言是随着时代的前进而不断变化的，已沿用近千年的《平水韵》等诗词旧声韵与当今以汉语拼音为标准的语言现状差距甚大。按旧声韵创作出的诗词作品，按今声今韵来读，反而不合格律，缺乏中华诗词应有的韵味和谐、声律铿锵的音乐感；而且现在的青少年学的都是汉语拼音，用旧声韵也会造成他们习作诗词的难度，这就是为什么要进行声韵改革、提倡用今声今韵创作诗词的理由。当然，在目前全国语音尚未达到完全统一以及有少数人仍然习惯于用旧声韵的情况下，也应当允许用旧声韵创作诗词。"提倡新声韵，新旧并存"应当作为今后较长一个时期的方针。而且，即使用新声韵创作，也应当对旧声韵有所了解，以便能正确理解前人创作的诗词作品，做到"用今知古"。

艺术创新还包括创新诗体问题，我们当然应当鼓励勇于探索，期求出现一个堪称"代雄"的新诗体，但兹事重大，不能草率。我们也要像柳永那样，既深研古调，也广究新声，然后在此基础上，有所创新，有所前进。功底浅薄，侈谈改革，终致劳而无功，半途而废。

（刊于二〇〇五年第五期《中华诗词》）

试论诗词格律

格律是欣赏更是创作中华传统诗词（或称旧体诗）必然面临而又在当前认识颇不一致的一个重要问题，值得我们认真思索和探讨。正好本期刊登了几篇涉及到如何认识和对待格律的文章，我也想藉此发表些议论。

于沙先生在《诗，美在哪里？》一文中对诗的某些美学特征：意境美、抒情美、含蓄美和思想美进行了条分缕析，并说明没有这些，就不能算作诗。这些论述颇中肯綮。但把格律排斥在诗美之外，把诗的外在形式与美学脱节，说："格律好比镣铐，不论戴着镣铐跳，还是放下镣铐跳，跳的应该是舞。如果不是舞，而是一串胡乱的动作，任镣铐铿铿亮、当当响，也无济于诗。"这种说法似不全面。刘克万先生在《走出格律的误区》一文中作了进一步阐述。他说："诗词格律既是规则又是镣铐，两种观点都是对的。因为持规则论者是从正面作用的角度出发，说明只有严格地规范创作活动才能打造出更加精美的艺术品；而持镣铐论者则是从负面影响的角度出发，认为格律对写作诗词确有很大的制约和束缚。二者看似对立，实则是统一的。"这种说法看似比较全面，但也还须作更深入的分析。

对于传统诗词，尤其格律体诗词而言，格律的确是创作的规则，没有规矩不能成方圆，做任何事情都要有自身特有的行为规范，例如踢足球不能手带球走，跳芭蕾必须用足尖。规则既体现了不同类别行为的特点，也是提高其专业水平的基础。对诗词也是如此。于沙先生说得对，意境美、抒情美、含蓄美和思想美"无论旧体诗还是新诗，概莫能外"。那么，新体诗与旧体诗的区别究竟何在呢？其重要一条就是旧体诗讲究格律而新体诗则比较自由。对于初学旧体诗的人而言，格律似乎是束缚人们创作的镣铐，但格律不是镣铐，而是规范舞蹈动作的规则，目的是使舞跳得更好。对于已经熟练掌握格律的人来说，反而会觉得它是一个很好的跳台，在这一跳台上，诗人可以充分发挥自己的聪明才智，做出各种高难动作，跳出各种优美姿势，从而获得成功的喜悦。

如果作更进一步的分析，格律应当包括两方面的涵义，一方面是"法律"之律，"纪律"之律，宋张表臣《珊瑚钩诗话》云："沈、宋而下，法律精切，谓之律"，即此之意。另一方面又是"声律"之律，"音律"之律，明胡震亨《唐音癸签》云："其所变诗体，则声律之叶者，不论长句绝句，概名为律诗"，即此之意。明王世贞《艺苑卮言》说："五言至沈、宋，始可称律。律为音律，法律，天下无严于是矣" 这是对格律涵义的最好说明。我们前面谈的格律是创作的规则，属于第一种涵义，而第二种涵义说明，格律不仅是规则，其本身也是一种诗美，即声韵美。应当说，这是中华传统诗词的一种特殊优势。中国是诗国，诗本滥觞于民间歌谣，经文人采集而成为各种诗体。《尚书·尧典》云："诗言志，歌永言，声依永，律和声。"可见，诗从一开始就与歌相结合，具有古朴的声韵美。流传最早的《诗经》三百篇周时皆入乐。为了达到音调之美，诗中大量采用了双声、叠韵，包括叠字和相关的对句。如人们最熟悉的《周南·关雎》篇："关关雎鸠，在河之洲。窈窕淑女，君子好逑。"其中"关关"是叠字，"雎鸠"是双声，"窈窕"是叠韵。《小雅·采薇》篇："昔我往矣，杨柳依依，今我来思，雨雪霏霏"。其中"依依"与"霏霏"即为叠字对。自诗经而楚辞、而五言乐府、而七言歌行，各种诗体的演变都传承着中华传统诗词的声韵美。格律体的出现更是诗的声韵美的一大质的飞跃。格律诗始于南北朝，定格于唐初。它的形成是自《诗经》以来一千多年中人们对汉文字特点，特别是四声，的认识逐步加深的结果，也是无数诗人长期创作实践的总结。清人赵翼《瓯北诗话》云："然汉、魏以来，尚多散行，不尚对偶，自谢灵运辈始以对属为工，已为律诗开端；沈约辈又分别四声，创为蜂腰、鹤膝诸说，而律体始备。至唐初沈、宋诸人，益讲求声病，于是五、七律遂成一定格式，如圆之有规，方之有矩．虽圣贤复起，不能改易矣。盖事之出于人为者，大概日趋于新，精益求精。密益加密，本风会使然。故虽出于人为，其实即天运也。"赵翼这段话，尽管"虽圣贤复起，不能改易矣"说得过分，违反事物发展的辨证法，但就整体而言，是对格律诗的形成颇为精当的描述。

就我个人的体会，格律也可分"格"和"律"。"格"是诗的外在格式，即句有五言、七言及相应的各种句型；篇有四句（绝句）、八句（律诗）和不限句（排律）及相应的排列组合。对于词曲而言，则有各式各样的词牌和曲牌。这些也可以看成是写格律诗的规则。律则是诗的内在声律。它主要包括下述内容：

一、押韵

押韵使诗的声音和谐，是形成诗的声韵美的基本因素之一。尽管西洋诗中有无韵诗，国人写新诗也有效法者，但就中国诗歌传统而言．可以说无韵不成诗，从诗的发端起就是如此。从整体说，押韵可以说是世界诗歌的共性。

二、平仄

讲究平仄可以使诗的声音抑扬顿挫、节奏铿锵，也是造成诗词声韵美的基本因素。它是充分运用汉语具有四声的特点，对声调加以排列组合，形成句中平仄相间，句间粘和对而形成的，这就是汉语诗词的特性。

三、对仗

对仗有两个方面的涵义，一是文字上的对仗，二是声音上的对仗。中华传统诗词从一开始就讲究对仗，但主要是文字上的对仗，只有在格律形成后，才形成了平仄相对，即声音的对仗，更增加了对仗的声韵美。西洋诗中也有对仗，但汉诗的对仗更为发达，这是因为汉语一字一音一义，一音对一音，不多不少，于对仗最为有利，所以汉语的对仗是有其民族性的。

正因为格律诗具有以往各种诗体难以比拟的声韵美，它的出现使传统诗词的发展达到了一个空前的顶峰，深受广大诗人和民众的喜爱，这就是为什么格律诗词佳作如林，广为传诵，经久不衰的根本原因。当然。格律诗词的出现并未防碍其他诗体的继续存在和发展，传统诗词中，格律诗词曲与古风诸体同荣并茂，各展风骚。

据上述，我对诗词格律有关问题，提出下列意见：

一、格律须遵守

格律既然是规则，是声律，是传统诗词声韵美的体现，我们在写格律体诗词时，就应当遵守。当然这里讲的格律不只是正体，应包括王力先生在《汉语诗律学》中讲的"拗"与"救"和霍松林先生在《简论近体诗格律的正与变》一文中所阐述的"正"与"变"。

可不可以"破格"呢？答复是肯定的，文艺形式服务于内容，不能"因声害意"。当确实因言志抒情、营造意境的需要难以完全遵守规定的格律形式时，可以破格，于此古人也不乏先例。但一般说来，只有诗作达到很高水平的诗人才能成功地破格。破格后反而使诗意更顺达，语言更流畅，音籁出天然。现在有些诗人把格律看成可有可无，缺乏"吟安一个字，捻断数茎须"的刻苦精神，不愿多作推敲，动辄施行破格，这种做法，恐难以写出好诗来，实不可取。更有一些人，粗学诗词，尚未登堂入室，就要"打破枷锁"，侈谈"破格"，那就等于为自己格律未过关打掩护了。

还要说一下，诗体是多样的，如果有的诗人写传统诗词确实不愿受格律束缚，尽可以写别的诗体，如古风等。我们反对的只是那种写格律诗不讲格律，写词、曲不按谱的做法。

二、声韵应改革

首先要澄清的一点是：声韵是语音，语音本身并不是格律。声韵改革不但不会破坏格律，反而会更好地体现出格律的声韵美。语音是随着地域的区别而有所不同,随着历史的发展而有所变化的。现在我国的通用语言是以北京话为基础的现代汉语,与过去作为写诗圭臬的平水韵大不相同,不但字音分韵部有变化,而且没有入声,如果非要按平水韵来写诗,今人按现代汉语来读,反而会诘曲聱牙,毫无乐感,这岂不是与格律的本意背道而驰吗?而且用平水韵也极不利于在青少年中推广传统诗词。这里还要强调的一点是声和韵必须同步改革,显而易见,只改韵不改声是不能收到声韵美的效果的。关于声韵改革,尹贤先生在《能否用新声韵写律诗绝句?》一文中已作了透彻的说明。《诗韵新编》是一本精心编制,多年来人们写诗乐于使用的一本新韵书,但入声字尽管注有汉语拼音仍单列在仄声中,并未实行声韵同步改革。王东满先生在《格律诗之我见》中说:"《诗韵新编》之十八韵,通行天下,我以为统一于此,善哉美矣",未必得当。

考虑到很多老诗人习惯于用旧声韵及部分地区仍然在口语中存在入声的现实,在声韵改革中,中华诗词学会提出"倡今知古。双轨并行"的方针,我认为是比较适当的。

三、诗体要创新

创新是事物发展的动力,诗词的创新首先表现在内容上跟上时代前进的步伐,即做到"思想新,感情新,语言新"。但诗体是否要创新呢?应当说,也要创新,在历史发展过程中不断出现新的诗体就是明证。

前面已经谈到格律包括规则和声律两个方面,我认为:规则人为成分较多,声律则主要出自天然,故前者便于创新，后者宜于承继。诗体创新主要是体裁、格式上的创新，如改变诗的每篇句数、每句字数、句间组合以及自度词曲等，而押韵、平仄、对仗等基本要素仍应融合到新的诗体中，使之继续具有传统诗词的声韵美。这也是格律诗发展成为词，又发展成为曲所走过的道路。

近年来，有很多诗人对诗体创新作了可贵的尝试，但到目前为止，尚未形成在诗词界具有普遍影响的新诗体，有待于继续努力。正如格律诗词的出现并未影响到古风的继续存在一样，新体诗的出现也不会妨碍传统诗词原有的各种诗体的续继流行。

（刊于二〇〇五年第七期《中华诗词》）

旧诗体反映现实的一个范本

——评《新田园诗词三百首》

全国新田园诗歌大赛已举办了四届，前三届以新诗为主，第四届则是旧体诗，定名为"河东杯"旧体诗词大赛。该赛事于2002年9月19日在山西运城市召开了颁奖会，会后将得奖作品编成《新田园诗词三百首》一书。我有幸担任大赛评委，曾看过这些作品，书成后又仔细读了一遍。诗中所描写的农村新貌和田园风光生机勃勃、气象万千，使我感慨万端，久久挥之不去，由是而产生了一些看法。

（一）旧体诗完全可以反映农村新貌。

有的人对旧体诗能否反应当代题材持有疑态度。前三次新田园诗大赛，旧体诗参赛作品少，而且质量不很高，似乎也说明了这一情况。但事实并非如此，正如丁芒先生在《用旧体诗表现新农村》一文中所说的那样："因为旧体诗自'五四'以来一直处于'在野'的社会地位，改革开放以来的鼎盛，还没有完全抹去人们心目中惯性的阴影，新旧诗在许多方面仍然分道扬镳。新田园诗歌大赛虽然标举兼收并蓄，旧体诗界的误解不可避免，动员更未必全面，这是旧体诗参赛稿不多，和三次大赛来稿畸重畸轻的原因。"全国第四届新田园诗歌"河东杯"旧体诗大赛参赛人数达2736人。作品达8289首（组），不但在数量上超过以前每一届大赛新旧体诗的总和，而且在质量上也大大超过了前三届旧体诗的水平。这就有力地说明用诗词这一传统形式完全可以反映农村新貌,完全可以具有时代精神。这里只举一例,彭振武的七绝《滨州农场见闻》:"欧花澳树非洲稻,北鹿南羊拉美牛。今日农家何等帅,鼠标一点购全球。"这难道不是一首既反映中国农村新貌、又放眼世界市场的具有浓厚时代感的佳作吗!

(二)新田园诗的要点在一"新"字,那么究竟新在什么地方呢?主要是新在反映了农村巨大的变化和新人新事上。

一是农业生产的现代化。我国长期以来农业生产依靠人力畜力和落后的生产技术,农民们终日"面朝黄土背朝天",耕作十分辛苦而收益甚微。近年来,机械化耕作和现代生产技术迅速在农业中推广,正在改变传统的农业生产方式,从而大大提高了农业的生产效益。农村剩余劳动力大量从农业转移,农林牧副渔各业兴旺,乡镇企业快速发展,外出打工人数激增,凡此种种说明了农村生产力的大解放。《新田园诗词三百首》中有很多咏唱这种变化的诗篇。如王宝儒的律诗《新农民》:"学子回乡试大棚,连年荣获状元名。鲜花四季香千里,瓜菜三茬送百城。利市搜寻因特网,优苗选育紫微星。嫦娥顿起思农意,暖室驱寒月里耕。"学成后不去大城市就业,而是回乡务农,试大棚、建暖室、种花种菜、选种育苗,通过因特网寻找市场,菜送百城,花传千里,惹得嫦娥也来相助。这不是农业现代化的最好写照吗?又如周剑痕的《淮上农村夏收》:"农机联袂到田间,道是农忙亦甚闲;树下一盘棋未决,传呼十亩已收完。"则是对农业机械化的真实描写。

二是农民生活的提高。农业生产效益的提高和农村生产力的大解放为广大农民开辟了致富之路,必然会迅速改变农村的贫困面貌，提高农民的生活水平。过去那种"三间茅屋风兼雨，一年辛苦半年粮"的日子一去不复返了。现在全国绝大多数农民都已跨过温饱线，向小康迈进。公路纵横，高楼林立的现象已在农村屡见不鲜，城乡差距正在逐步缩小。《新田园诗词三百首》中有大量讴歌农民新生活的诗作，如李鲁的《过农家》："因逢喜事宿农庄，彩电新楼席梦床。院内群群鸡鸽闹，房中囤囤米粮藏。手机脆响来邻域，摩托轰鸣去远方。不是春风吹大地，小康哪得到穷乡？"且看，新楼、彩电、手机、摩托，还有席梦思床，宁非小康？与城市何异？又如陈洪杰的《农家即景》："门前瓜果正扬花，屋后山茶竞吐芽。鹅鸭成群鱼戏水，试猜先富是谁家？"也是农民富裕后的生活写真。

　　三是农村风气的变化。农村风气的变化也就是农村人的变化、农民思想观念的变化。我国农民原有文化素质不高，长期受封建主义的影响，思想趋于保守，"三亩地，一头牛，老婆孩子热炕头"就是他们追求的目标。在生产方式转变和生活水平提高的条件下，农民的思维方式和生活方式也随之起了很大的变化。他们迫切要求加强学习、提高文化素质，希望尽快与现代化接轨，与城市接轨。他们不再保守，而是讲求时尚；不再保留小农意识，而是胸怀全国，放眼世界。《新田园诗词三百首》中有许多作品对农村中的新人新风作了高度的赞扬。如周满库的《卖菜姑娘》："骑车城里串，穿戴也摩登。头上翔蝴蝶，筐中落蜜蜂。量葱每翘秤，收款更还零。诚信农家女，心灵比镜明。"此诗描写一位骑车进城卖菜的农村姑娘，她不但穿戴摩登，喷香抹脂，惹得蝶来蜂落，而且心似镜明，讲求诚信,卖菜时秤杆高抬,收款时一定要找还零钱,唯恐顾客吃亏。这不正是有文化教养的新式农民的光辉形象吗?又如唐宇的《当代农村新观念》:"新郎打的接新娘,车尾装回好嫁妆。抬入洞房开一看,农科书报满三箱。"则反映了在农村婚嫁中破除旧俗,不重钱财而重知识的新时尚。

(三)新田园诗还有很高的诗美。

《新田园诗词三百首》不但反映了农村新貌,而且其中一些佳作也具有很高的诗美。

一是语言美,也可以说是语言新,即把一些清新流畅、生动活泼、既有乡土情调又有现代化气息的农村通俗语言写入诗词,使人读后犹如一阵清风扑面而来,感到生意盎然。请看涂丽玲的《卜算子·卖菜女》:"红辫绕云烟,来自深山处。鲜菜一挑嫩又青,还带山中露。小巷大街逢,牛仔衣和裤。日暮回归踏落花,歌荡云间路。"好一个"还带山中露",好一个"歌荡云间路",读后诗情画意油然而生。又如曹德润的《花木乡竹枝词》:"妹整花畦蝶绕衣,哥寻信息去关西。多情想起知心话,一擦泥巴打手机。"此诗不但将现代名词"信息""手机"写入其中,以表达当前农村青年男女的劳动与爱情,而且用"一擦泥巴"这样的乡土语言刻画了"妹整花畦"时给情哥"打手机"的一个重要细节,这是作者对农村生活体会入微、对农村口语浓缩运用的结果,也是作者高明之处。

还有一些律诗写出了精美的对仗,如叶显瑾的《农村三月》中二联为:"深院垂杨莺对语,小楼花树燕双栖。桃红李白春三月,秧壮苗肥雨一犁。"又如翟致国的《春节秧歌队》中二联："舞姿土派掺洋派，服饰时装杂古装。平日持身称稳重，此时变相竟张狂。"皆显示了作者的修辞功力。

　　二是意境美，这是田园诗词的传统诗美，在《新田园诗词三百首》中也充分显示出来，而且增加了许多新意，使之更加色彩斑斓。且读刘沧的《浣溪沙·农村春色》："燕尾轻裁野色鲜，杏花如雪柳如烟。柳丝难系水潺湲。布谷频啼春到耳，稻苗遍插绿连天，真疑梦里到江南。"好一幅田园春景图，怪不得作者似乎"梦里到江南"了。又如张树兴的《南山》："一溪轻雨转斜辉，绿树青山横翠微。小曲时闻人不见，羊鞭惊起白云飞。"简直与王维的"空山不见人，但闻人语响"异曲同工。

　　以上谈了读《新田园诗词三百首》的主要感受，即"新"和"美"，这也是全国第四届新田园诗歌"河东杯"旧体诗大赛获奖作品质量高的有力证明。"旧体诗不能反映新时代题材"论者可以休矣！

　　这次诗赛虽然很成功，但也还有不足之处，那就是获奖作品中几乎都是歌颂的内容，缺乏对依然在部分农村中存在着的违反党纪国法、侵害农民利益的人物和行为的鞭挞，有悖于诗词应当关怀国运、针砭时弊、实行美刺并举的方针。应当引以为训，在今后大赛中予以纠正。

（刊于二〇〇六年第五期《中华诗词》）

创作《镕基赞》一诗的体会

中华诗词学会决定设立"华夏诗词奖"作为一项定期的全国性重大赛事。第一届评出2001年至2005年的优秀作品，以后每两年一次。作品由各省市区推荐，由中华诗词学会组织评委会评定。《镕基赞》有幸名列第一届华夏诗词奖一等奖首篇。我获此殊荣，深受鼓舞，名实难符，愧不敢当。我认为：《镕基赞》能得如此大奖，固然说明此诗得到诗词界的承认，但写每一首诗都有其特殊性，一首诗的好坏并不能代表一个诗人的整体水平。我的创作水平较之一些诗词界的老前辈和后起之秀差之甚远，在诗词理论上更是如此，我对此有自知之明。

下面谈谈我对创作《镕基赞》的一些体会。

一、情真是写诗的第一要素

《镕基赞》写的是朱镕基的一生，它也是中华民族由衰弱走向富强，由任人宰割走向屹立世界之林的历史写照。要用一首诗来写这样的大题材是比较难的。写得好固然可以引起读者的共鸣，但如果写不好，则会被人视为歌功颂德的老一套教条，弃若敝屣。

写好写坏的关键在一个"情"字。诗主情，但情要真情，而不是矫情，只有情真才能感染人、出诗味，矫揉造作只会使人读而生厌，诗味全无。我之所以要写《镕基赞》，并非出于简单的歌功颂德，更无藉歌颂伟人来抬高自己的目的。正如我曾多次代学会请求镕基对中华诗词事业在物质上和精神上给予支持一样，并无任何私心。我之所以毅然决定要写此诗，主要是由于自己内心的感情冲动，有一种不吐不快的感觉。这种感情来自三个方面：

（一）朱镕基的人格

1、朱镕基当了20年右派，历经磨难，但他依然为国为民，殚精竭虑，鞠躬尽瘁，死而后已。这种赤子情怀使我十分感动和敬佩。

2、他清正廉明，严于律己的品德是难能可贵的，深得国人赞许。

3、他办事有魄力、讲效率、水平高、要求严，已为大家公认。

（二）朱镕基对诗词事业的支持

我从小热爱中华传统诗词，自从被邀到中华诗词学会协助工作后，总想为振兴诗词事业尽点微薄之力。学会得知我和镕基的关系后，也希望我向总理反映情况，争取他的支持。于是我积极向他反映中华诗词发展现状和学会处境，希望他协助解决困难。说实在话，我虽然知道镕基也从小喜爱中华传统文化，但他现在身为总理，国家大事那么多，能否答应我的要求过问此事，并无把握。出乎我的意料，他对此非常支持，亲自批示财政部和国管局协助解决学会经费和办公用房。2001年，他将自己新写的《重返湘西有感》一诗交我转《中华诗词》首发。2002年，中华诗词学会成立15周年庆典，他又在我写给他的信上作了批示。2004年，学会召开第二次全国代表大会，会前他接见了我，听了汇报后，专门给学会领导写信祝贺。凡此种种，给全国诗词界很大鼓舞，也使我对他这种热爱中华传统文化，支持诗词事业的情怀充满感激之情。

（三）朱镕基和我是清华大学同班同学，又都是湖南长沙人，学谊乡情较为深厚，不但在校读书时关系密切，毕业后一直有联系。我对他被打成右派深感不平，即使在他最困难时期，我们仍有来往。

我就是怀着这样的感情来写《镕基赞》的。在下笔时，我的心随着主人公的命运而波澜起伏。我用"凄风苦雨笼长沙，冰封大地发寒芽。含辛茹苦家何在？怙恃双亡幼失家"这样沉郁的诗句来表达对他幼年不幸的无限同情；用"东瀛灭我刀兵逼，……天涯何处堪容膝""求学艰难一少年，家亡国破几颠连"这样悲愤的诗句来表达与他遭遇国难的同仇敌忾。对他被错误划成右派，我用"玉庭乍怒风雷袭，刹那晴天飞霹雳。忠言逆耳豆其煎，禹甸儒冠皆掩泣"来表达心中的不平，并用"梦坠空云齿发寒，男儿有泪不轻弹。廿年蠖曲心难曲，黄卷青灯志未残"来表达对他身遭冤屈，壮志犹存的敬佩。随着他的错案平反，一步步走向辉煌，我的诗句也变得兴奋激昂，越唱越高。先是以"那堪美玉久沉埋，一朝焕彩出尘埃。囊锥脱颖锋初现，鸣凤朝阳震九垓"来歌唱他的平反重出。继而随着他一路顺利发展，事业上取得越来越大的成就，我也在诗中一路纵情歌唱，如："雷厉风行主经委""清廉从政身垂范，……千万市民交口赞""经纶满腹凭施展，不负生民寄望殊""初遴揆首誓言洪，硬语盘空震宇穹""运筹帷幄挽沉沦，……砥柱中流誉四邻""千头万绪心操碎，旰食宵衣苦运筹"等。而且也写了："甘棠厚爱及诗词，华裔吟魂情激动"。最后以"五年总理岂寻常，华夏中兴国有光。人大掌声民誉在，英名赢得五洲扬"作为对镕基一生功绩的高度评价，达到了诗的高潮。

正因为如上所述，任何持公论的人读了《镕基赞》都会认为是真情的流露而不是矫揉造作、歌德派。湖北诗词学会原副会长李慕韩同志在《读欧阳鹤同志的〈镕基赞〉》一文中说："……那么欧阳鹤同志的《镕基赞》则以真切取胜，因其所知者深，所写者真。真是诗骨。真则自然，真则亲切有味。"廖平波同志在全国第十九届中华诗词研讨会宣读的论文中也说："朱镕基是当代党和国家的高级领导人。这样的题材，一般人是不敢写的。可是发表以后，并没有人说欧阳鹤是'马屁精''歌德派'。为什么？因为写的都是事实，写的都是大家心里的话，并非溢美之辞。诗中所塑的形象，看得见，摸得着，经得住历史考验。"

二、翔实的资料是写好《镕基赞》的基础

《镕基赞》是描写朱镕基一生曲折的叙事长诗，而他又是一位尽人皆知的国家总理。写真人必须写真事，尤其是写伟人，来不得半点虚构。只有事真，才能情真。这恐怕是写这类带有"史实"性叙事长诗与其它一些诗作的区别。

我对镕基当然有基本了解，否则我不会写这首诗。但与他直接接触较多的是在清华上学的那一段，其他时段，特别是他当总理前后的大事，虽在同学会见或通讯中有所谈及，但多半是见诸报端或社会反映，还须核实和补充。为了写好这首诗，我从头到尾看了某些版本的《朱镕基传》、《南方周末》出版的24版《朱镕基专刊》，也查阅了其它有关资料，并与一些镕基的好友交换意见，从而对

镕基一生各个时段的情况都了解很细，核对得比较准确，为写好《镕基赞》打下了较好的基础。

三、创作中的几个问题

如果从酝酿写《镕基赞》开始，经过收集资料到写成，时间在半年以上，是比较长的。即使从开始动手写，经过反复修改到定稿，也有1-2个月时间。在写作过程中，对某些问题，我是作了认真考虑的。

（一）关于体裁

我平常喜欢写格律体诗词，因为我觉得格律体诗词语言精炼、意境深邃、韵律铿锵、诗味浓郁，读后使人心旷神怡。绝句短小精干，适宜于表现对某一事物的独特感悟。律诗工整严谨，适宜于较完整地表达对某一事物的言志抒怀。词一波三折，长于较细腻、流畅地抒发个人的情感。但对于一些重大复杂的题材，格律体就显得容量不够了，当然也可写长律，但长律篇幅长而格律又严，不易放开写。所以，对《镕基赞》这样的大题材，我就选择用古风来写。如前所述，我是钟情于格律体的。对于格律形成以前的古风，尽管显得高古，但因不讲平仄，我总觉得韵味不足。我喜欢唐以后以白居易《长恨歌》、《琵琶行》为代表的转韵歌行体，虽不甚讲粘对，但绝大多数是律句，音乐天成，依然有格律体的韵味。我写的古风不多，但和《镕基赞》一样，都是转韵歌行体。

（二）关于谋篇

我写《镕基赞》的目的就是要真实地反映出朱镕基频遭磨难后走向辉煌的一生，而这也是祖国由积弱走向富强的映照，这就是本诗的立意所在。立意既定，就要在构思谋篇和布局上精心安排，以达到预期的效果。经过认真考虑，我认为要写好这首叙事长诗，在谋篇布局上应遵守三项原则：一是情节要有取有舍，有展衍，有浓缩，切忌繁琐拖沓；二是文笔要有波澜起伏，切忌平铺直叙；三是开篇要振响，要能总揽全篇，结尾要收转好，既能反照全篇，又留有余意。下面分段加以说明：

1、诗的开篇

《镕基赞》是一首叙事诗，直接从主人公的出生说起也未尝不可，但这样就显得平淡了。开篇应能一锤敲响，振起全篇，使读者耳目一新，不睹不快。于是我就写了"板荡神州盼俊才，无边风雨送君来。百年积弱须重振，万里河山待剪裁"一韵四句，将朱镕基出生的时代背景和历史赋予他的使命提纲挈领，浓抹重彩地点了出来。读者反映这首诗起得较好。

2、频遭磨难

从"皆言君本朱皇后"到"黄卷青灯志末残"共280字，写的是朱镕基一生所遭的种种磨难。这是"板荡神州，无边风雨"的具体描述，也是为下一段作好铺垫。"疑将大任降斯人，遂教苦难先尝够"。磨难愈深则辉煌愈显，强烈的对比可以更好地引起读者共鸣。

这一大段又可分为两段：第一段是解放前的幼、少年时期，镕基遭受到的磨难固然与其家庭不幸有关，但更重要的是由于当时外寇入侵，国家危难。因此我在诗中不但写了他幼失父母的"家恨"，更写了日寇入侵，逼使他颠沛流离的"国仇"。第二段是解放后的反右派和"文革"，这对镕基当然是很大的打击，而且也使国家遭受重大损失，但这毕竟是建设新中国过程中的严重错误，而且已经自我纠正，镕基能当上总理就是明证，与解放前的民族灾难有所不同。因此我采取了点到为止的写法。一是要点出来，因为这是历史，不容抹杀。二是不作过多的阐发。

在写镕基遭受苦难的同时，我也插进一些诗句来描写他身处逆境，仍发愤图强，矢志不渝的高尚情操。

3、走向辉煌

从"大地春回葬文革"到"华裔吟魂情激动"共504字，写的是朱镕基后半生的辉煌。这是对"百年积弱须重振，万里河山待剪裁"的具体阐发，也是本诗的主旨所在。我把镕基比喻成一块久被沉埋的美玉，在百废待兴，呼唤人材之际，终于"焕彩出尘埃"，放出夺目的光芒。我选择了他政绩中最为人称道的亮点写入诗中，如主持经委时抓质量技改，治沪时以身垂范、振经兴市，出任中央领导，尤其是被选为总理后，狠抓宏观调控、正确对待东南亚金融危机、抓抗洪、争入世、促生态……，也包括对中华诗词事业的支持，使他的非凡业绩显得有根有据；他那清正廉明，鞠躬尽瘁，雷厉风行的品德和作风历历在目。

4、结尾

一是以"君知否？"带出下面四句作为朱镕基一生功绩的总结。二是以最后四句："诚知说项难为听，人心自有公平秤。聊歌一曲赞镕基，功过千秋留史定"来表达自己写此诗的心情。我觉得以此作为这首长诗的结尾是比较合适的。

（三）关于语言

诗是语言的艺术，但我认为，诗体不同，也应有不同的语言特点。

1、从赋比兴的几种表现手法看，尽管比兴是诗人经常用来提高诗的艺术水平的重要手段，但对于像《镕基赞》这样的叙事长诗，则应以赋为主。也要尽可能夹以比兴，如本诗中前面说到的用美玉比喻镕基，还有用"泡沫横飞如卷雪"来比喻经济过热等。又如"凄风苦雨笼长沙，冰封大地发寒芽"就是一种兴寄的写法。但比兴不是叙事长诗的主要表现手法。

2、从写实与想像的关系看同样如此。想像可以增加诗的艺术魅力。但在叙事长诗中较难采用，因为叙事诗写的是真人真事，不容有不切实情的幻想和夸大。当然，事情总不能绝对化，在合乎基本逻辑的条件下，某些诗句加些想象成分，也会增加诗味。《镕基赞》中也有"展望前程花似锦，卢生一梦到天涯"这样的句子。

3、以赋为主，决不是要平铺直叙，写白话，这样就不是诗了。依然要讲究修辞炼句，包括活用成语典故，但不要用奥字僻典。铺叙展衍要如行云流水，既有波澜起伏，也有流转回环。要做到语显而涵深，文华而质朴。总之，要写得语言流畅，文采斐然。当然要实现这些要求很不容易，但古代大诗人的作品证明是可以做到的，如白居易的一歌一行即是范例。我在写《镕基赞》的过程中，也想尽量写得有文采，在修辞炼句上下了些功夫，但终因功力不够，结果不大理想。

总之,《镕基赞》虽得到诗词界朋友的认同,但水平有限,缺点尚多,祈多提批评意见,以便今后改正。

(刊于《中华诗词》二〇〇七年第一期)

清风扑面

——也评蔡词

读了《蔡世平词选》，顿觉一阵清风扑面而来。那沉郁的情感、清新的意境、流畅的语言使我如面对滴翠的群山和潺潺的流水，喝了一杯芳香四溢的龙井，赏心悦目，兴逸神飞。我觉得蔡词的真谛，写出了词的本色。在当今诗坛，虽不能说蔡词已经染指一流，确也堪称不可多得之佳作。

我反复读了蔡词，觉得其所以出类拔萃，超凡脱俗，应归结为下述三个主要原因：

一、以情为词，得词之本色。蔡词的确抓住了"以情为词"这一词家本色。他的词作几乎首首都见情，包括亲情、爱情、乡情、山水情、戍边情；对国计民生的关怀，对历史的感慨，对自然的眷念等等，他的情深沉、婉曲、凄清、执着、悲壮、不一而足，直可称为情种。

且看他的《贺新郎·题龙窑山古瑶胞家园》：上阕将自己作为游客，写了踏访瑶胞故园千家峒的游兴，听到的是"处处闻啼鸟"，看到的是"满葱龙，横斜竹影，乱枝争俏，"于是，"踏溪桥"，"摸祀柱"，似乎看到了"门动瑶娘笑"，真的是酣畅淋漓，墨浓笔饱。下阕笔锋一转，主体换成了瑶民。于是一幅千年流落他乡，寻梦故园而未能如愿的悲惨图像展现到人们面前。随着画面的逐步展开,感情也愈趋浓烈。先是"衣裳泪湿,把家寻找"。但经过"岁岁年年"仍未找到,只能魂牵梦绕,引发心中无限的悲痛。春去秋来,落花流水,最后只剩下"滴血青山老"的瑶歌。这是何等强烈的沁人心脾的思乡怀祖之情。词最后以"情百代,总难了"猛然煞尾,这不但进一步加重感情的分量,而且使人余憾无穷。此词真不愧为上乘之作。又如《临江仙·咏月》下阕:"软步娇娥羞见我,西窗欲语无言。可曾缺缺可曾圆?看她天上俏,病了有谁怜?"作者把月亮拟人化:月亮宛似娇柔的女子,款款来到了我的窗前,含情脉脉却又羞于开口,使我联想到了"人有悲欢离合,月有阴晴圆缺",悲天悯人、怜香惜玉之情油然而生。别"看她天上俏",但:"病了有谁怜"呢?这种跨越时空,把人的情感送到月球上的描写,确是别生新意,余味无穷。

　　二、意境清新,兴寄深远。例如《卜算子·静夜思》:"身盖月光轻,隔境人初静。寸寸相思涉水来,枕上波澜冷。梦里过湘江,柳下人还问:我到边疆可若何?同个沙场景。"试想:在天上月华如水,房中滴水成冰的茫茫长夜,一个离乡背井、戍边守土的青年战士自然会心潮澎湃,思绪难平,联想到远在数千里之外的亲人,感到"寸寸相思涉水来,枕上波澜冷"。这种浓重的相思使自己在梦中产生幻觉,似乎又回到了湘江边与亲人相见,花前柳下,互相倾诉衷情。又如《贺新郎·梅魂兰魄》上阙以"别也何曾别"为发端,先用"乱心头,丝丝缕缕,你牵他拽。缘浅缘深分得么?一样梅魂兰魄。只伤心,碧桃凝血"这一长段情绵意密的描述来表达自己复杂的惜别心态,在这种心态下,看周围景象也自然"是处烟波残照里,又霜天晓雾朦胧色"了。下阕则通过"飞蝶""春风""繁花""新月""红叶"等一连串绚丽明快的物象，再加上与燕子的问答，营造出一个美好的梦境，表现了对幸福的渴望。此词情思脉脉，寄寓良深，谋篇也很精当，起句和上下阕结句均为点睛之笔，使人读后心涛起伏，余音在耳，却又难以作具体诠释，真有点像上下阕结句"谁能解，愁肠结？"和"这情字，如何写？"那样的感受。

三、语言流畅，活色生香。蔡词很少用典，几乎不用文言，但语言清新流畅，口语提炼入诗，活脱新鲜，正是蔡词的优点。其实，古人在写诗词时也强调语出天然，写词尤重语言的清新流畅。且看他的《梦江南·明月黄昏》："天心里，心果是心栽。柳上黄昏莺啄去，堂前明月夜衔来。时候有关怀"，句子有多美！尤其两个七字句，珠联璧合，玉韵天成，读之真有如周笃文先生形容为"口颊生香"之感。《中华诗词》评点《汉宫春》和《生查子》两首小令词时说："这些纯用口语填写出来的白话词，如此亲切自然，空灵生动，格律的约束几乎毫不存在，令人有生面别开之感"，确是中肯之言。

蔡词虽然取得了骄人的成就，但也还存在着一些不足之处。他写婉约词成绩斐然，而作为曾长期戍边守土的军人，豪雄之作不多，佳作更少，不能不令人遗憾。虽然整体上说，蔡词驾驭格律和语言已基本达到了自由驰骋、行不逾矩的境地，但个别地方还失之粗放，出现格律欠调、语音不当等问题，证明还未达到炉火纯青的程度。这些都希望在今后创作中予以改正和提高。

（刊于二〇〇七年第四期《中华诗词》）

如何看待诗词创作中的几个关系

当前，全国诗词界正在中华诗词学会的倡导下，增强精品意识。多出佳作，少写平庸，已成为人们的共识。学会第二次全国会员代表大会工作报告指出："精品力作的主要标准是时代精神、先进思想、真挚情感与艺术感染力的高度统一。"要达到这样的标准，出真正的精品，确实不易。但我们应当以此为方向，严格要求，精心创作，庶几可"取法乎上，仅得其中"，至少应当要求自己写出意境较新、语言较美、韵味较浓的佳作，尽量避免写出内容陈旧，诗艺很差的平庸之作。根据当前诗词创作情况，结合多年来读诗、学诗和写诗的体会，我觉得在诗词创作中，有几个方面的关系要正确对待和处理，以利于写作，特提出下列意见供参考。

一 遵律与破格

（一）不同艺术门类有不同的艺术形式。中华传统诗词自然也有其特定的艺术形式，格律是其主要表现。诗体不同，如古风、律绝、词、曲等，格律也不同。诗词格律有严格规定，必须遵守，但也有正格和变格，"拗救"即是变格，按正格或变格写诗，都算合格。尽管格律中有些带有客观规律性的规定，如押韵、平仄交替、对粘等声律内容，不应当也不会轻易改变，但有些规范性的规定，随着时间的推移也必然会有所变化，例如字的声和韵就是如此。从广义上说，字的声、韵也是格律的一部分，但它并非出自规律，而是建立在语音实际基础上的一些规范。因此，它应当随着语音的变化而有所变化。这也是中华诗词学会提倡声韵改革的根本原因。诗的体裁也带有规范性，因此，诗体也会有所创新。

（二）内容与形式的完美结合是艺术追求的最高目标，但也必须认识到二者之间的主从关系，形式是为内容服务的。好诗首先要内容好，没有好的内容，即使格律严谨无疵，也不能算作好诗，甚至不能算诗。内容很好，在个别不影响整体格律的地方，如果硬要按格律规定去写，反而有损诗意的正确表达和语言的明白流畅，允许有所"破格"。

（三）掌握艺术形式是精通艺术的基本功，诗词也是如此。对于初学者而言，必须首先学好格律，严格按照格律写诗，打好诗词创作的基础。"自由是认识了的必然"，只有经过认真学习，严格要求，才能达到驾驭格律，运用自如，才能谈得上"破格"。时下有些人不肯下功夫学好、用好格律，练好基本功，还未入门，就大谈"破格"，随意"创新"，写出来的诗只能是废品或次品。

二 灵感与苦吟

（一）灵感与苦吟是指诗词创作过程中两种不同的思维状态。灵感具有突发性、瞬间性，突如其来，稍纵即逝，而苦吟则是指长期反复地求索、推敲。古今诗人写诗的情况也各有特点，有的富于灵感，才华横溢；有的勤于苦吟，诗风严谨。灵感固然与人的天赋有关，但从根本上说，灵感与苦吟二者是相通的，是相辅相成的。

（二）灵感并非无源之水，而是在长期生活实践、意象积累、创作探求的基础上，得到某种偶然事物的触发而产生的。如果没有前者，便不会有灵感。"众里寻他千百度，蓦然回首，那人却在灯火阑珊处"是对灵感与与苦吟关系的最好说明。正因为有了"众里寻他千百度"的艰苦过程，才会有"蓦然"的获得。我在网上看到一首诗也对灵感与苦吟的关系作了很中肯的说明："寻诗觅韵最劳心，觅韵敲诗作苦吟。待到水来渠筑就，轻轻一点石成金。"

　　（三）灵感只是突然而来的一个意象、观念或者一句诗，最多是一副对仗。不可能是一首完整的诗。真正要写出好诗来，还要在此基础上生发和扩展，下功夫反复推敲、琢磨，以期完善，最后形成一首既有新意、又有韵味的好诗。

　　（四）我们很多人写诗时也常有这种体会：反复思索、推敲，几易其稿，总找不到好的意境和语句，却在一个偶然场合，突然来了灵感，顿时涌现出新意和佳句，真可说是"踏破铁鞋无觅处，得来全不费功夫"，"山穷水尽疑无路，柳暗花明又一村"了。这时，你必须马上记下来，甚至半夜也得起床执笔，否则很容易稍纵即逝。待到有充裕时间，再以此为核心，添补充实，精心加工，写成一首完整的诗。因此，那种认为自己缺少天才，对写诗没有信心，或者自诩天才，对写诗不下功夫的思想都是错误的。

三　想象与写实

　　（一）想象是一种思维活动，艺术想象属于形象思维。黑格尔说过："最杰出的艺术本领就是想象。"如果没有想象，就不可能出现像《荷马史诗》中那样的神话故事和英雄传说，也不会有李白那种充满浪漫主义的诗篇。

（二）想象看起来似乎是随心所欲，但实际上是有其客观基础的，它是在人们对客观世界认识的积累上，通过形象思维，进行裁剪、放大、重组而重新构建起来的新事物。虽然想象形成的事物在现实生活中并不存在，但它的组成元素仍来自人们熟悉的现实生活，且经过有目的地加工，所以它更能刺激人们的感知，引起强烈的共鸣。"胡编乱造"不是艺术想象，因为这些东西毫无客观基础，不会被人们接受，因而没有任何艺术感染力。正如鲁迅所说："天才们无论怎样说大话，归根结底，还是不能凭空创造。描神画鬼，毫无对证，本来可以专靠神思，所谓'天马行空'似的挥写了，然而他们写出来的也不过是三只眼、长颈子，就是在常见的人体上，增加了眼睛一只，增长了颈子二三尺而已。"

（三）想象以及与之相联系的浪漫主义、比兴手法固然在诗词创作中占有极其重要的地位，但写实与现实主义、赋的手法在诗词创作中也被大量应用，而且同样可以写出动人的诗篇，如杜甫的《北征》等。毛泽东在写给陈毅的信中就说过："诗要用形象思维，所以比、兴两法是不能不用的。赋也可以用。……可谓'敷陈其事而直言之也'，然其中亦有比兴。"到底是多用想象还是多写实，要根据题材、人物、内容、情节繁简、情感氛围等来决定。

四 景、情、志、理

（一）这里所说的景是广义的，包括一切客观事物。"景"是我们写诗的对象，因为景的千差万别，诗的类别也各有千秋，如山水田园诗、咏物诗、咏史诗、军旅诗等，不一而足。单纯"描物状景"、缺乏情感和哲理内涵的诗，很难有艺术感染力，从而也缺乏生命力，尽管写这种诗古今皆有之，但很少有传世佳作。

（二）从诗歌发展史看，虽然有"诗言志""诗主情"的不同说法，但二者也有共性，"情"和"志"都是人的主观意识形态，只是取向有所不同而已。所以，当说到情和景的关系时，我们也可以情为代表将情和志合二而一，所说的情也包括志。情志是诗的灵魂，只有"借景抒情""托物言志"的诗，才能激荡人们的心灵，引起读者的共鸣，使读者留下深刻的印记，其中佼佼者甚至可成为不朽的传世之作。王夫之《姜斋诗话》云："情与景名为二，而实不可离。神于诗者，妙合无垠。"王国维在《人间词话》中也说："昔人论诗词，有景语、情语之别。不知一切景语皆情语也。"确是至理名言。

具体说来，情与景的关系可分为两种情况：

一是触景生情　即人们潜藏的某种思想感情，由于特定的客观环境而激发，凝成诗篇。

二是移情入景　即人们刻意将某种已经蓄势待发的思想感情，通过所描写的事物表达出来，发而成诗。

触景生情与移情入景两者的共同点是，都要做到情景交融，达到情与景的互相联系、互相渗透、有机结合；两者的区别是，触景生情是情由景生，同样的景往往唤起同样的情，而移情入景是情感先行，不同的情会给同样的景着上不同的感情色彩。

（三）写诗最忌枯燥抽象的议论，宋人受朱程理学的影响，以诗明理，不少诗"味如嚼蜡"，但也有一些能阐发出闪烁人生智慧的优秀哲理诗，不愧为中国诗歌的精华，如苏轼的《题西林壁》、王安石的《登飞来峰》、朱熹的《观书有感》等。写好哲理诗的关键：

一是运用形象思维的方法，以景说理，融理入景；

二是由情入理，情理交融。

诗歌是诉诸感性的艺术，它以亲切的情愫轻轻地拨动人们的心弦；诗歌又是诉诸理性的艺术，它以雄辩的哲理激励着人们对生命的思考。但最根本的一条是诗歌是以形象思维为基础的，只有通过形象思维将景、情、志、理融合起来，诗歌才会产生强大的艺术魅力。

五　雅与俗

（一）"五四"以来，白话文几乎在所有文字领域成功地取代了文言文，这对普及全民文化、方便文字交流起到了重要作用。在传统诗词领域，采用现代口语和词汇写诗的人也日益增多，但较多的诗人仍认为写白话诗太俗，而且有少数诗人自命高雅，喜欢出字艰深、用典奥僻，这种情况不利于诗词交流和普及。因此，我们还要提倡诗词语言的现代化、通俗化。

（二）用现代汉语写诗并不意味着将普通话或散文按格律加以拼凑就行了，这样写出来的不能算是诗。我们必须对现代语言加以提炼、浓缩，并按格律要求，巧妙而自然地加以组合，才能写出既通俗又韵味深长的好诗来。所以诗词语言通俗化、现代化并非易事。一些著名诗人给我们作出了光辉的榜样，如聂绀弩就是一位公认的善于用现代语言写传统诗的高手。"风里敲锅冰未化，烟中老眼泪先垂。""整日黄河身上泻，有时芦管口中吹。"语言通俗，韵律铿锵，对仗工稳，把在北大荒劳动、生活的情景描写得惟妙惟肖。

（三）提倡用现代汉语写诗，并不是一律排斥文言、典故和古代词汇，而是反对用那些艰深晦涩的文字、僻奥的典故和过时的词汇。传统诗词创作中，既要大量充实有生气、有活力的现代语言，也要保留一些必要的文言成分，实行"文白并存"。其理由：

一是传统诗词的特点与散文不同，篇有定章、句有定格、字有定数，格律要求严，这种特点必然要求文字精炼、语言浓缩，在某些情况下，文言更易适合这一特点。而一些为人所熟知的典故和成语入诗，有时能收到更加寓意深长、诗味隽永的效果。

二是传统诗词所用的文言有别于古文，没有"之、乎、也、者、矣、焉、哉"那一套装腔作势的陈词滥调，较少酸腐气。现在的青少年，也大都受过中等以上教育，只要在诗词作品中不故弄玄虚，以用奥字、僻典为能事，他们是完全可以看懂和接受的。

（四）同样，提倡语言通俗化，并不是不要雅。"俗"与"雅"是对立的统一，它们既有区别，又有共同点，区别在于用的文字语言不同，共同点则是对人们心灵的艺术感染力。俗可以生雅，例如"鹿鸣杯"诗词大赛获奖者朱帆在《席间遇当年红卫兵》诗中写道："蚁穴王侯原是梦，牛栏神鬼本非仇。何妨此日斟鸡尾，忘却当年砸狗头。""牛鬼蛇神""砸狗头"本是"文革"中造反派极其鄙俗的语言，但在诗中与"蚁穴王侯""斟鸡尾"形成巧对，再加上今昔悬殊的对比，读后使人感到文采斐然，非常雅致。同样，雅也可以通俗，毛泽东的"虎踞龙盘今胜昔，天翻地覆慨而慷。宜将胜勇追穷寇，不可沽名学霸王。"文字很雅，而且用典，但谁又能认为它不通俗呢？

（刊于二〇〇七年十二期《中华诗词》）

关于诗词作品的概念化问题

一、什么叫概念化

"概念化"是一个总的代表性说法，它包括口号化、概念化、抽象化、一般化等内容。它指把一些社会概念、政治口号、科技用语 陈腔老调等按格律要求拼凑到诗中，全是"直、白、露"地谈过程、讲道理，喊口号，说套话，读起来枯燥无味，表面上像诗，实际上不是诗。

二、为什么会出现概念化

为什么当前诗词创作中会较为普遍地存在概念化问题呢？这就与当前诗词队伍状况有关系了。诗词队伍中大多是革命老干部和专业干部，就写诗词而言，绝大多数是半路出家，甚至是晚年爱好，但诗词创作的思维方式与他们过去的思维方式截然不同。政治活动中，经常需要一些理论阐述和政治口号，以说服人和鼓动人；专业工作中需要抽象思维和逻辑语言，以探求和论证真理以理服人。而文学恰恰相反，需要的是形象思维和形象化语言，以情动人。科技求实，而艺术求美。前者要求实事求是，后者可以夸张，而且需要想像。诗词创作中的概念化问题正是由抽象思维转入形象思维过程中最容易发生的情况。

当然，抽象思维与形象思维的关系是辩证的，它们既互相矛盾，也可以统一。只要完成了思维的转变，政治家、科学家同样可以成为杰出的诗人。如毛泽东等老一辈革命家和顾毓琇、苏步青等一批著名科学家。《中华诗词》报道过《诗人、科学家程良骏》也是一个很好的例子。

三、如何克服概念化

如何才能克服概念化的毛病呢？我说三点意见。

（一）题材要具体

写诗最好写自己亲身经历过的事件和接触到的事物，这样才能写出真实动人的形象和个人独特的感受。即使写一些大题材，也要选择好切入的角度，写出自己具体的体验和真情实感。有些人喜欢写大题目，而写大题目又停留在写大题材上。没有自己独特的角度和感受，怎么写呢？只好按报纸、电视上说的和社会上流行的去写。写出来的诗，内容、结构、语言都是千篇一律。这样写下去，题目越写越大，内容越写越空，用语越写越涩。总之，越不像诗。

这里举出两个选择题材比较成功的例子。一是获"世纪颂"中华诗词大赛一等奖作者伏家芬写的《赠杜岚女士》一诗："红颜报国许襟期，树蕙滋兰念在兹。海甸尚遵胡正朔，濠江先树汉旌旗。教坛白发千茎雪，游子丹心七月葵。终见荷花红映日，南天弦诵谱新词。"澳门回归是一个大的诗题，但伏家芬没有人云亦云地去写澳门割让四百年的耻辱和回归的喜悦，而是着力写了濠江中学校长杜岚女士，这样一位身在澳门心怀祖国，曾经支持过抗日战争和解放战争，并于一九四九年十月一日在澳门升起第一面五星红旗的人。事件真实，情感动人，洵为佳作。

二是第一次中华诗词大赛一等奖获得者杨启宇写的《挽彭德怀元帅》。这是一首七言绝句，前两句写彭德怀身经百战、晚节凄凉，显得一般，并无十分动人之处。但后两句"冢上已深三宿草，人间始重万言书"，选择"万言书"作为彭德怀人格的代表。作者在广播中听到为彭总平反的消息，才知道三年前他已含冤去世。三年墓草已深，"万言书"人间始重，反映了历史的悲剧，反差强烈，催人泪下。

（二）表达要形象

诗言志，诗抒情。但这种言志、抒情，决不能像政治报告和科技论文那样，光凭概念、范畴、数字、图表等，用推理、判断一类逻辑思维方法作抽象的叙述，而是要用形象化来表达。形象化包括思维和语言。只有形象化，才能使诗词要表达的情志具体、鲜明、生动，达到以情感人，以志励人的目的。

诗词强调形象化，但不是像摄影那样，机械地反映客观物象，而是通过物象（包括景象、事象等）来表达自己的思想感情。托物言志，借物言情，寄兴于物，寓情于物。做到志与物通，情物交融。因此，写诗要根据构思的需要，营造意象和意境。所谓意象和意境，都是人的主观情志与客观物象的结合。我个人理解意象是针对比较具体的物象而言，意境则针对一种比较大的诗的境界。朱光潜在《诗论》中说到："诗必有所本，本于自然，亦必有所创，创为艺术。自然与艺术媾和，结果乃在实际的人生世相之上，……非全是空中楼阁，亦非全是依样画葫芦。诗与实际的人生世相之关系，妙处惟在不即不离。惟其'不离'，所以有真实感；惟其'不即'，所以新鲜有趣。"这也就是司空图所说的"超以象外，得其圜中"，二者缺一不可。

现代汉语修辞学中，有几十种修辞格，很多都与形象化有关，但我想还是按我们传统的说法"赋、比、兴"来讲比较好。

1. 赋

一提起"赋",很容易使人想到古人说的"铺陈其事而直言之"的定义,好像与具体鲜明的形象化无关,其实,这是一种误解,"赋"中同样需要意象和意境,否则写不出好诗。

例如马致远的《天净沙》:"枯藤老树昏鸦,小桥流水人家,古道西风瘦马,夕阳西下,断肠人在天涯。"全篇一连铺陈了十几个白描式的景物意象,有力地展现了天涯孤旅萧瑟苍凉的心境。又如杜甫的《三吏·三别》,也是铺陈其事而直言之。但其中有很多事象鲜明,悲愤动人的场景,使人读后留下深刻的印象。以《石壕吏》为例:此诗是安史之乱中,杜甫由洛阳经过潼关赶回华阳住所时的所见所闻。诗中以"有吏夜捉人"为开头,以"老翁逾墙走,老妇出门看"描写当时的慌张状况。接着写到"吏呼一何怒,妇啼一何苦。听妇前致词:三男邺城戍,一男附书至,二男新战死。存者且偷生,死者长已矣!室中更无人,唯有乳下孙。有孙母未去,出入无完裙。老妪力虽衰,请从吏夜归。"此诗把安史之乱中人民家破人亡,十室九空,虽无壮丁,仍受"有吏夜捉人"之苦的悲惨情景,写得淋漓尽致,却毫无概念化的感觉。仇兆鳌在《杜少陵集详注》中说:"古者有兄弟始遣一人从军。今驱尽壮丁,及于老妇。诗云:三男戍,二男死,孙方乳,媳无裙,翁逾墙,妇夜往,一家之中,父子、兄弟、祖孙、姑媳残酷至此,民不聊生极矣!当时唐祚亦岌岌危乎哉"。可谓诗无评论,而结论自生。

2. 比

"比",包括各式各样的比喻和比拟。"比"是诗词形象化的重要方法,没有"比",诗的艺术水平将会大大降低。

所谓"比喻",就是根据甲乙两类不同事物的相似点,用乙事物来比甲事物,以揭示甲事物的本质和属性。在诗中往往是用一些生动的形象来表达概念化、抽象化的内容。所谓"比拟"就是把物当作人(拟人)或把人当作物(拟物),目的也是使诗的内容更加形象生动。

国学大师钱钟书对"比"作了精辟的论述:"譬如说'他真像狮子','她简直是朵鲜花'。言外前提是'他不完全是狮子','她不就是鲜花'。假使说他百分之百地'像'狮子,她货真价实地'是'鲜花,那两句话就不成为比喻,而是'验明正身'的动物分类法了。比喻包含相反相成的两个因素:所比的事物有相同之处,否则彼此无法合拢;又有不同之处,否则彼此无法分辨。两者不合,不能相比;两者不分,无须相比。不同处愈多愈大,则相同处愈有烘托;分得愈开,则合得愈出意外,比喻就愈新奇,效果就愈好。"

用"比"的方法写诗的例子太多了,例如李白的《清平调》:"云想衣裳花想容,春风拂槛露华浓",把杨贵妃的容貌比作花,把她穿的衣服比作云,在春风雨露的滋润下,显得娇艳夺目,光彩照人。接着再以"若非群玉山头见,会向瑶台月下逢"加以渲染,简直把杨贵妃描写成了翩翩仙女。

毛泽东的诗词中也有很多用"比"的例子,如《长征》诗中"五岭逶迤腾细浪,乌蒙磅礴走泥丸。"把红军经过绵延起伏的五岭和乌蒙山，比作"腾细浪"和"走泥丸"。在《昆仑》诗中，用"飞起玉龙三百万"来形容昆仑山的雪。当然这里是套用了宋诗人张元的诗句"战罢玉龙三百万，败鳞残甲满天飞。"《忆秦娥·娄山关》是毛主席在遵义会议后，三战娄山关取得胜利的情况下在马背上哼成的。这时虽然"雄关漫道真如铁，而今迈步从头越"，但还没有完全甩开敌人，主席心情十分沉重，所以用"苍山如海，残阳如血"两个比喻来表达自己的心情。

3. 兴

关于"兴"的含义，有不同的说法。朱自清对此有个较为全面准确的解释："《毛传》'兴也'的'兴'有两个意义，一是发端，一是譬喻。这两个含义合在一块儿才是'兴'。"所谓"发端"，即先言他物以引起所咏之情。如《诗经》首篇《关雎》，即以"关关雎鸠，在河之洲"起兴，以关雎的鸟鸣意象为发端，引出有关爱情的吟唱。又如杜甫《咏怀古迹之三》，写的是王昭君（明妃）的故事，此诗首句以"群山万壑赴荆门"起兴，呈现出千山万壑随着险急的江流奔赴荆门的雄奇壮丽图景，气势非常突兀。烘托出第二句"生长明妃尚有村"，从而一开始就把王昭君提高到一个很高的地位，为全诗作了很好的铺垫。正如清人吴瞻泰所说"谓山水逶迤，钟灵毓秀，始产一明妃，说得窈窕红颜，惊天动地。"

关于"兴"的第二种含义，刘勰在《文心雕龙》里说，"兴则环譬以托讽"，又说"观夫兴之托喻，婉而成章，称名也小，取类也大。"意思是说，"兴"是以各式各样的譬喻来寄托诗人的思想感情，措辞委婉而自成结构，譬喻的物名虽然比较小，但蕴藏的含义却比较大。释皎然在《诗式·用事》中说"取象曰比，取义曰兴"，也就是说，凡着重在形象上打比方的为比，着重从形象所含的意义上来寄托思想感情的为兴。因此，刘勰又说："比显而兴隐"。用现代修辞学的名词来说，"兴"的这种含义大体相当于"象征"。

　　诗词中用"兴"的例子很多，较为典型的一个例子是，第一届中华诗词大赛获奖第一名王巨农的《壬申春日观北海九龙壁有作》："久蛰思高举，同怀捧日心。曾教鳞爪露，终乏水云深。天鼓挝南国，春旗荡邓林。者番堪破壁，昂首上千寻。"这首诗作于小平南巡之时，诗以壁上九龙作为象征体，前两联含意中华民族的近代史，长期受到了列强的侵略，"久蛰"而思"高举"，虽然也曾多次奋斗，初露鳞爪，但终因缺乏充分条件，未能成功。第三、四联则暗寓小平南巡犹如春雷炸响，春旗荡漾，在这种大好形势下，中华民族可以腾飞直上云天了。诗里用了"画龙点睛"和"夸父追日"两个典故。

　　此外，如陆游的《卜算子·咏梅》，以梅花为象征寓意自己的孤高与劲节。这是他始终坚持抗金主张，在政治上屡受打击后心态的表现。而毛泽东则"读陆游咏梅词，反其意而用之。"也写了一首《卜算子·咏梅》，表现了在国内外尖锐斗争中，勇敢乐观的英雄气概。这些都是用"兴"很好的例子。

　　（三）创意要新颖

　　写诗要刻意求新，要有新意，内容新、情感新、语言新。古人云："文章随世运，无日不趋新。"当然，这属于更高一步的要求了，但要成为一首好诗，这却是一个必要的条件。因为：第一，只有新，才能跟上时代。文艺是上层建筑，上层建筑总要为经济基础服务。时代前进了，物质世界和精神世界都发生了巨大的变化，诗词创作也要与时俱进，这也是"二为"方向的要求。那些脱离现实的内容、过时的情调、陈旧的语言只会被时代淘汰，不会受到人民群众的欢迎。第二，新才能产生美感。其实任何事物都有此规律，吃饭也要经常换花样，老吃一样东西就吃腻了。作为文学艺术的诗词，当然更是如此。别人多次写过的东西，再重写一遍，使人看起来乏味，千人一面，千口一辞，更令人生厌，诗味全无。

求新当然不是针对概念化问题而言，即使没有概念化，也要求新，但概念化的东西写诗谈不上有新意。求新与诗词创作中强调发挥个性也是一致的，有自己独特的视角、独特的发现、独特的感受，才能出新。

例如梅花，这是诗人写的最多的题材之一，有人用"傲雪凌霜"来形容它的品格，有的则用"冰肌玉骨"来形容它的风韵，这些都写得很好，但老写这些就未免俗套了。唐人朱庆余则着重写了梅香："艳寒宜雨露，香冷隔尘埃"。北宋林逋自称"梅妻鹤子"，他不直接写梅，而是写梅的影子，不仅写梅香，而且发现梅香是一种暗香，他的诗句"疏影横斜水清浅，暗香浮动月黄昏"被汪景龙誉称"为前世未有"，成为千古名句。又如古今诗人都喜欢写"愁"，但一些名家写法各有千秋。李颀诗"请量东海水，看取浅深愁"，似乎"愁"有了深浅；李清照词"只恐双溪舴艋舟，载不动，许多愁"，把"愁"写成了重量，连小舟都载不动了；李煜词"问君能有几多愁，恰似一江春水向东流"，用"一江春水"来比喻"愁"的多少，更是脍炙人口。

当前，也有很多诗人写诗很有新意，随便举两个例子：一个是富春江畔的严子陵钓鱼台，诗人咏唱甚多，多数是颂扬严光愤世嫉俗的孤高品格和赞赏他那怡然自得的隐居生活。但浙江金定强却写"手各有杆千尺，君钓江山我钓名"。他以虚拟严光与东汉光武帝刘秀的对话的方式写出了对严子陵隐居的新看法。另一个例子是湖南双峰县花门一中一位中学生写的送友诗"数载敲诗笑语频，一朝握别倍伤神。休云海内存知己，毕竟天涯不是邻。"一反王勃《杜少府之任蜀州》之原意，但亦在情理之中。

上面说的这些，不少是个人见解，谬误在所难免，请大家提出指正。

（此文乃二〇〇二年十二月在滨州讲课稿，经整理修改而成。）

作序

喜读王向东的《雨花词》

当打开王向东的诗集《雨花词》开始阅读后，顿觉一股清风迎面扑来，越读越不忍释卷。我在《参加中华诗词编辑工作有感》一诗中曾写道："好诗不厌千回读，拙句何堪半遍吟"，看来《雨花词》应属好诗之列。

好诗首先要有好的诗意。诗意好表现在格调高、意境美、感情真上。

格调即诗的品位。诗品如人品，诗的品位反映了作者的人品与思想境界。岳飞的《满江红》之所以传诵千古，就是因为全词格调高昂，洋溢着爱国主义的激情。《雨花词》中不乏格调高的作品。如《五律·北行十首》之九《吊鲁迅》：

> 我来还夙愿，秋草正荒凉。
> 旧宅门窗掩，新楼车马忙。
> 英雄仍呐喊，战士莫彷徨。
> 一代文风变，谁来作栋梁？

此诗以访鲁迅故居得偿夙愿开头，先描写时代的变迁，接着用鲁迅著作的集名，对时代变迁后的种种情况发出了"英雄仍呐喊，战士莫彷徨"的呼号，进而对"一代文风变"后的现状感到困惑，大声疾呼："谁来作栋梁？"此诗充分表现了作者对当代文坛的深沉思考和强烈的责任感。又如《念奴娇·十吏图》，作者以犀利的笔触、辛辣的语言对当前官场的种种腐败现象进行了无情的鞭挞，忧国忧民，嫉恶如仇的情感跃然纸上。

所谓意境即客观世界与人的主观情感的结合。营造好意境是写诗的重要要求，意境好才能出好诗。王维《汉江临眺》中的"江流天地外，山色有无中"句，不仅有江流、山色相映衬的和谐美，而且有诗人吞吐山川之气的广阔胸襟，就是一例。《雨花词》中意境美的作品很多，如《浣溪沙·江浦座谈会口占》："细雨霏霏石径凉，一江秋水送诗香。是谁佳句动春光？忆昔黄花比人瘦，从今雪影为君藏。高吟低唱任徜徉。"词的前两句先描写诗会的时间地点：细雨霏霏，石径生凉，一江秋水迎来了诗人。第三句突然一转，是谁的诗做得这样好，竟使在秋天的季节里出现了春天的光彩呢？下阕首句反用了李清照句，本来秋天气候转凉，菊花也渐渐消瘦了，但因为好诗带来了春天的温暖，现在连雪也躲起来，不敢露面，在这样充满春情的环境里，我们完全可以高吟低唱，任兴徜徉。

"诗贵情真"，"诗缘情而绮靡"。写诗必须要有作者的真情实感，有感于中而发于言才能写出好诗。写诗最忌矫揉造作、无病呻吟、空话连篇、言之无物。这样写出的诗很难说是真正的诗。《雨花词》中很多作品都寄寓了作者的真情，读后感人至深，如《七绝·输血后作》：

下乡一月似三秋，眼见农家万种忧。
剩有心头千滴血，此时都向病儿流。

作者下乡才一个月，就好像过了三年一样，看到了农民的各种苦和愁。当听到贫农儿子住院病危时，别无他法，唯有将自己的血输给病儿。与其说这些血来自体内，不如说是来自心头。此诗表达了作者对农民的高度同情心。诗的后两句，充满感情，令人震撼。

再看作者赠夫人的《蝶恋花·赠启婕》：

　　昨夜风惊玄武树，湖水清清，难载离愁去。惜别依依明月妒，文君独爱相如赋。　　执手无言难举步。千里迢迢，泪洒归乡路。句句叮咛都记住，真情岂在朝和暮！

词作将夫妻间的恩爱生活和离愁别绪写得委婉曲致，悱恻缠绵，语重心长。

要写出好诗除诗意好外，还要有好的文字功夫。要做到修辞美，造句工，谋篇好。

《雨花词》在这方面也很出色。如《七绝·甸北有感》：

　　征衣补罢晓星明，时至将离倍有情。
　　甸北桥南歌一曲，狂飙为我满天倾。

一句"狂飙为我满天倾"把作者离开下放劳动的甸北时引吭高歌、依依惜别的离情发挥到了极致。

尤其是有些律诗的句子既对仗工稳，词修句炼，又自然流畅，雕琢无痕。如《五律·石城二首》之一有"楼高莺出谷，人美凤来仪"；《五律·无题二首》之一有"味淡茶犹绿，情深语亦穷"；《七律·答盐城严锋》有"寄情歌赋鸿图举，倚马文章羽橄驰"等等。

作者在杂文方面成绩斐然，已出版的杂文集有9种，163万字；有近30种报刊登载过评介其杂文的文章。显然，这样好的杂文功底为诗词的构思创意和语言文字奠定了很好的基础。他对诗词本身也情有独钟。幼承家学，中学时代即开始写作，青年时期又获得多位名家指教。涉猎既深，痴迷愈重，期成益切。2000年8月，作者参加了中华诗词创作中心举办的研修班，由我担任导师。很快我就发现他很有诗才，在诗意和文字方面已达到较高水准，但格律不甚严格，时有差错。为此，除逐一指出其作品中的毛病，并有选择地作些修改外，着重提出："像你这样创意新、文字好、有才华的诗人，如能遵守格律，一定能使作品更上一个台阶，在诗词创作上登堂入室，崭露头角。"其实，格律只是写诗词的规则，只要严格要求，掌握并不难。作者十分虚心地接受了我的意见，不但在新作中严守格律，而且复查了所有原作，修改了不合律处。

总之，《雨花词》是一本好的诗集，虽然不能说是字字珠玑，还存有瑕疵，有些诗也显得平淡，但其中不乏诗意新颖、文字清丽、格律铿锵的佳作，值得一读。王向东人在中年，相信他定会在已有的基础上乘胜前进，攀登诗词的高峰，写出更多更好的作品。

（刊于二〇〇二年第四期《中华诗词》）

志趣存高雅 诗词见率真

——序杨再文同志的《野花集》

杨再文同志是抗战时期参加革命的老干部，在参加革命前曾断断续续上过几年私塾，幼年时期即已产生了对传统诗词的兴趣，也学过写诗，可以说是种下了"诗根"。参加工作后，长期未涉猎诗词，直到上世纪70年代，受到别人的启示，又开始写点诗。离休后，有了较充裕的时间和精力，于是诗情迸发，不可收拾，写出了大量文情并茂的作品。近年来，在诗友们的鼓励下，他将多年来的诗作编为《野花集》，即将付梓，让我为之作序。对于这样一位与我志同道合、如此钟情诗词的老同志的请求，我感到责无旁贷，只有慨然允诺。

为了写序，我认真并反复地通读了《野花集》的诗作，读后感触颇深。

近年来，随着中华诗词的日渐复兴和蓬勃发展，一些建国前参加革命和建国初期参加工作的离退休老同志，对诗词产生了浓厚的兴趣，纷纷学诗词、写诗词，把它作为修身养性、欢度晚年的一项重要内容，这应当看作是一种极好的现象。有些人把他们的作品称之为"老干体"，作为一种特定时期的诗词创作风格，这种提法也无可厚非。但如果把"老干体"看成是诗词概念化，口号化、一般化的代名词，明显地带有贬意，那就不无偏见了。不可否认，这些老同志大多数诗词基础较差，过去又习惯抽象概念和逻辑思维，经常使用的是一些政治口号和业务术语，短期内难以掌握诗词创作所必须的形象思维和形象化语言，致使其作品中易于出现概念化现象。但"老干体"也有其可贵的另一面。由于老同志参加革命和工作时间长，受的磨练多，他们大都具有强烈的爱国热情和社会责任感，因而其作品往往表现出"正气凛然、爱憎分明、感情真率"的特点，具有鲜明的时代精神。而且其中不少人原来有些基础，经过多年的孜孜以求、顽强学习，已从概念化中逐步解脱出来，较好地掌握了形象思维，从而使其作品达到了较高水准。杨再文同志的诗作便是一例。

《野花集》中首先使我为之动情的是那些缅怀斗争岁月和战友情谊的作品。请看《七十感怀》：

莫道人生七十稀，古株犹有发芽枝。
历经倭寇入侵日，奋战中华崛盛时。
少壮为民难虑己，年高葆节岂容歧。
春蚕到死丝方尽，此外何须复别祈。

这不是杨老一生为国为民奋斗不息的自我写照吗？他在与老战友阔别数十年后重逢时写道："忆君投笔毅从戎，海角天涯幸再逢。转战千程忧乐里，征尘半世笑谈中。……""……多年乍见容颜老，长夜难眠往事萦。正气浩然除腐恶，清风潇洒乐升平。身居两地情同结，共企山河日向荣"。字里行间充满了对战友的畴昔情深、晚年望重，使人读后感慨至深。又如《重访郭刘村有感》，把五十多年前"碧血冲开解放门"的土改斗争和现在"科技勤劳向富奔"的富民政策联系起来，使读者对中国农村几十年来的巨大变化有了深刻的印象。

《野花集》中有很多作品是对社会主义建设成就的热情讴歌，如《黄河大桥夜景》：

彩虹飞驾接云端，火树银花伴月圆。
美景良宵无限好，与君共赏待明天。

又如《满江红·枣乡行》（平韵）："……行到处，绿荫笼地，赤实飘香。亮丽琼珠骚客醉，纵横阡陌野花黄。……"他在诗中也对新时期的英雄人物备加赞扬，如《抗洪颂》：

面对洪魔胆气豪，军民协力战江潮。
肉躯能抵千重浪，众志成城锁恶蛟。

他对当前社会存在的某些腐败现象深恶痛绝，以诗斥之，如《鼠年偶成》：

虽逢盛世喜中忧，腐水横流几日休。
安得倚天抽宝剑，斩除硕鼠净芳洲。

杨老热爱祖国的秀美山河，每到一处辄以诗赞之，有时也夹以议论。《野花集》中此类作品甚多，仅举二例。一是《夜赏南京秦淮河》：

朱雀桥边霓彩纷，乌衣巷口涌人群。
今非昔比秦淮岸，歌舞舞乎颂国魂。

二是《山海关》：

天连碧水水连天，威武雄关镇海边。
内外江山成一统，风光不再见狼烟。

有些诗作也表达了在国泰民安的环境里，杨老离休后的高雅志趣和悠闲生活。且看《蒲湖仲秋赏月感赋》：

天高气爽晓风徐，霄汉云开吐玉蜍。
万里长河蒙洁雪，一池秋水落明珠。
辛劳半世身康健，理想终生志不渝。
瞻望前程花似锦，兴来秉笔颂冰壶。

再看《自乐》（三）：

升平时节乐无涯，自在逍遥喜赏花。
姹紫嫣红蜂蝶舞，神怡那顾夕阳斜。

又（四）：

自学诗词刚入门，平平仄仄实难吟。
灵犀一点成佳句，宛若琼浆滴滴吞。

总之，杨再文同志的诗词作品的确做到了"言志抒情"，实现了诗的宗旨，而且思想新、感情新、语言新，具有时代感，不论其是否属于"老干体"，都应当看成是较好的诗作。而且有些作品有较好的意境、较深的兴寄，诗味甚浓，余音在耳，不妨再举一首《博兴丈八佛》为例：

也贪香火也贪银，劫后重生又显神。
覆手为云翻手雨，勿忘颅骨掉埃尘。

乍看起来，这首诗是对"文革"中被"砍"去头颅的佛雕在重塑后又"神"了起来、大收香火善款这一现象的嘲讽。即使从字面意义上看，它也是一首用拟人化手法写的、讽喻得体的好诗。但其真正含意并不在此，而是鞭笞那些贪得无厌的赃官，奉劝他们不要步过去因贪赃枉法而身败名裂的人的后尘，赶快改邪归正。这正是此诗的兴寄所在。难道这样兴寄深远、余音绕梁的诗不是当之无愧的佳作吗？当然这只是《野花集》中上乘之作，还有不少诗作意境比较平淡，语言缺乏锤炼，诗味不浓。我想：对于像杨老这样一位早年参加革命、为党和人民奉献了一生、晚年才有条件潜心学习、创作诗词的老同志而言，我们就不必苛求了。

（刊于二〇〇四年第二期《中华诗词》）

心花抒胜概　韵雨发豪吟

——序乐本金先生诗词集《心花韵雨》

　　乐本金先生五十岁学诗词，起步较晚，但由于他勤奋学习，孜孜以求，加之有较好的天赋，进步很快，创作水平与日俱增，写出了不少的佳作。他曾在中华诗词创作研究中心办的研修班从我学诗达四年之久。去年底，他给我写信，拟将作品选编付梓，征求我的意见，我对此举甚表支持。他曾约我为诗集写序，我年事较高，又冗事缠身，唯恐难以如约完成，先题小诗以表祝贺。但我们诗交数载，鱼雁频传，教学相长，情深谊重。今年四月，又有缘相见于荆州，他的诚恳待人，虚心问学的精神深深打动了我，总感到单凭一首小诗难以表达我对他作品的认知和我们之间的友谊，终于又提笔写了此序。

　　乐本金先生的诗集定名为"心花韵雨"，在定名前，他也征求过我的意见，我认为此名甚好。诗是言志抒情的载体，要写诗首先要有情和志，否则就变成了无病呻吟，绝对写不出好诗。而志和情都发自人的内心，"诗为心声"，"心花"即此之谓也。另一方面，光有情和志也不是诗，诗与一般文学语言不同，它是有韵律，有节奏，适宜于吟唱的一种优美的文学形式。"韵语"即此之谓也。"心花韵语"就是将藏于内心的情志通过诗词表达出来，这是写诗的基本要旨。从乐本金先生这本诗集的内容看，也确实名副其实。

乐本金先生对国家命运十分关心，他的诗集中，颇多歌颂民族振兴、建设成就之作，如《临江仙·深圳吟》：

> 有道春天多故事，宏谟每忆南行。领先改革启新程。云途花讯散，引蜜竞飞腾。　　街市繁荣风景好，琼楼绿树华灯。渔村今喜崛新城。小康铺锦绣，携手再攀登。

此词以当代中国人所共知的象征"春天的故事"起兴，把小平南巡看成深圳改革的源头。接着又用"云途花讯散，引蜜竞飞腾"这样精美的联句来比喻深圳的快速发展。下阕"琼楼绿树华灯"以三个鲜明意象的组合来展示深圳今日的繁华，而以"小康铺锦绣，携手再攀登"鼓励人们不要满足已有成绩，要继续努力再攀高峰。词中比兴兼用，文采斐然，诚为上乘之作。

乐本金先生长期工作在农村，又从业国土资源管理，他熟悉农村，情系农民，关心农业，写了不少有关三农的诗。如《乡村杂咏》之一："柳枝舞翠李飞花，夹岸新楼映彩霞。紫燕南来寻旧宅，盘桓不识是谁家。"写出了农村的焕然新貌；《某农三叹》一："风吹日晒苦耘田，新谷丰登敛笑颜。昨日卖粮传信息，百斤稻谷两包烟！"表达了农民生计的艰辛；而之三："检查车辆到村前，一队官员笑语喧。最叹午间三桌酒，吃光农户半年钱。"则是对某些农村干部腐败之风的痛斥。他对基本农田保护时挂心头，对破坏基本农田的违法行为深恶痛绝。且看《土地吟》之二："一寸农田一寸金，精心保护发强音。民生国

计斯为本,毁地难容罪孽深。"这是对那些目无法纪,任意破坏基本农田的人的严重警告。再看他的一首《一剪梅·插秧》:

滴翠青秧似画帘,桃欲争妍,李欲争妍。花衫如蝶扑秧田,笑语清甜,歌更清甜。晚照明霞接暮烟,累在田间,乐在心间。农家妹子竞争先,抢个晴天,绣个春天。

此词将农村妇女插秧的情景描绘得生意盎然。好一个"桃欲争妍,李欲争妍","花衫如蝶扑秧田",简直是一幅田园春景图。此词不愧夺得全国第四届新田园诗词大赛一等奖。

作者到过很多地方,对祖国的大好河山赞叹不已。当他登上岱顶时,双眸顿豁,万里云空,尽收眼底,发出了"苍茫天宇阔,峻岭尽低头"的感慨。这不但是对自然的认知,也蕴含着对人生的感悟。又如他到八达岭参观时,看到古柏苍苍,长城莽莽,旧时烽火烟消云散,今日游人蜂拥蚁行,顿觉豪情奔涌,百感丛生,并从中得到启示:虽然今昔对比有了天翻地复的变化,但依然可以从长城看到"虎踞龙盘"的"中华风骨"。

总之,乐本金先生以他的才华,更重要的是他的努力,创作了许多诗词佳作,这些作品都是源自真情实感,经过精湛的艺术加工而写成的,不愧称之为"心花韵雨"。事实又一次证明:从事非诗词专业的人,凭藉自身的丰富阅历,只要肯下工夫,勤于学习,也完全可以掌握诗词创作的规律，写出好的作品来。乐本金先生尚未满花甲，在诗词队伍中可以说正值盛年，来日方长，衷心希望他继续努力，乘胜前进，写出更多的佳作。

（二〇〇五年六月）

《华夏情》序

"华夏杯"全球华人诗词大赛已经胜利结束，这是国内外诗词界共同努力的成果。

为了弘扬中华诗词这一民族传统文化瑰宝，中华诗词学会与美国环球吟坛曾商量合作事宜。2004年12月初，中华诗词学会在京召开第二次全国代表大会，环球吟坛总主编谭克平先生应邀与会。其间，双方正式洽谈，定于2005年举办"华夏杯"全球华人诗词大赛，环球吟坛为主办单位，中华诗词社为协办单位。谭克平先生当即允诺资助大赛全部经费，大赛具体组织评选事宜统一由中华诗词社承担。此赛事自2005年4月刊登《征稿启事》起到8月31日截稿，共收到来自国内各省市区2900余名应征者和美、法、日、新、马等国及港澳台地区50余名应征者的作品近万首。经过严格评选，初评评出120首作品入围，从入围作品中再评出一等奖2名，二等奖5名，三等奖10名。

除在《中华诗词》2006年第1期已刊登过大赛一、二、三等奖作品外，根据主办、协办双方商定，我们现编辑出版《华夏情——"华夏杯"全球华人诗词大赛优秀作品选》一书，作为这次大赛的总结和纪念。内容包括获奖作品17首，入围作品98首和特邀国内外诗词名家作品52首共167首。

中华民族百年积弱，饱受列强凌辱，现正处于振兴之际。全球华人对中华民族之命运时刻萦怀，对祖国建设成就欢欣鼓舞，对民族振兴寄予厚望。一等奖获得者王亚平在"黄公度先生谢世百年"之时读《人境庐诗草》而"怆然作歌"。诗中结合黄遵宪生平和时代背景,痛陈中华民族百年屈辱史,阐发黄遵宪"民族危亡民族悲,尽入人境庐中诗。少陵野老吞声哭,城春花谢国破时。大丈夫心一寸铁,欲荐轩辕以热血。可怜万字策平戎,换得风寒六月雪"的悲愤之情,畅述当代人"万众宏扬先生志,共把血肉筑长城。……驱逐列强固金瓯,尽洗炎黄百年耻"的光辉业绩。谭克平先生在特邀作品《沁园春·改革开放》一词中以"喜见晴晖,大地冰溶,禹甸霓飘。……郊野城乡,缤纷斑驳,经改繁荣成绩高",来歌颂祖国改革开放以来的辉煌成就,以"把臂披襟,岱顶同陟,试伴云璈歌九霄。将全盛,使寰球刮目,看我明朝"来描绘中华民族的美好前景。

  作品中数量较大的是有关两岸交流、中华一统的诗作,这反映了全球华人的共同心愿。且看:"日月潭边客,黄河故里人。相思红豆结,粒粒系同根。"这是三等奖获得者蓝林惠的《两岸情思》,寄托了海峡两岸人民虽分居日月潭边、黄河故里,天遥地远、水复山重,却身系同根,情凝红豆的无限相思。二等奖获得者周剑痕的一首排律以"义不臣倭""刺血呼天"的义慨和"倾财守土""血浇新竹"的壮行描写了爱国诗人丘逢甲在中日《马关条约》签定后与日寇侵台作殊死斗争的英雄业绩,并以"无限陆沉家国恨"表达了丘逢甲无力回天的"满腔悲愤",可歌可泣,催人泪下。而杨旭光则以大陆拟赠台湾大熊猫为题的一首《踏莎行》荣获一等奖。词中"欲将欢乐遍神州,不辞长别生身地""彩云拥簇和平使"等洋溢着对连宋访问大陆后出现的祥和景象的喜悦之情,充满了对两岸和平统一的殷切期望。

中华文化博大精深，源远流长。它不但是中华民族立国之本，也是联系全球华人的心桥。纽约中国城地标孔子大厦、孔子铜像获命名"孔厦儒风"，并入选华埠八景。二等奖获得者美籍华人陈奕然作七律以赞之，首联以"华埠高标耸一峰"来描述中华文化在美国华人心目中的崇高地位；继而以"遥望南辰观北斗，俯听论语仰儒宗"表达了对孔子学说的景仰；末联以"故国衣冠传四海，天涯同样可腾龙"来说明海外华人对中华文化的热爱之情。环球吟坛主编周荣先生在其特邀诗作中则以一首七绝"浩气昂然贯古今，百年荣辱史中寻。虎门华埠同肝胆，禁毒风行意义深"来表达对华埠八景之另一处"林公浩气"的崇敬之情。

神州大地的锦绣山河和人文胜迹也是全球华人心驰神往、梦绕魂牵之所在。三等奖获得者许清泉在《雪后登山海关》中写道："一上雄关境界开，山川万里待诗裁。皑皑雪野铺宣纸，莽莽冰河展砚台。百代攻防长画卷，此身忧乐小题材。何当笔借风云力，点染天龙破壁来！"真是大气磅礴，雄襟万里。环球吟坛主编姚立民先生身羁异国，情系故乡，他以一首特邀作品七律："柳翠枫红竹送凉，梅芳桃艳桂飘香。松涛澎湃榆钱舞，燕语呢喃蛱蝶狂。雨后一畦葱韭绿，春来四野菜花黄。秧针麦浪生机溢，果豆瓜蔬恣意尝。"描写了安徽桐城香铺街故居之美，使每一位炎黄儿女读后都顿起无限乡思。

总之，这本《华夏情》诗集集中体现了"华夏杯"全球华人诗词大赛的成果，是一本凝结全球华人情志、弘扬中华优秀传统文化的好书，值得一读。

（刊于二〇〇六年第三期《中华诗词》）

壮志豪情腾昊宇 金声玉振发高吟

——序刘益琥先生诗词集《渔舟唱晚》

刘益琥先生曾从我学诗，最近他的诗词集《渔舟唱晚》即将付梓，要我为其作序。据我所知，他之为诗渊源有自，并非偶然。他出生于书香门第，入学又受到了诗学启蒙，在家风、师教的熏陶下，对传统诗词情有独钟。国民党统治时期，在中学参加了我党地下组织，从事学生爱国运动。在几十年中奔波劳碌，政务缠身，无暇顾及诗词，直到离休后才有时间重习诗词。十多年来，他孜孜不倦地执着追求，已在诗词创作上达到较高水准。

我反复阅读了《渔舟唱晚》，觉得刘益琥先生写政治诗而不落于概念化，写感事咏物诗而不流于一般化，写应景诗而不随于庸俗化，颇得诗中三昧。概括起来，体现了下述特点：

一、格高

格调的高低反映了诗品与人品。所谓格高，即指作品能表现作者高尚的思想境界，这是写出好诗的一个重要条件。刘益琥先生少年时期遭受过日寇侵略的苦难，青年时期体味过人民解放的欢乐，壮年时期经受过政治动乱的困扰，中年以后迎来了改革开放的新风，直到晚年享受着为霞满天的桑榆美景。这些经历造就了他刚直不阿的性格，培养出浓烈的爱国情怀。因而在他的很多诗作中，表现出格调高昂，凛然正气。且看他的《圆明园感怀》：

>　　百载狼烟事已休，名园残迹恨长留。
>　　一场劫火冲霄汉，几代悲风荡九州。
>　　御侮频捐英烈血，苟安屡缩帝王头。
>　　篇篇痛史篇篇泪，岂可轻心忘国仇。

此诗对英法联军火烧圆明园的历史作了沉痛的回忆，议论中肯，大气磅礴，爱国之情跃然纸上。

他在《秋夜咏怀》之三中二联写道"伏枥尚思千里骋，潜溟仍欲九天游。怒笞官廉藏饕鼠，笑指金冠戴沐猴。"虽年逾古稀，仍要"千里骋""九天游"，要"怒笞"那些贪赃枉法，危害国家的"饕鼠"，要"笑指"那些靠关系与金钱上台的，昏聩无能、营营苟苟的"沐猴"。足见其人"雄心未泯"，"豪气长留"。

二、情真

"诗贵情真"，"诗缘情而绮靡"，感情真挚是写好诗的前提。朱彝尊在《钱舍人诗序》中写道："情之挚者，诗未有不工者也"。刘益琥先生的诗都是有感而发，言之有物，情真而意切，决非无病呻吟。请读《吊国魂》：

>　　一叶飘零伴浊樽，烽烟离乱叹羌村。
>　　常求律细枯灯影，每赋篇成溅泪痕。
>　　茅屋秋风怜瘦骨，朱门酒气挞王孙。
>　　浣花溪畔思千绪，独向苍茫哭国魂。

此诗为纪念杜甫诞辰1290周年而作。作者并未像多数诗人那样，对被尊为诗圣的杜甫的作品进行评价和赞扬，而是通过"一叶飘零""叹羌村""怜瘦骨"这些意象来描述杜甫的坎坷生涯，用"枯灯影""溅泪痕"来刻画杜甫创作之严格和用心，用"挞王孙"来表达杜甫的浩然正气，最后作者以"思千绪""哭国魂"表述了自己对杜甫的无限同情和崇高敬仰。贯穿此诗始终的是一个"情"字。又如《祭母》：

梨花似雪鬓如霜，一瓣心香百折肠。
哺育常倾慈母爱，病危仍念少儿凉。
经寒倍感三春暖，历劫空悲寸草黄。
欲报萱堂无觅处，独于深夜黯神伤。

诗中洋溢着对母亲养育之恩的感戴和自己欲报无门的伤感，令人读后心灵深处产生共鸣，挥之不去。

三、文华

诗是语言的艺术，好诗离不开精美的语言。刘益琥先生对诗的语言雕章琢句，戛玉敲金，尤其擅长写律，对仗工稳，格律铿锵，堪称一绝。读他的诗，不仅为其高昂的格调和浓烈的情感而感染，而且被其精美的语言所折服，颇似饮了一杯甘醇。试看《读米芾〈蜀素帖〉》：

《蜀素》师王集大成，雄狮扑象势峥嵘。
强弓射的千钧重，骏马由缰一骑轻。
运腕中锋棉裹铁，牵丝顾盼笔含情。
欲求米帖形神备，苦读精研奋力耕。

此诗用形象的语言，比兴的手法，文字精美，对仗工稳，将铁画银钩，翔龙翥凤的米帖描写得形神俱备，生气盎然，堪称律诗中的上品。刘益琥先生诗作中的佳对随处可见，如"落日元凶当毙命，扬幡余孽欲招魂。烽消东亚尘无迹，血染中州泪有痕。"（《斥招魂》）"胸间浩气抒毫杪，眼底风云入画中。"（《夕阳颂》）"伤时曾洒书生泪，愤世何怜志士头。"（《四月感赋》）等，不胜枚举。

以上三个方面是刘益琥先生诗作的主要特点和优点，但在下述两个方面，他的作品也有所体现。

四、境美

王国维在《人间词话》中说道："词以境界为最上，有境界则自成高格，自有名句。"刘益琥先生在运用形象化语言和赋比兴兼用手法营造意象、意境方面也偶见佳作。例如《鹧鸪天·桃花》：

点缀平畴景色新，梢头绽蕊起红云。欣沾时雨千枝露，巧借寒梅一缕魂。　　时正好，恰芳辰，春风得意抖精神。红尘紫陌看花客，未悉刘郎可问津？

读此词，那种桃绽红云，春风得意，梅魂时雨，紫陌红尘的意境和盘托出，诗情画意，油然而生，真可谓"诗不醉人人自醉"了。

五、理胜

写诗决不能概念化或抽象化，但不等于不能说理。我们反对的是空洞的概念和抽象的讲理。至于由景入情，由情入理，寓理于物，寓理于情，则是诗意的升华。诗中寓以哲理，不会损坏诗美，写得好还可将诗提到更高水准，成为佳作。刘益琥先生也兼有此类作品，请看《垂钓》之一：

不恋歌台恋钓台，寄情江渚忘形骸。
收竿莫笑鱼空篓，钓得清风已满怀。

此诗由钓鱼而升华到人的品德，兴寄高远。再看《听歌》：

华灯细乐醉流霞，公仆身旁伴女娃，
一曲轻歌飘耳畔，娇音可胜《后庭花》？

末句以《后庭花》为象征告诫人们，纸醉金迷，灯红酒绿的腐败生活关系到国家的兴亡和命运，寓意深远。

以上拉拉杂杂地对刘益琥先生诗作发表了一些也许是不大中肯的议论，主要是说了优点。刘益琥先生并非专业诗人，依靠早年的基础和晚年的努力，写作达到如此水平，诚属不易，令我振奋。当然，这并不意味着他的作品已无懈可击。刘益琥先生的诗作在抒情言志，锻炼语言，严整格律等方面成绩斐然，而在营造意境，增加神韵，升华哲理等方面尚嫌不足，这就属于更高层次的问题了。希望他乘胜前进，精益求精，在诗词殿堂上更上一层楼。

（二〇〇四年）

《戴云蒸诗集》序

丙戌除夕，接云蒸兄寄来诗稿，称拟继续出版第四本诗集，嘱为作序。云蒸兄年逾杖朝，犹才思敏捷，诗情不减，迭出佳作，集而成册，实可喜可贺。余自揣学识谫陋，且亦年届八旬，精力不足，凡托为序者，多婉谢之。然云蒸兄既为余之清华学长，亦为当前诗坛密友，且为人品德高尚，历经坎坷而不损其志，现虽重病在身仍笔耕不已，令人由衷感佩。高山仰止，所嘱之事，自无推辞之理，乃慨然允诺。丁亥年春节，甫读云蒸兄诗稿，顿觉一股浩然正气扑面而来，不忍释卷，乃一鼓作气，通读全篇，真有珠玑满目，掷地有声之感。余观云蒸兄之诗，具有如下特点：

一、格高

云蒸兄于清华上学时即投身革命同时入党，坐过敌牢，为和平解放北平作过重要贡献。按理说，在参加工作后，应受到应有之尊重与重用，然在左祸影响下，先是在反右中受到批判和处分，继而又在一次运动中被加以莫须有罪名降职、降级；"文革"中更变本加厉，被无端批斗、抄家、审查、下放，过度饥劳致身体弄垮，尤其是父母被遣返原籍五个子女无人能在身边照料而悲惨身亡，真可谓备受摧残，经历坎坷，有心报国，壮志难酬。凡有此遭遇之诗人，多写悲愤之作以抒积忿，此亦情理之中。但云蒸兄并不囿于此，读其诗，述其经历，抒其怨恨之作甚少，而关怀国运，注目民生，述其心志，抒其胸臆之作成为其诗之主流。其开篇第一首《念奴娇·迎新春寄语胡锦涛主席》，在历述胡锦涛同志担任总书记以来之政绩后，以"愿公拍案，笃行法治如铁"作为结拍，对胡主席寄予厚望。接着在第二首《七律》中又以"何朝法治非人治，块垒心中频梦萦"，表达了自己对国家前途之关切。他在清华拓社五十年聚会两首诗作中，只用了"劫波几度皆因左，风雨频仍数靠边"两句来描写过去，接着以流水般之诗句"激昂文字头颇贱，指点江山正气多。个个纵容追丽日，人人历劫度凶波。夕阳煦照识途马，再竭驽骀乐为何！"来畅泻自己当前的欢快心情。格调之高，襟怀之阔，于斯可见。他为祖国面貌欣欣向荣而鼓舞。且看《颂歌献给宇航功臣》："中国人民就是牛，神舟航宇任悠游。腾空万里天庭叩，着地长歌夙愿酬。五号果真舒壮举，七洲谁不赞风流。英雄气概英雄胆，打点行囊上月球。"好一个"打点行囊上月球"！直把中国人民那种睥睨风云，捭阖宇宙之英雄气概描写得淋漓尽致。再看《咏青藏铁路工程》："昆仑莽莽卷烟尘，巧绘山河日日新。试看铁龙舞霄汉，几多风雪夜归人。"这难道不是青藏铁路通车后，人流涌向西藏之真实写照吗？云蒸兄不但歌颂，也对当前世风之贪腐和民生之多艰而扼腕高呼，可谓美刺并举。他在《重阳不登高赋此长句》中，先以"但怀屈杜凝五内，清夜未改任早眠。常将苍生忧乐系，激昂文字犹少年"领起，接着连用几个警语："几许灰尘蒙佛面，物欲横流心胆寒。几多豪富唯私利，几多官吏溺贪泉。几多乡村少笑语，几多翁妪愁医难。几多上诉无着落，几多冤案咒青天"来描述当前的时弊，最后以"伤事伤时不平愤,那来逸兴任盘桓!老夫奋笔匡时愿,河清何日俱欢颜"作结。国事萦怀,苍生为念,溢于言表。又如《甲申感怀》之(一):"进京赶考惠箴言,打下江山掌亦难。堪叹君臣贪酒色,惊心青史九宫山。"在此短诗中,作者以毛泽东之箴言和李自成之痛史告诫当世,寄寓良深。最能表达云蒸兄其人其志者莫过于《唐槐诗社成立三周年感言》中之最后两句:"生死由天唯一愿,但求无愧走人间"和作于二〇〇六年重病之际之《病榻感言》:"旅程百岁谁无死,拼搏耕耘奉此生。恶疾缠身犹庆幸,还将秃笔念黎氓。"读罢其诗,令人肃然起敬。

二、情重

诗主情,情真则有好诗。云蒸兄为人重情,包括亲情、爱情、友情、乡情、爱国情、山水情、爱物情等,其情或炽热、或婉曲、或深沉、或悲壮、或执着,不一而足。诗中随处可见情。如《咏怀》(仿杜甫赴奉先五百字)中有:"绝域育干桢,慷慨奠英烈。前路猛惊醒,激昂情弥切。燕京怒呼号,目眦犹欲裂。葵藿向阳开,恋人毅然决。回首向西京,相逢何岁月?生命与爱情,岂如理想铁。"此诗强烈表现了作者青年时期,在国家多难之秋,对报国情与爱情、理想与生命间之感情交炽与选择,简直可以与裴多菲著名诗句"生命诚可贵,爱情价更高。若为自由故,二者皆可抛"相颉颃。此诗后面还有一段:"年近花甲日,依然有一擢。荣枯身外事,我行复我素。晚来赋诗篇,清宵辄兀兀。窃怀赤子心,常念苍生苦。韵成辑三卷,悠悠衷情吐。自知来日短,宵旰亦欢悦。"伏枥之情，跃然纸上。又如题画诗《鹧鸪天》下半阕"夫敲韵，妪丹青，白头相伴忘三更。但凭笔底心犹热，尽献河山一片情。"夫妻爱笃，诗画情深，于斯可见。在唐槐诗社成立三周年之际，他和老妻以六尺宣画梅花并配诗云："……翁婆送礼无长物，朵朵梅花寸寸心。"以此表达对唐槐诗社的一往情深，这是一份最为珍贵之贺礼。久旱逢雪时，他欣喜若狂，在《临江仙·喜雪杂感》中写道"……老夫犹似少年情，披衣楼下去，好雪到天明。……欲山青水秀，魂梦绕三更。"对民间疾苦，真个是梦绕魂牵。他和江婴乃清华挚友，有《谢江婴老友次韵奉和》诗云："一代精英坎坷多，茁枝自出碧塘荷。白头往事风兼雨，血写心声媲九歌。"二人同学情、战友情浑为一体，同命同龄，相交肝胆，自然有"白头往事"，会"血写心声"，此亦人间真情之流露也。云蒸兄孙辈十余人，皆崭露头角。他对其既寄以厚望，亦谆谆教诲。如外孙李勃、李澍留学美国，他分别赠《临江仙》和《七律》，有句云："只待客乡修正果，乘风驭电回还。西方胜景岂家园，老夫心欲醉，真个好儿郎""纸短情长嘱珍重，不忘秦晋是家乡"。字里行间，洋溢着舐犊情深，哺雏望重，可谓爱心弥笃。

三、襟阔

云蒸诗涉及面广。他人老心不老，生活多姿多彩。除钟情诗词外，打太极拳、练书法、游泳、象棋、京剧、旅游等，不胜枚举，其所以能如此，盖其心襟开阔，笑面人生之心态所致。他将诸般经历尽揽诗中，使之绚丽多彩。如咏书法有云："神静心平千虑息，周身真力运毛锥。浩然正气云舒卷，益气遣怀自少医。"咏游泳则有："古稀老叟唱斜阳，拍水踏波嘻泳场。荡垢涤尘浸肺腑，东风送我任翱翔。"一首七律《太极情》将练太极时如行云流水之形体动作和吐纳自如之气功描写得惟妙惟肖，悠然自得。他与老妻重访五十年前定情之所西安太乙宫时，旧地重游，不胜感慨，乃赋诗云："太乙欣招手，庠宫讶旧游。鱼儿惊远客，柿子坠枝头。伫立钟情处，寻踪朗诵陬。青春家国破，白发壮怀酬。"抚今追昔，融情入景，寄寓良深。

　　云蒸兄非专业诗人，亦非从事文学工作，但自幼爱诗词、喜文学，工作之余，偶而为诗，离休后，近二十余年来更钟情诗词，孜孜向学，力求精进，遂使其作品数量日增，诗艺日高。尤其是他在耄耋之年，首倡创建唐槐诗社，三年多来，成绩斐然。云蒸兄现已成为诗坛名人，显非过誉也。诚然，如单纯绳之以诗艺，云蒸兄之某些作品在格律、修辞等方面尚可推敲。但读云蒸诗，主要不在研究其诗艺，而在学习其贯穿于字里行间之崇高思想，优良品格，高尚情操。苟能于此有所领悟，庶几可得其精华矣。是为序。

（二〇〇七年三月）

《清宵吟》序

家骧是我的清华同班同学，毕业后又同在电力系统工作一生，音讯常通，堪称挚友。他出身书香门第，幼承家教，酷好中华传统诗词，离退休后，其情愈笃。他不但自己奋力创作，而且与我一道，以振兴诗词为己任，创建中国电力诗词学会，使诗词大步走进电力系统。同学情、同事情、诗友情交织在一起，遂使家骧和我交成莫逆。家骧拟从自己的千余首诗作中选出三百余首辑成《清宵吟》付梓，索我为序。我自揣谫陋，难当此任，然知交如此，岂可辞焉，乃援笔而书，工拙在所不计也。

写诗的出发点和宗旨是抒情言志，而情和志是每个人都有的，因此，诗并不只属于专业诗人，而是人人都可以写。但诗又是一种精美的文学形式，要严守格律，要有文采、有意境、有韵味，这样才能写出佳作。粗制滥造，缺少诗艺，不但难成佳作，甚至不能算是诗。改革开放以来，经济迅速发展，民族文化也随之走向复兴，很多科技工作者，尤其是已离退休者，也对诗词产生了浓厚的兴趣，渴望通过写诗来表达自己的风雨人生和情感志趣，这对推动诗词事业的发展起了重要作用，是件大好事。但不少人写出来的作品流于一般化、概念化，水平不高，缺乏动人之作。其原因固然与其长期学习和工作的对象环境和文学功底较匮乏有关，但也存在着一个思维方式的转变问题。科技工作与文学创作的思维方式是不同的。科技工作需要逻辑思维和科学语言，以探求和论证事务的客观规律，以理服人；而文学则需要形象思维和艺术语言，以追求人和自然的真善美，以情动人。科技求实，艺术求美。前者要求实事求是，后者可以而且需要夸大、想象。当然，逻辑思维与形象思维的关系是辩证的，他们既互相矛盾，也可以互相转化，达到统一。

作为长期从事电力工作的诗人，写好有关电力的诗词应列为要务，这就增加了创作的难度。因为和其他工业一样，写诗的对象机械性强，活动呆板，缺乏直觉的美感，要把它写成生动活泼的意象和意境很不容易。怎么办呢？除要如以上所述转变思维方式外，还要特别注意下述各点：

一 放开思想，由实到虚

写电力诗词，切莫停留在电力系统的实物实景中，要利用电力实际作为跳板，仿效跳水运动员，尽自己的努力去跳出各种各样优美的姿势来。也就是说，要以所咏对象为基点，巧用艺术夸张，展开想象的翅膀，在自己形象思维的天空中任意翱翔，不要为电力实物实景所局限。

二 要融入人的情志

写诗的宗旨是抒情言志，单纯描景状物的诗，虽古而有之，但因意境较浅，格调不高，不为人所重，难成佳作。写电力诗更是如此。所以，写电力诗不能只客观地写电的本身，要融入人的情志，由物到人，由景入情，咏物寄兴，把"死"物写活。

前些年，有的诗家曾经倡导创作"工业诗"，迄今已有不少人做过努力。中国电力诗词学会成立后，也鼓励大家创作"电力诗词"，收到了一定成效。尽管仍缺少精品，但确也有人写出了反映电力题材、艺术性较高的佳作。家骧的《清宵吟》中就有不少这样的作品。

且看《咏三峡》：

<blockquote>
天龙降雪山，神女舞翩翩。
坝起截云雨，机旋奏管弦。
洋轮上巴蜀，水电下江南。
仰望凌霄处，三公笑展颜。
</blockquote>

【注】
三公指孙中山、毛泽东、邓小平。

三峡是中国的骄傲，它风光雄奇秀丽，有厚重的人文历史和动人的神话传说，既是控制下游各省水利的枢纽，又是沟通东西部的交通咽喉，而且蕴藏着巨大的动力资源。开发三峡是几代中国人的梦想，孙中山最早提出过构思，毛泽东亲自视察，邓小平主持决策，最后获得成功。此诗对三峡作了全面地描述。首联以"天龙降雪山"来说明三峡水之源，以"神女舞翩跹"来形容三峡的秀丽风光。颔联以"截云雨"和"奏管弦"来形容现已建成的大坝和发电机组。颈联则直述三峡工程建成后的巨大效益。尾联以孙、毛、邓三公在天之灵为实现百年梦想而欢呼作结。这首诗内涵丰富，谋篇有序，赋比兴兼用，格律铿锵，文采斐然，韵味浓郁，是一首咏电的好诗。

再看《西江月·高空作业》：

> 赤焰低垂天半，银龙高挂云齐。凌空展现健儿姿。个个身怀绝技。　　既作长天漫舞，又依孤鹜齐飞。敢同大圣比高低。挥洒光明神笔。

高空作业是送电线路驾设和维修中最为危险和难度极高的作业，也是电力工人大显身手、施展技艺的作业。此诗以形象的语言、浪漫的手法对高空作业进行了生动地描述。不是简单的描写作业的过程，而是重点描写了从事高空作业的人及其精神面貌。他们"个个身怀绝技"，具有"敢与大圣比高低"的雄心壮志，头顶炎炎烈日，将"银龙（即线路）"高挂天空。这是何等动人的场面！

《黄河恋》则是一首饱含个人情感的咏电佳作。

> 一曲黄河恋，平生未了情。
> 十年谋水电，千里走甘青。
> 水火能相济，龙刘互补成。
> 青丝逐岁减，犹再请长缨。

【注】
龙指龙羊峡水电厂，刘指刘家峡水电厂。

黄河上游是我国水电蕴藏最丰富的地区之一。家骥长期从事黄河上游水电开发的前期工作，夙兴夜寐，赤子情深，终于迎来了龙羊峡水电站的开工，兴奋之情，不能自己，遂写成了这首《黄河恋》。诗的首联以"一曲黄河恋"作为"平生未了情"兴起，感情真挚，动人心脾。颔联中，为黄河上游水电而千里奔波、十年风雨的动人情景如在眼前。颈联则说明龙羊峡与刘家峡两水电厂的互补功能。尾联更表达一位老电力科技人员"老骥伏枥，……壮心不已"，渴望重返水电建设一线的心情。此诗情真意切，语言凝练，谋篇有序，对仗精美，确是咏电的成功之作。

其他题材的诗数量甚多，其中佳作不少。

国计民生方面：家骧牢记"国家兴亡，匹夫有责"的古训，他萦怀国事兴衰，心系民生疾苦，对振兴中华寄予厚望，并为此竭尽全力。香港回归时，他心潮澎湃，引吭高歌。且看《迎香港回归》：

佳期指日到，华夏共欢呼。
纵舞红旗艳，横湔青史污。
归巢欣待燕，还椟喜迎珠。
邓老筹新策，勋高千载殊。

他长期在西北工作，对中央开发大西北的决策欢欣鼓舞，一曲《满江红·开发大西北》唱出了自己的心声。

大漠黄沙，高原土，民贫水缺。曾道是，汉唐盛世，辉煌时节。常羡东疆红胜火，却悲西域艰如铁。盼腾飞，早日脱贫穷，情何切！　春风至，融冻雪。西北部，图超越。看长城内外，庶黎欢悦。草茂林丰环境美，桥通路筑城乡悦。待从头，改造旧山河，翻新页！

他对为国为民作出过杰出贡献和重大牺牲的先辈们充满崇敬之情，如《悼彭总》：

> 壮志起田庐，平江振臂呼。
> 功昭三尺剑，魂断万言书。
> 牯岭风何烈，人间道不孤。
> 丹心照青史，夙愿化宏图。

吟风咏物方面：家骧有诗人秉赋，对自然景物、名胜古迹情有独钟，每到一处游览，总会为秀丽风光而激赏，为历史沧桑而慷慨，遂发而为诗。如《太白度假村小咏》（新声韵）：

> 斋幽不见尘，天地共清新。
> 访柳询寒暖，约松论古今。
> 良宵花解语，野树鸟知音。
> 更得山中趣，浑失凡世心。

充分表达了作者在公务繁忙之际得到暂时的休息时那种访柳约松、寻花问鸟的闲情逸趣和脱离尘世、乐享天然的美好心情。

《和班欣〈登钟楼〉诗》以观古鉴今而取胜。

> 四百年华岁月稠，而今胜似旧风流。
> 朱栏拍遍先朝事，金顶邀来外客游。
> 隐隐晨钟催奋进，沉沉暮鼓劝安休。
> 莫看高厦环城绕，此是长安第一楼。

《游红碱淖有感》则从今昔对比中，发出了对生态失衡的呐喊。

> 重游红碱淖，想起青海湖。
> 网密鱼将尽，源稀水渐枯。
> 浪飞群艇逐，波阔一鸥无。
> 更念鸣砂下，月牙还有乎？

人生感悟方面：《清宵吟》中此类佳作甚多，如《六十自勉》（新声韵），不但对六十年人生作了小结，而且发出了晚年自勉的心声。

> 往事匆匆过，甘甜杂苦辛。
> 人生真有限，宇宙本无垠。
> 资质原非慧，躬耕敢废勤。
> 况值薄暮日，加倍恋晨昏。

《解忧》则是老年心境的自白。

> 何以解心忧，无言困小楼。
> 霜催红叶老，雾锁紫烟愁。
> 往事随云散，余生信水流。
> 清宵疏梦断，帘外月如钩。

亲友唱酬方面：家骧秉性沉稳，性格内向，但实际上他对亲友很重情谊，这点在《清宵吟》中随处可见。如他的夫人焦凤琴退休后学画，卓有成就，他写了《题凤琴画菊》诗相赠。

  丹青初备纸初裁，欲染秋光入卷来。
  疑似西风凋碧树，案头次第菊花开。

又如西北电管局钱钟彭总工程师才高智睿，兢兢业业，为电奉献一生，虽经磨难而不悔，他题诗一首赠之。

  江浙多灵秀，彭公乃我师。
  奇峰惊睿智，烟海叹博知。
  淡泊功高日，从容境厄时。
  今逢小竖患，来则自安之。

总之，从《清宵吟》中可以看出，家骧已经基本上完成了从一个科技工作者向兼有诗人气质的转变，写出了不少情志与景物交融，赋比兴兼用，描人喻事、寄寓良深，状物吟风、自成清趣的好诗。尤其难得的是他不仅自己创作，而且以衰老之年，呕心沥血，担任陕西电力诗词学会的领导工作，使之成为中国电力诗词学会内最活跃的诗词组织，也是陕西省最富生气的诗词组织之一。《清宵吟》中就有很多反映他从诗心迹的诗，每次诗会后他都写诗留念就是一例。

平心而论，家骧的诗尽管已崭露头角，在电力诗坛堪称一流，但也还未达到尽善尽美，无懈可击的地步。例如某些作品在营造意境、推敲文字、求新求美等方面尚嫌不足；他积极采用新声韵，但由于习惯原因，在辨别新旧声时偶然出错等。相信再经过努力，定能在诗词创作上攀上更高峰，写出无愧时代的精品。

（刊于二〇〇八年第七期《中华诗词》）

唐风传雅韵　时代发强音

——《当代唐风三百首》序

钟思贤、钟意贤昆仲都是退休老干部，出于对中华诗词之热爱和弘扬中华传统文化之责任心，继二〇〇六年编辑出版《全球当代客家著名诗人诗词精粹》之后，最近又在广东省老区建设委员会和有识之士的鼎力支持下，着手编辑《当代唐风三百首》。编成初稿后，嘱予审稿和作序。予与两位先生从未谋面，亦无诗交。经两读诗稿，印象颇深。此书选稿严谨，气正情真，文华精美，佳作颇多。予为其以退休之年、为弘扬中华传统文化而殚精竭虑、毫无私利之义举所感动，虽自揣谫陋，不副此任，但亦成人之美，难以推辞，乃慨然允诺，工拙在所不计也。

此书定名为"当代唐风三百首。"所谓"唐风"者，盖此书仅收录格律体诗，而格律诗正唐代盛行之诗体也。所谓"当代唐风"者，即以格律诗之风韵写当代之人和事物也，当然也包括当代在语言、声韵等方面之创新。下面从两方面谈谈对此书之看法。

一　继承唐风遗韵

近体格律诗出现是诗体发展之重大进步。由于发现汉字四声而形成诗之平仄律，与古体诗一贯押韵传统相结合，使诗之声韵更加和谐而有节奏，加上句式整齐、对仗工整，又增加了诗之形象美，因而格律诗使诗之艺术形式达到空前高度。格律诗还有文华词炼，意曲情深，讲究意境和赋比兴手法等特点。这就是为什么格律诗受到人民群众热爱，一些名篇名句广为传诵，经千余年而不衰之原因。《当代唐风三百首》继承了这些优秀传统，所录之诗几乎首首都合乎格律，其中韵律铿锵、意境深邃、感情厚重、诗味浓郁之佳作颇多，且看马识途之《与传弟论诗》："漫道清辞费剪裁，浇完心血待花开。华章有骨直须写，诗赋无情究可哀。沙里藏金淘始出，石中蓄火击方来。芙蓉出水香千古，吟到无声似默雷。"诗中论述为诗之道：诗须写骨、主情，要千锤百炼，有灵感冲动，只有浇完心血，才能芙蓉出水，甚至达到"于无声处听惊雷"之地步，此论剖析中肯，入木三分，又以七律出之，声韵谐和，文采斐然，显然是一首继承唐风遗韵之佳作。再看荣启梅之《贵妇吟》："醉入豪门伴落晖，瑶琴锦瑟梦相违。春来名苑无青鸟，从此莺莺不姓崔。"此诗以《西厢记》的爱情故事作为寄喻，真实地刻画出时下一些伴高官大款之女人之凄清心境，文华典雅，喻婉涵深，责之而又含怜惜之情，讽之而不失温柔敦厚之诗旨，亦唐风遗韵之一脉相承者也。羁居异国他乡之华夏子孙，客地流年，乡容入梦，情不能已，发而为格律之诗，感人之至。如洛杉矶杨永超《夜窗漫笔》中有"作赋庾郎哀去国，依人王粲怕登楼。云低久滞他乡色，月冷频添羁旅愁"之叹。马来西亚黄玉奎在《辞别神州诗友》中则写出了魂萦故土之另一番情景："深入神州万里行，春风夏雨伴征程。整装顿觉囊沉重，半是诗书半是情。"黄先生十年来经常回国参加中华诗词学会组织之诗词活动，魂萦故土，情寄诗书，此诗乃其本人之真实写照。诗中对仗精美者甚多，如王邦建《重游郴州苏仙岭》中有："车声北去长萦耳，紫气南来欲荡胸。远水流经城郭外，行人尽在画图中"，胡传宏《登佛子岭》中有："飞鸟争腔歌锦瑟，悬崖泻瀑闪霓虹。红枫渐染秋深浅，黄菊初分色淡浓"，张江美《沧江明月证前身》中有："百世诗心开下代，一帘幽梦付何人？魂销海角星辰夜，意寄天涯草木春"等。巧妙运用赋比兴手法者随处可见，整篇兴寄者如孙魁斌之《良心秤》："秤若公平德作砣，称称廉腐两如何？星花都是黎民眼，看你良心重几多"，又如叶金书之《烧砖厂》："吞吐朝霞总不休，烘烘母爱出心头。难忘世上多风雨，分娩人间万栋楼"；诗中用比兴手法者如薛启春之《乡怀》："远方亲友情何许，月似钩时梦也弯"，胡开锭之《秋枫》："胭脂染树任天工，……年年扶醉一山红"；姜志亭之《白头书怀》则以首联"秋字加心是个愁，等闲白了少年头"起兴，振起全篇。

二 弘扬时代精神

序言伊始已说过："当代唐风"就是用格律体诗写当代内容，前节所举各例即如此。但此书还有许多时代精神更为昭显之作。诗界泰斗臧克家曾说过："我主张：诗要'三新'，思想新、感情新、语言新。""三新"即时代精神之更好体现。思想新、意境新之作，请看汤林尧之《果乡秋韵》："九月丘山果子丰，农家忙碌在园中。兄装妹采莺追燕，奶抓爷扛凤戏龙。映目红肥兼绿瘦，沁胸甘爽又芳浓。欣闻路口车鸣笛，远客登门订合同。" 这不是一幅极饶风趣之当代农业丰收和田园风光图画吗？再看丁芒之《参观长春汽车城》："车城看罢足生风，云里长春万朵红。奔向小康谁计步？一台捷达一分钟。" 此诗描述了当人们看到了我国最大汽车制造厂之生产高速度后，顿觉足底生风，大大增加了奔向小康之信心和勇气。感情新之作，例如张宜武之《欢送》："欢送新兵锣鼓响，人群窜出小阿香，手机急递哥心慰，短信慌留妹影藏。爱意浓浓喉哽语，憨容辣辣泪盈眶。戎装乍试情何及？举目高天雁远翔。"诗写小妹送情哥参军事，在为新兵壮行之锣鼓声中，小阿香将写好短信并带有本人摄相之手机交给了情郎。浓浓爱意，辣辣憨容，顿觉一时语塞，热泪盈眶，来不及多说，眼看着身着戎装的情郎已经出发了。这真是一首当代爱情之歌。又如黄云万之《新出塞歌》："飞车直上彩云间，座座新城伴雪山。羌笛欢声杨柳唱，东风吹富玉门关"，则是反王之涣《凉州词》之诗意，以笛欢柳唱之愉悦心情，歌颂东风已吹过玉门关，座座新城，家家致富之新面貌。语言新之作品如星汉之《送小女剑歌赴美攻读博士学位》："耐得青灯瘦骨磨，等身考卷又如何。但经欧美蓝天远，休问爹妈白发多。一口洋腔以混饭，五洲大地可安窝。近时体重增加了，电话详谈告外婆"， 口语入诗，但不显直白，饶有韵味，善于提炼也。又如彭振武之《滨州农场见闻》："欧花澳树非洲稻，北鹿南羊拉美牛。今日农家何等帅，鼠标一点购全球"，现代语言，文采斐然。

总之，《当代唐风三百首》给我们之重要启示是：作为中华文化瑰宝之格律诗，不是藏之深阁之古董，而是一种完全可以紧跟时代发展，反映现实生活之优秀诗体，它永远不会消亡，且必将随着全民文化素质提高，越来越受到广大群众喜爱。那种民族虚无主义，轻视传统，数典忘祖之"旧体诗词不能反映时代，必将走向消亡"谬论可以休矣！

（刊于二〇〇九年第四期《中华诗词》）

古邑腾金凤 名城播玉音

——《当代诗人咏荆州》序

　　荆州历史悠久，为禹奠九州之一，曾是春秋战国时楚国国都纪南城所在地，此后又有四个朝代，十一个帝王在此建都。历史上出现过问鼎中原的楚庄王、伟大诗人屈原和明代贤相张居正等著名人物，多少诗人墨客都在此留下了足迹和佳篇。真可说是物华天宝，人杰地灵，不愧为一座历史文化底蕴深厚的名城。改革开放以来它又重放异彩，各项事业突飞猛进，成为江汉平原上一颗璀璨的明珠。为了进一步提高荆州的知名度，展示荆楚文化的魅力，中共荆州市荆州区委和区人民政府举办了"古城杯"全国诗词大赛。大赛得到了全国诗词界的热烈响应，共收到来稿4316首。评委们遵照"法眼、公心、铁面"的原则评出各种奖项的获奖作品。荆州区诗词楹联学会和楚风诗词楹联社从获奖、入围及特邀作品中选出346首编成《当代诗人咏荆州》一书，嘱我作序。我自愧不敏，但忝为评委主任，难以推脱，只好勉力为之。

　　这本选集的作品，我在评奖时大都看过，这次写序，又再次认真阅读，觉得这些作品写得都不错。诗赛作品容易犯的毛病：一是对其地其事不够了解，内容空泛；二是内容和写法雷同。此次诗赛则有所进步，作品内容都比较充实，这也许与荆州的知名度有关，其中确有不少佳作，虽诗题相近，但风格不一，各有千秋，表现在：

一、以气胜。以荆州史实为脉络，溯古展今，如行云流水，一气呵成，两首获奖古风即属此例，有不少长调词亦如此。

二、以情胜。突出的例子是孙世廉的《荆州无臂女火炬手江福英赞》。江福英虽然没有手，但她"不洒残躯泪"，"历尽千般苦，方成百烁金"，卒成"泳坛无臂将"。在奥运火炬传递中，她为了"弘扬奥运魂"，怀着一片"丹心"点"燃圣火"，用人工制作的"铁手"紧"握祥云"火炬，完成了传递工作，她的事迹"光耀"了"楚都门"。在此诗中，作者注入了无限敬佩和激动的感情，用浓墨重彩的笔触生动描述了江福英的光辉事迹，使读者深为感动。

三、以意胜。获奖作品中有两首《谒张居正墓》的同题诗，虽均为短短的七绝，却别开诗意，而两者诗意又互不相同。傅丁本的诗尾联："为告九泉张阁老，农家已免'一条鞭'"，既是对张居正轻徭薄赋，与民休息，推行"一条鞭"法的赞扬，更是对当今国家免除农业税的歌颂，以古衬今，颂而不谀。徐达珍的诗尾联"黎民不问朝中事，只认清廉是好官"则另辟新意，以张居正为官清正、受到后人崇敬的实例来说明黎民百姓鉴定好官的唯一标准就是"清廉"，这是对当前官场贪腐盛行之现状的讽喻，动之以情，晓之以理，治病救人而不失温柔敦厚之诗旨。

四、以文胜。有的作品词华句丽，意境优美，文采斐然，韵味浓郁。如乐本金的《沁园春·登荆州城楼抒怀》，上阕有"凤哕荆山，龙吟郢水，故楚图腾今尚留"；下阕有"看花海人潮涌不休。……千堞披霞，九门迎客"，使人读后，如饮醇醪，余味无穷。又如潘泓的《由汉之张家界，过荆州有怀》，中二联写道："渝蜀远随山岳隐，江湖平向地天流。风云故垒犹留迹，花草新城不语秋。"对仗精美，尤其是"不语秋"三字下得好，荆州今日之盛况悉在其中矣。再如傅承烈的《登荆州古城楼》，首联起得有势，尾联收得有力，中二联对仗工整，特别是"当年鹬蚌小孙刘"一句，用"鹬蚌相争，渔翁得利"之典故，影射当年刘备与孙权本应联合抗曹，但因眼光短浅、心胸狭窄，为荆州而争夺不休，卒使曹操坐收其利之史实，语含讥诮而不失其真，为全诗佳句。

五、以构思胜。胡跃飞的《水调歌头·荆州长江大桥通车喜赋》在谋篇上以构思巧制胜。欲写长江大桥，却先借刘备"愧我荆州徒借，只解三分割据，霸业转头空。羡煞共工巧，天堑瞬间通"的心情形成强烈的今昔对比，然后再极写大桥通车盛况和通车后对荆楚经济社会发展的影响，使人印象更深。

以上只是我对《当代诗人咏荆州》一书内容的初步认识，未必正确，但我坚信：通过这次"古城杯"全国诗词大赛及这本诗集的发行，定将诗声远播，大大提高荆州这一文化古城的知名度，引来更多的商客和游人，从而更好地促进荆州各项事业的发展，使之成为一个既有丰厚历史文化、又有绚丽现代风貌、驰名海内外的优秀城市。金凤是荆州的城徽，就让这只既古老又年轻的金凤展翅高翔、飞腾万里、直上云霄吧！

（二〇〇八年十一月）

《慕陶斋诗文集》序

蔡圣波先生托予为黄伟志先生《慕陶斋诗文集》作序，予与黄先生素不相识，且年事已高，难负此任，然圣波与予诗交甚厚，难以推辞，遂勉为允诺，工拙在所不计也。

黄先生从事基层党政工作多年，在任时公务繁忙，退休后偶尔为诗，直至二〇〇三年始大量作诗。迄今为止，短短几年间，在全国各种报刊书上发表作品千余首，在各项诗词大赛中多次获奖。其进步之快，令人刮目。然其作品究竟如何？尚觉心中无数。乃展卷通读其诗集，发现集中数百首诗词楹联作品几乎首首都达到格正律谐，文从字顺，极少瑕疵。当然不能就此说成上品，但由此可证明，黄先生之作品乃认真推敲、精心创作而出，决非草率为之。其中亦有不少文华词美、情深志远、意境清新之作，堪称佳构。黄先生之所以能在短期内取得如此成就，固与其文学天赋及青少年时期有较好诗词基础有关，但主要应归功于对中华传统文化之热爱加以刻苦学习、精心创作所致。实属难能可贵。

予观《慕陶斋诗文集》，觉其作品有下述特点：

一 严于诗律

杜甫云："老去渐于诗律细"。黄先生之作品包括诗、词、联，均为格律体，几乎无一不合律，大都是声韵铿锵，富有乐感。

二 精于文字

诗、词、联都是语言艺术。黄先生在其作品中,特别注意炼字炼句,使语言达到尽善尽美。其作品文从字顺自不待言,有些作品之语言如雕龙画凤,庄重凝炼;另一些则如行云流水,委婉有致,使人读后感到文采斐然,诗味浓郁。前者如《昆明世博园观感》:

> 春城世博内涵丰,万国精华集此中。
> 千载难逢逢盛会,百花齐放放芳丛。
> 亚非园艺栽培巧,欧美风情点缀工。
> 端赖长房能缩地,环球览遍一天功。

后者如《梅雪迎春》:

> 梅雪迎春景色新,红梅绽放雪纷纷。
> 飘扬雪里梅千朵,欹曲梅旁雪一轮。
> 雪地观梅梅素雅,梅林赏雪雪精神。
> 寻梅踏雪搜佳句,梅雪诗成寄友人。

特别是其作品中精美对仗甚多,成为诗集之亮点。格律所言之对仗有两重含义:一为声调即平仄之对仗,有一定之规,黄先生对此持之甚严,已于前述;二为文字之对仗,则并非拘于遵规而已,其优劣端赖文字功夫之深浅。看来黄先生长于此道,造诣颇深,遂能佳联迭出。请看《七律·关云长》中二联:"身骑赤兔追风马,手执青龙偃月刀。义薄云天昭日月,威如山岳服孙曹。"再看《七律·

游嵩山少林寺看武僧表演》中二联："内外兼修臻化境，刚柔相济显神功。顽砖砸顶全无恙，利刃当胸不见红。"

在此，还要着重提出黄先生之楹联作品。就格律而言，楹联除无押韵外，其平仄、对仗基本要求与律诗并无二致，可称为格律诗之姊妹篇。然律诗多为五七言体，对仗之形式亦囿于此，而楹联则句式变化多端，字可多可少，长者如昆明大观楼联全联达一百八十字，最短者如九一八事变后，有人为死难同胞写了一副挽联。上联为"死"，下联为"生"，各一字，意为"宁可站着死，不愿跪着生"。因此，楹联可极扬对仗之特色，精工尽美，超越律诗，独成风格。黄先生深谙此道，诗集中佳联甚多。例如《题青岛崂山》联为"初上仙山，有幸沾三分仙气；既临诗境，无妨结一段诗缘"，"仙山"与"诗境"、"仙气"与"诗缘"相映成趣。又如《餐饮店》联为"锅碗瓢盆，名厨巧奏无弦曲；甜酸咸辣，佳馔欣尝有味诗"，活泼明快，化俗为雅。《题温州龙湾天柱寺》联则为"背依万壑巉崖，崖竖成峰，峰上无林空即色；面对一川碧水，水平如镜，镜中有像幻犹真"，将顶真格联写得文采斐然。

三 抒情、言志、入理

诗出现后，很早便被纳入言志的范畴，《尚书·尧典》中即有"诗言志"的说法。当时，抒情被包括在言志之内。直到西晋陆机在《文赋》中提出"诗缘情而绮靡"的论点后，抒情才逐步成为诗中与言志并行甚至更为重要的主体。情与志虽然有所不同，但均为人之主观思想感情，乃诗之灵魂所在，于楹联亦然。诗、词、联作品单纯状景描物，难成高格。要"由物及人，由景及情（志）"，只有"藉景抒情，托物言志"，才能激荡人心，引起共鸣，成为佳作。诗还可入理，即"哲理诗"，它将具体事物现象提高到理性思考，从而悟出人生哲理。能将艺术形象与抽象哲理完美结合的哲理诗亦是诗中上品。《慕陶斋诗文集》中亦有上述诸类作品。

（一）抒情之作　且看《瞻仰岳庙岳坟感赋》：

未捣黄龙怅恨多，金牌屡召奈天何。
蒙尘帝后遭羞辱，沦陷黎元受折磨。
千古奇冤"三字狱"，一窝逆贼四邪魔。
仰瞻忠烈心钦敬，鄙视奸臣唾且呵。

作者在参观岳庙岳坟后，对岳飞忠君报国、勇抗外侮反被昏君奸臣以莫须有罪名用金牌召回、惨遭杀害之史实，表达了强烈愤慨。对岳飞则"瞻仰""钦敬"，对跪在坟前之四位佞臣则"鄙视""唾呵"，感情浓烈。值得特别指出者乃第三联，作者是否有意不得而知，但使人读后，顿时联想到在"文革"中同样因"叛徒、内奸、工贼"三项莫须有罪名而被"四人帮"陷害致死之国家主席刘少奇。如此雷同，更使人义愤填膺，不能自已。

再看《雁荡夫妻峰》：

神奇佳偶自天成，厮守名山两寿星。
寒暑饱经弥圣洁，沧桑久历益坚贞。
风前常叙轻轻话，月下深函脉脉情。
祝福人间诸伉俪，白金钻石享遐龄。

先将夫妻峰拟人化作为两寿星，继而描述其风前絮语、月下深情之挚爱，而此爱经寒暑而弥坚，历沧桑而更洁。尾联一转，愿人间伉俪也能白头偕老，共度遐龄。作者对老年夫妻关爱之情，期望之切，溢于言表。

（二）言志之作　如《砖瓦风格赞》之一《红砖》：

身材端正角棱齐，火炼红心骨不斋。
幕后甘居无显露，何争地位任高低。

借砖瓦而表达本人之心志，寓意良深。又如《格言联》"梅兰品格贤人范；竹菊精神君子风。"和"斗雪苍松真傲骨；凌云翠竹更虚心。"皆直抒胸臆，奋勉言志之语。

（三）入理之作　请读《刘备》：

马首抛儿欺爱将，闻雷落箸骗曹瞒。
人称孟德多奸诈，汝比斯人诈更玄。

此诗先描述刘备在两个关键时期之表现，从而一反刘备仁义、曹操奸诈之定论，认为刘备比曹操更奸诈，暗喻帝王之术总含奸诈，难言仁义。嵌名联《题赠虞正宽先生》则以"律正诗词雅；心宽体魄宁"说明了诗与律、体与心之关系。

四 意境

所谓"意境"即在文学作品中将客观之"境"与主观之"意"有机结合形成一种"境界"，它是诗及某些特点类似之文学作品审美观之最重要内容。王国维说过："词以境界为上"，即此之意也。《慕陶斋诗文集》中亦有不少意境清新、深邃之作，请看《外滩口占》：

东观云出海，西望日衔山。
悦耳涛声里，银鸥自往还。

当人们来到上海浦江外滩，东看闲云出海，西望落日衔山，银鸥往还，涛声悦耳，在灯红酒绿之大城市中，竟然有如此一个闹中取静之幽境，真如置身世外桃园，怡然自得。再看《依韵奉和陈绍棣先生〈八十述怀〉》：

欣逢盛世度春秋，伉俪遐龄共白头。
坦荡胸怀心永乐，从容岁月自无忧。
花间赏景莺栖树，柳下垂纶鲫上钩。
桃李成材延教泽，期颐有望兴悠悠。

一生滋兰树蕙，现已伉俪白头，岁月从容，胸怀坦荡，过着花间赏景，柳下垂纶之安闲生活，但脑际还牵挂着桃李成材，心中还存在着期颐之盼，此宁非幸福老人之晚年心态乎？信哉斯境。《应河南省第五届迎春征联》"踏雪报春来，一路梅花开五福；凌霜辞岁去，千竿竹叶庆三多"是一首楹联佳作，其中"梅花开五福"指雪上狗爪印，"竹叶庆三多"指霜上鸡爪印分别代表狗年和鸡年。此联不但文字精美，且意境新颖，诗味盎然。

《慕陶斋诗文集》中还有几篇赏评诗联之文章写得也不错，就不再多说了。

总之，黄先生之诗、词、联作品，以"严于格律"、"精于文字"见长，而于"情、志、理"和"意境"方面则虽有所成，尚嫌不足。期黄先生今后勉力以求，庶可在此两方面再上层楼，从而创出更多佳作。

（二〇〇九年九月）

《中华诗词》卷首语

红杏枝头春意闹

当读者看到本期《中华诗词》时，正值春分前后，这是一个"杂花生树，群莺乱飞"的美好季节，而全国人大、全国政协两会的召开和换届，迈出了我国社会主义建设的新步伐，更增加了春天的绚丽色彩。在这种赏心悦目的时候，诗人们自然会诗情涌动，引吭高歌。宋人杨万里诗云："春禽处处讲新声，细草欣欣贺嫩晴"，非此之谓乎？

三月八日是国际妇女节。我国妇女不但是社会主义建设的重要力量，也是诗词领域的半边天。为此，本期专门开辟了"半边天诗词"专栏，以较多篇幅刊载了16人的69首诗词作品供读者鉴赏。女性多情善感的个性往往在诗词创作上显示出特有的才华，她们的作品诗意婉曲，感情细腻，词句清丽，常为男性诗人所不及。正如赵明诚欲与李清照一比高低，奋力作词50阕，将李清照"莫道不消魂，帘卷西风，人比黄花瘦"句纳入其中，请人鉴赏，终被认为只此三句最好。本期此类佳作亦甚多，如梁玉芳的《留兰阁抒怀》有"……缠绵意绪倍伤神，锦绣文章休问价。花前月下记前盟，除却诗词人不嫁。"徐于斌的《甘州》有"……问清波、天河何杳，向谁边，一棹旧浮槎？徒阑干、任秋光老，鬓似芦花。"巾帼不让须眉，女性诗词作品中亦有豪雄之作，秋瑾自是此中典范，她的《对酒》诗："不惜千金买宝刀，貂裘换酒亦堪豪。一腔热血勤珍重，洒去犹能化碧涛"可称颉颃千古。本期亦有此类佳作，如林岫的《临江仙》下阕："至此奔流新世界，险滩过后波平。千秋横槊几雄英？而今安在也？唯有草留名。"又如李静凤的《紫雾》诗:"千寻剑向青旻倚,万仞峰从紫雾开。霞织一梭天欲曙,可闻鸡唱半空来。"

本期在"毛诗研究"栏中发表了贺敬之同志在中国毛泽东诗词研究会第四届年会上的开幕词,他着重阐述了毛泽东《在延安文艺座谈会上的讲话》中有关"政治和艺术的统一,内容和形式的统一"的观点,这将对当代诗词创作起指导性作用。本栏还发表了王同书、章澄的《一诗千改始心安》和吴美潮、周彦瑜的《晚年毛泽东三谈毛泽东诗词》两篇文章,从前者可以看出毛泽东对诗词创作精益求精,从善如流,从后者可以看出毛泽东对自己的诗词作品不事夸张,虚怀若谷,这些都是值得我们学习的。

本期还发表了海外学子金中的"斯文不丧畏匡时"一文,文中除详细介绍了石川忠久其人其诗外,也对汉诗在日本流传的历史和现状作了全面介绍,加深了中国诗词界对此的了解。汉诗之所以能在日本流传反映了日本人民对中华优秀传统文化的喜爱。石川忠久、金中及其他日本友人为在日本弘扬中华文化孜孜以求,不遗余力,大大增加了中日人民之间"一衣带水"的亲密感情,他们的诗作亦已达到很高水平,受到中国读者的青睐。同时,此事也给我们以启示:日本友人尚且如此重视弘扬中华文化,我们更应当把振兴中华诗词作为义不容辞的责任。国内个别人居然把诗词说成是"老古董""落后文化",这岂不是数典忘祖吗?

(二〇〇三年第三期)

战胜非典　重涌诗潮

　　今年春夏，一场非典型肺炎恶疫由南而北袭击我国，尤以首都北京为甚。在党中央国务院坚强领导下，采取坚决措施，万众一心，科学防治，全民抗非典，在较短的时间内控制了疫情。非典固然给人民身体健康和国家经济建设带来了一定损失，但通过抗非典也体现和进一步增强中华民族的团结和奋进精神。诗人们很少有机会直接参加抗非典，但他们纷纷拿起笔来，通过诗词创作投入抗非典活动，热情歌颂抗非典的英雄事迹，鼓舞人们的斗志，弘扬民族精神，也作出了积极的贡献。本刊继上期编发专栏"抗疫壮歌"后，本期又在《时代风采》栏中选登了多首有关抗非典的作品。现在世界卫生组织已解除对北京的旅行警告并将其从疫区名单中除名，抗非典已取得阶段性重大胜利。我们相信，随着全国经济建设和社会生活的逐步恢复和强劲发展，各项诗词活动也将重新启动、活跃起来，诗词创作必将迎来一个新的高潮。

　　艺术来源于生活，好诗必须有真情实感，这是尽人皆知、颠扑不破的真理。要做到这一点，一是诗人要深入下去，了解生活实际，获取生动的创作素材；二是由参加实践而又有一定诗词修养的人根据自己的经验写成作品。应当说，后者比前者更具有生活气息，更有真情实感。本期《西部放歌》栏共有26首作品，除一位作者现不在西部外，其余作品均出自本土诗人。他们长期工作和生活在西部地区，熟悉当地风土民情，对西部大开发感触最深。其作品散发着浓郁的西部生活气息，形象生动具体，感情真挚可信，因而读后使人耳目一新。例如唐世政的《天山夏牧场联欢》："毡房碧草彩云间，夏牧场中别有天。短笛悠扬吹古调，细腰婀娜步新弦。清风缕缕添诗韵，篝火徐徐逐暮烟。斜坐花丛品抓饭，欢声如瀑落飞泉。"又如刘德芝的《清平乐·牧归》："峰峦无数，芳草留春住。近水穹庐三两户，斜日沉沉欲暮。　跨鞍何处娇娥，驱羊转下高坡。哼着歌儿归去，手中牵个骆驼。"本期《田园新曲》中刊有农民诗人郭定乾的作品，作品中充满了农村生活气息。试读他的《秋收杂咏》之三："一担嘎吱趁夕阳，息肩南陌汗如浆。摘来草帽权当扇，暂取秋风一片凉。"读后难道不感到一股清新的农村气味扑面而来吗?这种诗决非没有农村生活体验的人能够写得出来。总之，西部诗人写西部，农民诗人写农村，类而广之，在哪儿，写哪儿；干什么，写什么，的确是一件值得提倡的事情。再如，本期《海峡两岸》栏共38首诗作，其中25首来自台湾诗人，改变了过去多数作品都是大陆诗人思台的状况，更好地反映了台湾的风土人文和台湾人民的两岸情思，也是一个好的经验。

　　本期《耆旧遗音》发表了被日本侵略者暗杀的五四时期著名作家郁达夫的遗诗。这些诗作不但感情真切，文思俊卓，而且充满了爱国激情，值得一读。本期还发表了诗评家、新诗诗人晓雪的文章《中华诗词在新文学史上的地位》。文章提出了诗词界普遍关心的一个重要问题，即旧体诗在现代文学史上应享有与新诗同等地位的问题，并提出了自己的建议。诗人廖平波的《好诗待精选，诗好待精评》一文则对"树立精品意识"这一当代诗词创作和编审中的重大课题发表了自己的看法。这些都可供读者参考。《读者评刊》栏中还刊登了两篇对本刊今年改进版面设计的评论意见，一篇是对第1期版面的批评，另一篇是对1至3期版面设计不断改进的赞许。我们认为这正反两方面的意见都对我们办好刊物大有裨益，它也反映了读者对刊物的关爱，在此，我们谨对关心和爱护本刊的广大读者表示衷心的感谢。

（二〇〇三年第七期）

神州一箭人腾宇　黄胄千秋梦变真

丹桂飘香，菊花绽蕊，吉星高照，捷报频传，神舟五号载人飞行的成功，圆了中华民族千年的飞天之梦，从而使我国成为继俄美之后第三个、也是发展中国家第一个实现载人航天的国家。这次宇航成功，体现了我国的科技水平和综合国力，大大提高了我国的国际地位，全国人民无不为此欢欣鼓舞。诗人们激情澎湃，引吭高歌，仅在短短几天内，本刊即收到不少来稿，为此特辟专栏《飞天圆梦》，选11人的16首诗作，以飨读者。

九月份，在湖南举办了两次较大的诗词活动：中华诗词学会浏阳工作会议和中国·常德诗人节。前者是中华诗词学会成立以来第一次召开的全国性工作会议，后者是全国第一次由地方政府和中华诗词学会合办的诗人节。两个"第一次"既体现了改革开放以来中华诗词蓬勃发展的丰硕成果，也为进一步振兴中华诗词吹响了进军号。

我们向读者推荐本期《感事抒怀》栏中李成瑞写的《千人断指叹》和《朱门内外》两首诗。前者对当前某些老板，在政府官员的纵容下，只顾自己赚钱，肆意残害工人的严重违法行为进行了无情的鞭挞。且听："一地'五金乡'，千人断指伤""万元一条命，买断无商量""财源滚滚进，血泪汩汩淌"，这是血和泪的控诉。后者通过朱门内某些新富豪"大摆'天龙宴'""山珍并海味，龙肝加凤胆""更有妙龄女，袅袅舞翩跹"和朱门外"萧萧寒风里，索索布衣单""富豪一桌菜，毕生血汗钱。血汗薪已薄，又遭久拖欠""老母卧病床，呻吟徒辗转"

的强烈对比，揭露了当前社会严重腐败行为和社会分配不公现象。李成瑞同志不是专业诗人，过去很少写过诗。他是一名离休老干部，老党员，原国家统计局局长。出于对革命事业的忠诚和对人民群众的深厚感情，他对当前社会某些消极现象痛心疾首，情不能已，发而为诗。这是发自肺腑的呐喊，因而能震撼人心，感人至极。当他在北戴河第十七届中华诗词研讨会上朗读这两首诗作后，全场响起热烈的掌声，经久不息。这就再一次说明了"诗贵情真""诗为心声"的道理。只有真实反映社会状况，反映人民群众心声的诗才是好诗。同时，也说明了写诗要美刺并举，当美则美之，当刺则刺之，两者都是为了推动历史向正确方向前进。

"百家诗人咏吉林"活动结出了硕果。本期刊载了22人的50首作品，歌唱了长白山瑰丽的山光水色和吉林的今昔变迁。请听周笃文纵情豪唱："俯瞰东洋，雄居北亚，三边第一名山"，"奔雷激浪三江去，便波翻白雪，气撼长川"；熊东遨引吭高歌："借得东风力，南来快此游。白飞星入鬓，黄见叶迎秋。一镜涵天象，三江挟雪流，银河应不远，何日泛双舟？"丁芒参观汽车城后发出由衷的赞叹："车城看罢足生风，云里长春万朵红。奔向小康谁计步？一台捷达一分钟。"杨逸明一首七律《秋游吉林即兴》道出了诗人们当时的心态"北上春城恰值秋，爽风清景豁吟眸。……诗人也学车提速，发动灵机即兴讴。"

《耆旧遗音》栏中发表了荒芜的16首遗作。荒芜是著名翻译家，也是名诗人。他在"文革"及其后期的作品尤其脍炙人口，如"居然'旗手'自吹牛，合是林彪貉一丘。讲史野心尊吕雉，说书遗笑误红楼"，是对江青的无情鞭答和嘲讽；"十年人共长安老，一夜春从大地回。箫鼓缓归街里去，心花争向酒边开"，则是对邓小平复职发自内心的喜悦。

　　在本期文字栏目中有不少可启发我们进一步思考的文章。当前诗词创作的情况是数量多而佳作少，张如腾提出"平庸是旧体诗的大敌"可谓一语中的。他分析造成诗词作品平庸的四个原因也是对的。而丁芒的《论当代诗词创作的目的与心态》则分析得更为深刻和独到。他认为诗词创作目的的绝对功利化乃是导致诗词作品平庸甚至退化的根本性原因。他还分析了导致诗词创作平庸化的四种创作心态，这些都值得我们认真研究。

（二〇〇三年第十一期）

骚坛代有新人出 越宋超唐信可期

当细心的读者阅读本期作品后，会发现其中有一条并非编者刻意追求而是作品自然形成的脉络，那就是老中青作品联袂登堂，各显风姿。老年作者是当代诗坛的主流，中年作者已成为诗坛的中坚，青年作者则代表着诗坛未来的希望。他们情萦邦国，兴寄山河，作品浩如烟海，其中不乏声宏旨远、振藻扬葩之篇什，固不待言，本期多数诗作当属此列。《吟坛百家》栏选登了魏新河的19首诗词。魏新河生于1967年，2002年还曾作为青年诗人参加了中华诗词社举办的青春诗会，现刚步入中年。他并不是专业诗人，而是空军上校飞行员，在本职工作中作出过杰出的成绩，但他热爱诗词，勤于学习，孜孜以求，终于在当代诗坛独树一帜，成为中青年诗人中之佼佼者。他通过由物及人，由景入情的升华，把专业性极强的飞行生活描写得大气磅礴，诗味盎然。且听《天半放歌》："四望真天矣。扑双眸，九重之上，混茫云气。天盖左旋如转毂，十万明星如粒。"何等气概！当他在雪中飞过灞桥时，诗兴勃发，引吭高歌《南乡子》："风雨灞桥头，驴背吟诗孰与俦？我在云端翻旧谱，箜篌。听取仙人十二楼。河汉水西流，待把诗囊括斗牛。携得精芒十万丈，归休，要把光明散九州"。除豪雄之作外，他也多婉曲之作，且听一首《鹧鸪天》："曾信无缘枉作期，夜深相对泪双垂。已修一世难偿债，再造他生未了痴。君未晚，我先迟。明珠藏到必还时。也知是梦终须破，苦恨春蚕不断丝。"其用情之深感人至极。《读者荐诗》栏中有一组程羽黑的诗。他只有15

岁，还是初中学生，自幼热爱诗词，天资聪敏，潜心自学，取得了使人刮目相看的成绩。请读《读严耕望文有感》"尽说镀金轻薄气，能为流水自然文。观公一泻秋泓后，魔派邪声不可闻。"又如《读寅恪先生"衰泪已因家国尽"有句》"入而为主出为奴，城郭人民俱已殊。若许招魂还旧国，陈公衰泪更何如？"如此寓意深沉、诗味隽永之作，竟出自15岁少年之手，中华诗词传薪承钵，幸有人矣。

　　本刊继2003年第5期发表了庄严的《略论当代诗词审美（艺术）标准》一文后，又于2003年第十二期发表了刘梦芙《诗词"师古""复古"等于违反时代、脱离现实吗？》一文，对庄文提出了不同意见。本期再次发表了钱明锵《"师古"与"复古"岂能混为一谈》和张静江《也谈"摹唐仿宋"》两篇文章，对此展开讨论。多年来，通过诗词界的共同努力和中华诗词学会的大力倡导，诗词发展形势较好，方向也基本正确，这是客观事实，也是诗词界大多数人的共识。但大方向正确并不等于对诗词发展中所有问题认识都一致，事实上，对某些重要的问题，如发展与继承、内容与形式、提高与普及等关系的看法，尚有分歧，如不能在这些方面统一认识，将对诗词发展产生不利影响。我们发表庄严、刘梦芙等人的文章，展开学术讨论，正是弥补过去在这方面的不足，其目的是为了认真贯彻"双百"方针，发扬艺术民主，通过摆事实、讲道理来探求真理，求得认识的统一。这里要特别重复强调的一点是：尽管观点可以对立，辩理需要分明，但态度一定要与人为善，以理服人。

又是一年春草绿。在这桃红李白，鸟语花香的美好季节，迎来了三八国际妇女节，本期开辟了《半边天吟稿》专栏，发表了一批女诗人的佳作。这些作品精描巧绘，文采飞扬，堪称上品。《耆旧遗音》栏中刊发了已故诗人吴君琇、金孔章夫妇抗战时期的遗作，家国萦怀，感情沉郁，跃然纸上，亦属上乘，均值得一读。

（二〇〇四年第三期）

拼将风雨十年路　换得诗词九域春

本期发行之日，正值《中华诗词》创刊十周年，为此，特开辟了"十年刊庆"专栏。金炳华、贺敬之、孙轶青等领导同志的题词，高瞻远瞩，对刊物的建设和发展给予了热情的鼓励和殷切的期望；周笃文、王澍回忆创刊经过的文章，霍松林等老一辈诗坛耆宿、王亚平等中青年诗词名家和曾在中华诗词社工作过的诗人所写的贺诗，则为对创刊十周年的纪念。

十年经历不寻常。正如周笃文、王澍文章中说的那样，《中华诗词》创刊来之不易，是在中国作协和新闻出版总署的支持下，经过中华诗词学会领导和诗词界老前辈不懈的努力才得以实现的。《中华诗词》创刊伊始，即在其《发刊词》中明确宣布了办刊宗旨、编辑方针和实现目标，即"努力弘扬中国诗歌的优良传统，讴歌有中国特色的社会主义，表现沸腾的现实生活"；"诗词作品与理论文章并重，普及与提高结合，在继承的基础上进行改革创新"；"坚决贯彻百花齐放、百家争鸣的方针"；"力求把刊物办得情文并茂、雅俗共赏，成为优秀诗词的园地，学术研讨的论坛，联系群众的纽带和促进海峡两岸人民以及国际间诗艺交流的桥梁"。十年来，我们坚持按照上述办刊宗旨和编辑方针，并进一步提出了"切入生活、兼收并蓄、求新求美、雅俗共赏"的指导思想，向着既定的目标前进。在广大读者、作者的关心、爱护和支持下，在学会领导的指导下，在作协等有关领导部门的关注下，通过杂志社同仁的艰苦工作，刊物越办越好。由创办时的季刊改成双月刊，继而又改成月刊。订数由最初的3000多份增加到现在的20000多份，成为当前诗坛上订数最多的刊物。刊物的质量也不断提高，诗词创作方面已初步形成了一支老中青结合的骨干队伍，出现了以弘扬主旋律为中心，题材多样、风格各异、美刺并举、雅俗共赏的可喜创作格局；评论方面也已有一些具有相当水准的诗论家针对当前诗词事业发展和诗词创作中的问题，发表了鞭辟入里的见解。现在，《中华诗词》作为中华诗词学会的会刊，在继承与发展中华传统诗词这一宏伟事业中起着引领潮流的作用，同时，它又是广大诗词界朋友的共同刊物，通过它，可以互相交流作品、学习创作经验和开展学术讨论。十年实践证明，《中华诗词》没有辜负诗词界朋友的厚望和中华诗词学会的重托，较好地履行了自己的职责，取得了丰硕的成果，正如孙轶青会长在《祝贺与期望》一文中所指出的那样，《中华诗词》已经是"当代中华诗词事业的'半壁河山'"。

但我们也应当清醒地看到：《中华诗词》尽管取得了上述成绩，在前进中仍然存在着不少缺点和问题。一是来稿中平庸作品多而精品不足，每月自然来稿量近3000首，超过每期刊登量约300首的近十倍，从表面上看，稿源很丰富，实际上，多数来稿都停留在概念化、雷同化的水平，缺乏新意和诗味，真正意新寄远、词工句美的作品很少，难以满足编刊的需要。二是评论文章来稿少，有深度的评论文章更显匮乏，尚未形成诗词评论作者队伍。三是发行数量增长尚不尽如人意。此外，由于我们工作中的疏忽，编印中还不时出现选稿不严、校对差错、印装缺陷等问题。

针对上述问题，我们将在总结已有经验的基础上，采取有效措施，认真加以解决。一要扩大稿源，除自然来稿外，加强组稿，从各地诗词刊物中选稿，由地方诗词组织和读者荐稿。二要培养中青年、特别是青少年诗词创作队伍，建立起一支刊物评论作者队伍。三要加强发行工作。这里也吁请各级诗词组织大力支持，代为宣传和征订。四要改进编辑、印刷、装订工作，防止差错，提高质量。

为了配合十年刊庆，我们精选、编辑了《〈中华诗词〉十年作品选》和《〈中华诗词〉十年评论选》两本书，即将出版发行，本期先行刊登刘征、杨金亭分别写的序言，供读者参阅；我们还将于今年九月在京举办金秋笔会，欢迎诗人和诗词爱好者踊跃参加。

（二〇〇四年第七期）

诗自真情出 吟随壮景新

中华诗词学会与绍兴市文化局联合主办的"沈园怀"中国爱情诗词大赛已经圆满结束，于9月22日在绍兴市召开了颁奖大会。这是继2002年七夕"红豆·相思节"诗词大赛以来又一次较大规模的爱情诗词大赛。在刊登征稿启事到截稿的两个月时间内，参赛作品达14000首，取得了傲人的成绩。爱情是人类生活的主要内容之一，也是文艺的一个永恒主题。写爱情诗就是颂扬真善美。既然是写爱情，能否写好的关键就在一个"情"字，情真则引起共鸣，情深则感人肺腑。当然有了"情"，还要善于表达，否则很难打动人心，这就要求有高超的诗艺。例如获此次大赛一等奖的王巨农的七律《无题》，就是一首成功之作。此诗描述了一个19岁时丈夫去台一直封发未嫁，40年后与丈夫重逢，旋又劝其返台与妻儿团聚的动人故事。诗中颔颈两联用了两个反差强烈的对仗表达了尽管时过境迁，红颜早逝，却依然深情眷恋，耿耿于心的忠贞不渝的爱情。尤其是尾联，以"千金石""隔岸衾"为象征，细致入微地表达了欲留住丈夫又怕造成在台妻儿伤痛的复杂心情。读后感人至深，潸然泪落。又如王文英的《泪泉曲》，将一个古龟兹国公主与青年石匠的爱情悲剧写成一首长诗。公主国色天香，才高貌绝，但却"不重门第藐王孙"，与青年石匠"红柳丛中订誓盟""海枯石烂不移情"。父王不许，以千日凿千窟难之。石匠为了能与公主成婚，只身入深山，戴雨披霜，餐风宿露，凿洞不止，终因劳累过度而"突然扑地气如丝，千窟凿成生命绝"。此诗铺叙展衍，如行云流水，情真意切，语婉涵深，洵为佳作。

本期"感事抒怀"栏中刊登了李锐的一组诗。李锐是我党的老同志，也是著名的诗人。他的诗作以放言直谏，抨击时弊而名重诗坛，这组诗亦多此作，但亦有状水摹山、咏物寄情之佳作：如《夜游桂林四湖》

　　　　金银双塔月如钩，万树灯花月上浮。
　　　　十四洞桥多故事，潮光夜景似神游。

对此，著名诗人刘征赠诗云：

　　　　放言无忌为求真，铁骨铮铮百劫身。
　　　　莫道先生但忧国，江山壮丽自成吟。

这真是对李锐其人其诗的确切评价，也说明一个真正的诗人，必然要"求真"，真情之所至，于国于民则可殷忧启圣，于山于水则可壮丽成吟，两者以情相通，并无二致。

很多人都写过有关"文革"的诗，作品几乎是汗牛充栋。其中绝大多数是对"文革"的批判和对自身遭遇的怨恨。本期"耆旧遗音"发表张采庵的几首关于"文革"的诗，将当时的情景描写的惟妙惟肖，使"文革"时期的某些荒唐旧事瞬间回到读者眼前，这种写法还是较少见的。请看《红卫兵南下》：

　　　　度岭如潮涌，图南皆少年。
　　　　异军红五类，明训老三篇。
　　　　所向无枯朽，斯行有串联。
　　　　煽风扬革命，热烈火朝天。

又如《夜游》中有:"鞭炮鸣中夜,欢呼沸广州。最高新指示,狂热大巡游。"《早起写意》中有"鸣钲门外过,谁又着高冠。"

本期"吟坛百家"发表了著名中青年诗人熊盛元的作品,熊诗格调高雅,诗味浓郁。其他作品与文章亦均有佳作,值得一读。

(二〇〇四年第十一期)

让曲与诗词并茂

又是一年春草绿，在这柳叶初裁、繁花乍放的美好季节，迎来了全国人大、全国政协两会的召开，同时，"三八"国际妇女节也来到了。本期"半边天吟稿"特发表了28位女诗人的105首作品作为"三八"妇女节的贺礼，以飨读者。

青少年是振兴诗词事业的接班人。发现和培养青年诗人是我们义不容辞的历史责任。《中华诗词》杂志于2002年举办了第一届青春诗会，2004年又举办了第二届青春诗会，两次青春诗会对发现和培养青年诗人起到了辟航开道、引领潮流的重要作用。此后，青年诗人数量日增，才华竞露，形势喜人。为此，本期辟有"青春诗笺"专栏，择优发表。

本期在"诗美探索"栏中刊载了常箴吾的《美哉，散曲》一文，值得我们认真思考。律绝、词和曲是格律诗的三种不同诗体，唐诗、宋词、元曲代表三种诗体发展的高峰。曲既有作为格律诗的共同本质，也有其自身的特色和艺术美感。关于这一方面，常箴吾文章中已有较为精当的评述。现在的问题是既然曲具有如此完美的艺术特色，为何在诗词已走向振兴和日趋繁荣的进程中却受到冷落。当代传统诗坛，诗人接踵摩肩，作品汗牛充栋，但曲作者却寥若晨星，曲作品凤毛麟角。究其原因，可能是：第一，通常认为"诗庄词媚曲俗"，当代诗人大多重雅而轻俗，重含蓄而轻直露，对写曲缺乏激情和兴趣。第二，曲的格律要求比诗和词更为严格，押韵要求密韵，几乎句句押韵，且一韵到底；尤其是声调不但要区分平仄，而且要区分上去，这就增加了作曲的难度。清黄周星《制曲枝语》说："诗律宽而词律严；若曲，则倍严矣，""三仄更须分上去，两平还要辨阴阳"，信然。第三，曲有南曲、北曲之分。时人作曲遵元，而现存元曲中除《琵琶记》外，均为北曲。北曲声韵遵周德清的《中原音韵》，该韵依照北方实际语音系统，取消了入声。而诗词创作所依的声韵为《平水韵》和《词林正韵》，不但韵部划分与《中原音韵》不同，且有入声。当代诗人习惯于用《平水韵》和《词林正韵》，对于采用《中原音韵》甚感不便。但这些问题也是完全可以解决的。"重雅轻俗"是认识上的偏差。中华诗词学会提出的方针是"适应时代，深入生活，走向大众"。要深入生活，走向大众就不能避俗。作品应当是有雅有俗，雅能通俗，俗中出雅，而以雅俗共赏作为我们的终极目标。"重含蓄而轻直露"也存在着认识上的片面性，不符合各种艺术风格兼收并蓄的方针。曲的格律的确很严，但对已经熟练掌握诗词格律的作者而言，作曲虽非驾轻就熟，亦易于触类旁通，不应形成大碍。而且我们要看到，作曲虽有其难处，亦有其易处。易者为何？黄周星说："可用衬字衬语，一也；一折之中，韵可重押，二也；方言俚语，皆可驱使，三也。是三者，皆诗文所无，而曲所有也。"至于诗词与曲所依声韵虽有不同，但也并非鸿沟，不可逾越。尤其是，随着声韵改革，此一问题将得到彻底解决。《中原音韵》本来就来自北方实际语音系统，与现代汉语一脉相通，虽数百年来语音有所变化，但差别不大。以现代汉语为依据的新声新韵既可用于诗词，当更可用于作曲，使诗词曲声韵实现完全统一。总之，曲是中国传统诗歌领域的一朵奇葩，在振兴中华诗词事业的进程中，应当得到与其他诗体同等的关注。本刊去年12期"刺玫瑰"专栏曾发表两位作者10首曲，今年第一期更编发了"时曲新声"专栏，集中推出6位曲作者的作品，可看出本刊在这方面的努力，也得到读者的好评。我们希望有更多的当代诗人在钟情创作诗词作品的同时，也积极从事曲的创作，写出心系民族兴衰、反映民生苦乐的佳作，使这一民族文化奇葩更加光彩夺目。

  本期还发表了王亚平《"好古薄今"浅说》一文，文章从"好古""复古""模拟"三个方面全面论述了在诗词创作中如何正确处理好"古"与"今"的关系。作者采取以理服人的态度，论据比较翔实，分析比较深入，不失为学术争鸣中的一篇好文章，也是诗词界发扬艺术民主的很好体现。

（二〇〇五年第三期）

创作求精品　歌吟盼好诗

　　中华诗词学会第二次全国会员代表大会提出了"实施精品战略，繁荣诗词创作"的要求。并指出："精品力作的主要标准，是时代精神、先进思想、真挚情感与艺术感染力的高度统一。"尽管《中华诗词》发表的作品中，真算得上精品的不多，但还是有一些好作品是基本上符合上述标准的。如本期《感事抒怀》栏中杨逸明的诗作，前几首都是节日感慨，这种诗很不好写，因为极易落于俗套，变成"三应诗"，但他的作品却别开生面，令人耳目一新。如第一首《元旦收看维也纳新年音乐会》中把当时的心潮起伏描写得惟妙惟肖。先是听乐曲时似觉"梦摇河水成蓝色（《蓝色多瑙河》），心入森林作鸟声（《维也纳森林的故事》）"，顿感心情激动，竟然"支枕手敲蓬嚓嚓"起来。继而诗兴勃发，"临窗笔走仄平平"。就是在这种高昂的情绪下，"迎春曲里诗吟就"了，而且感到这首诗简直是"字字翩跹舞步轻"。又如第三首《乙酉春节写怀》前两联道出了当今世界灾难频繁的严酷现实。几年来闹疯牛病、非典、禽流感，弄得"直将毛羽当瘟神"，杀鸡宰牛，人心惶惶。今年正当"喔喔鸡啼"，欢度春节之际，又遇上了"呼呼海啸"，导致伤亡数十万人。第三联告诫人们：人类生存环境已遭严重破坏，到了"天缺再无娲石补"的境地，因此决不能再盲目发展，对自然巧取豪夺，只求"年丰"，而要"对地球亲"，加强环保，维持生态平衡。最后抒发自己的感慨，世界正多事之秋，即使过春节，也不能只"唱清平调"，在"送屠苏酒入唇"

的时候，也应感到愧疚。应当说，这三首咏节诗都写得独具旨趣，各有千秋，绝无陈词滥调，无病呻吟之感。又如《情系河山》栏中钟家佐的《荔浦根雕艺术馆》一诗，把本是"枯树茎"，被高超的艺人制成根雕而"登堂入室"后，"神态万千、栩栩如生"的景象呈现在人们面前。观其静态，则"盘根错节偏成趣，古朴空灵别有情"；观其动态，则"或跃或奔飘梦幻，如歌如舞伴琴声"。最后以一句"诙谐语"："死去活来翻永生"作了哲理上的升华，即枯树虽死，根雕永生。再看《刺玫瑰》栏中金定强的一首《流莺词》。此诗以三陪女"相对泪纷纷"的控诉，用"明镜高悬夜审人"和"舞榭歌台陪过君"的强烈对比，揭露了公检法部门中少数腐败分子的丑恶行径和伪善面孔，从而激发了人民群众对他们的憎恨和反腐倡廉的决心。总之，上面这几首诗大都切入时代，立意新颖，情深旨远，诗艺超群，堪称上乘之作。循此以往，精品可求矣。

如何认识和对待诗词格律是欣赏和写作传统诗词必然要遇到的一个重要问题，现在各方面意见：并未完全统一，颇多议论。本期文章栏目中发表了于沙《诗，美在哪里》、刘克万《走出格律的误区》、王东满《格律诗之我见》、尹贤《能否用新声韵写律诗绝句》和欧阳鹤结合上述文章写的《试论诗词格律》一文，可供读者参阅。在此，本刊重申对诗词格律的主张是：（一）格律是创作格律诗词的基本要求，应予遵守。这里所说的格律应当包括正体与变体、拗与救。我们也不反对在整体遵守格律的情况下，为了诗意顺达和语言流畅而作出的特殊破格。同时，我们认为，要遵守格律并非把格律作为鉴定作品优劣的主要标准。优秀作品的标准应当是前面所说的精品力作的主要标准，即"时代精神、先进思想、真挚情感与艺术感染力的高度统一。"（二）声韵要同步改革。改革目标是以现代汉语为基础的新声韵。本刊热忱欢迎采用新声韵的作品。但考虑到当前实际情况，在今后相当长一个时期内仍实行新声韵与旧声韵双轨并行的方针。用旧韵写诗也不限于平水韵，可以在词韵的基础上放宽诗韵。（三）欢迎诗体创新。新诗体应是中华诗词优秀传统与国内外新体诗优点相结合的产物。不过，在现代汉语文学语言已成为当代文学主流载体的语境下，成熟的新体创作，理所当然地是毛泽东同志理想中的，在古典诗歌和民歌基础上发展而成的，即"精炼、大体整齐、押韵"的新诗了。

（二〇〇五年第七期）

诗坛多盛事 华夏竞新声

　　近年来，诗词活动十分活跃，次数增加，内容丰富，形式多样，这是诗词事业兴旺发达的标志，值得我们高兴。今年下半年，仅中华诗词学会、中华诗词杂志社主办和协办的诗词活动就有十来项。从8月初到10月中旬，已召开了全国诗教工作会（望奎），第19届中华诗词研讨会，进行了"纪念抗日战争胜利60周年暨长征胜利70周年"诗词大赛、"白洋淀杯"诗词联大赛和"华夏杯"诗词大赛三次赛事评奖，还举办了黄山金秋笔会。本刊从第9期开始，已经并将继续报道各项重大活动的情况。本期发表的是中华诗词学会会长孙轶青在全国第十九届中华诗词研讨会暨滨州采风创作活动开幕式上的开幕辞《实施精品战略》及大会综述，获"白洋淀杯"诗词联大赛一、二、三等奖的作品和黄山金秋笔会的部分优秀作品。

　　"白洋淀杯"诗词联大赛参赛作者面广，包括诗词、楹联和新诗作者。经评委评选出一等奖1名（古风）、二等奖3名（词、联、新诗各1名），三等奖20名（诗词12名，联5名、新诗3名）。作品不但高度赞美了华北明珠白洋淀的秀丽风光和人文积淀，而且深刻表述了对雁翎队抗日英雄的缅怀和继承先烈精神的决心。一等奖得主李刚太在《白洋淀放歌》中就写道："我心久仪白洋淀，溪光映带绕芳甸，风送花香逐客远，月笼烟纱波似幻。……我来为招中华魂，重谱儿女英雄传。"又如三等奖得主谢寿宏的《白洋淀抒怀》："波开万顷映当年，血染平湖晚照悬。陌上屠村悲永夜，云边回雁击长天。风吹劲草摇飞剑，浪卷降旗逐逝川。千古白洋豪气在，狂邻未许梦中原。"由此略见一斑。

黄山金秋笔会与会诗友83人（不包括本社同仁），大家切磋诗艺，纵览名山，吟兴勃发，佳作迭出。本期特辟专栏，选刊部分优秀作品。请看朱长荣的《沁园春·黄山》："……望前山削壁，千崖叠画；后川簇锦，万壑奔澜。巧石争雄，奇松斗俏，五彩云涛荡碧莲！……"简直把黄山描写得惟妙惟肖，出神入化，定将使那些还没有到过黄山的读者也都意往心驰，顿起游"天下奇山"之兴了。

　　本期"吟坛百家"栏刊登了当代名诗人杨启宇的作品24首。他曾以一首七绝《挽彭德怀元帅》获得1992年首届中华诗词大赛一等奖。他的诗作蕴藉深厚，情感浓郁，诗艺精湛。感慨之深，溢于言表。

　　台湾陈子波与福建赵玉林都是当代卓有成就的老诗人，虽年登耄耋而思想犹新。为了响应中华诗词学会关于诗词革新的号召，二老议将古来偶见有作的六言绝句推向社会，以此为倡，为今日诗词革新添一翼助。惜古来未见有六言绝句专集，子波老现养疴福州故里，而藏书悉在台湾，乃从现有的康熙御定《佩文斋咏物诗选》64册14900首中搜得六言绝句83首，又从他籍搜得若干，共得百首，自行作序并请玉林老题跋，编成《历代六言绝诗选粹》，免费分赠各诗词单位和个人。二老并身体力行，亲自创作六言绝句，以资示范。本期在《诗词自由谈》栏中发表了二老的序和跋，并在《暮云春树》栏中发表了二老的六言绝句若干首。陈子波、赵玉林两位老先生对弘扬中华诗词事业的无私奉献精神值得我们敬佩和学习，他们的作品也值得我们借鉴。

（二〇〇五年第十一期）

春风裁二月　柳叶发千枝

现在又到了春机萌发、万象更新、生意盎然的大好季节，全国人大、政协两会刚刚开过，各族广大人民即将根据两会的部署，踌躇满志，踏上新的征程。春天也是诗的季节，诗词事业现已走出低谷，初现繁荣，全国诗人也都诗心涌动，诗情高涨，期望在新的一年中群策群力，在创作精品、弘扬诗教、加强组织、扩大交流等方面做出更好的成绩，进一步振兴中华诗词。

每年第三期《中华诗词》中，我们都编发"半边天吟稿"专栏，刊载优秀女诗人的作品，以迎接"三八"妇女节。栏目虽同，但作品质量逐年提高，本期此栏中，就有很多上乘之作。如孙洁的《鹧鸪天·睡莲》："水帐云床酣睡中，初阳粉面半惺松。花钿轻坠眉痕浅，裙叶清圆晓露浓。……"把睡莲的形态、神情描写得细致入微，诗能入画。丁梦的《八声甘州·纪念谭嗣同诞辰140周年》："踏长城上下忆当年，横刀笑昆仑。叹群山垂首，凄风呜咽，泪洒层云。君子襟胸依旧，肝胆照而今。激荡湘江水，不染轻尘……。则是正义凛然、大气磅礴之作。本期"海外诗鸿"栏刊载了9名海外华人和3名赴海外探亲旅游者的诗作40首。他们魂系神州故土、情萦中华文化。作品中爱国之忧、思乡之情、期盼之切跃然纸上。去年9月中华诗词学会在山东滨州市举办了全国第十九届中华诗词研讨会暨滨州采风创作活动，诗友们以采风见闻为素材，创作了一批吟唱滨州巨变、风物人情、名胜古迹的优秀作品。本期特选出28位诗友的38首作品辑成"滨州采风"专栏，以飨读者。

目前，仍有少数人对诗词发展的大好形势视而不见，听而不闻，还在重弹老调。说什么："以古典诗词为艺术形式、美学范式和表现程式的旧体诗词很难描绘当代中国风起云涌的历史画卷，很难细微地描绘当代人的心灵世界和情感形态。"中华诗词学会常务副会长郑伯农在全国第一届诗歌节大会上的发言《关于格律诗的回顾与前瞻》（见本刊2005年第12期）中对此已有精辟的论述，本期又发表了中华诗词学会副会长雍文华在诗歌节大会上的发言《当代诗词能够反映现代生活和现代意识》，再就此问题作了专门的阐说。这两篇文章都是以诗词从复兴到日趋繁荣的现实，特别是大量的创作实践，说明当代诗词完全可以紧跟时代步伐，反映当前壮阔的历史风云、复杂的社会生活和丰富的精神风貌，是对诗词不能反映现代生活的谬论的有力驳斥。

　　声韵问题一直是诗词界十分关注的一个问题，中华诗词学会的方针是"倡今知古，双轨并行"，这一方针已受到越来越多的诗人认同。但在使用旧声韵上是否必须写诗用平水韵、写词用词林正韵呢？本刊过去对此有过说明，但语焉不详。本期发表了本刊常务副主编赵京战的《宽韵说略》一文，对此作了进一步说明。我们的主张是用旧声韵写诗词时既可"诗遵平水，词守词林"，也可诗词合韵，采用以词林正韵为基础再适当放宽的"宽韵"。实际上，当代诗词中很多作品都采用了"宽韵"，本刊审稿也一直按上述原则执行。

（二〇〇六年第三期）

以社会主义荣辱观作为诗词创作
和诗词评论的重要指导思想

胡锦涛同志在看望出席全国政协十届四次会议的委员时提出了"八荣八耻"的社会主义荣辱观。荣辱观是世界观、人生观、价值观的反映。"八荣八耻"的社会主义荣辱观既体现了中华民族的优秀传统美德，也体现了改革开放的时代要求，是实现科学发展观、以人为本和构建和谐社会的道德基础，也是全国人民在建设社会主义实践中，在日常生活和交往中应当遵循的行为准则。

诗词作品是诗人心灵的表露，包括对自身经历的感悟和对外界事物的认知，而此二者都会集中反映诗人的世界观、人生观及相应的荣辱观。特别是诗词是一种文化产品，要流传到社会，要让读者看，作者的感悟和认知必将对社会造成重大影响。好作品可以帮助人们树立正确的荣辱观，弘扬爱国主义精神，鼓舞建设社会主义的热情，表彰正义，鞭挞腐恶，这就是诗的教化作用，也是我们为什么要开展诗教工作的根本原因。只要回忆一下：岳飞的《满江红》曾经如何激励中国人民奋起抗日，鲁迅的"横眉冷对千夫指，俯首甘为孺子牛"如何成为人们对待善恶的座右铭，就可以说明诗的教化作用的重要性了。反之，不健康的诗词作品会引导人们、特别是青年人的荣辱观发生逆转，不关心国家命运、民族前途，只知道自我陶醉、自我沉溺，脱离现实生活和人民群众，造成不良的社会后果，这是我们应当极力避免的。刘云山同志在树立社会主义荣辱观座谈会上指出：要在精神文化产品创作生产中坚持"八荣八耻"导向，在基层群众文化活动中体现"八荣八耻"要求，为树立社会主义荣辱观创造良好文化条件，推动全社会形成知荣辱、树新风、促和谐的文明风尚。这应当作为诗词创作的指导思想。

《中华诗词》自创刊迄今十二年来，始终坚持"二为"方向，贯彻"双百"方针，遵循"宏扬主旋律，提倡多样化"的要求，在办刊中实行"切入生活，兼收并蓄，求新求美，雅俗共赏"的编辑方针。所登的诗词作品和评论文章总的说来是符合社会主义荣辱观的，既有对社会主义建设成就和民族振兴的讴歌和对新人、新事、新风的颂扬，也有对官场腐败和社会丑恶现象的鞭挞。可能由于我们编审工作的疏忽，把关不严，偶尔出现个别内容不健康的作品，敬希读者随时指出，以便改正。我们今后将更加自觉地将社会主义荣辱观作为审编稿件的重要标准，严格把关，使刊登的作品和文章不但在艺术上更加精湛、在评论上更加精当，而且在思想上也达到更高的水准，俾能在诗词教化、修身养性上发挥更大的作用，为建设社会主义精神文明作出应有的贡献。

（二〇〇六年第六期）

卷首语

在本期评论文章"诗人书简"栏中，刊发了胡乔木《致臧克家》和《致赵元任》的两封信。

胡乔木是中国共产党内资深的马列主义理论家，曾担任过中国社会科学院院长、中央党史研究室主任，还担任过中央书记处书记、中央政治局委员。他虽身居要职，却十分喜爱中华传统诗词，自己也写过一些颇为人称道的作品。从上述两封信中，可以看出他对诗词事业的关注。特别是在《致赵元任》一信中，更体现了他对传统诗词某些问题的深刻思考。赵元任为著名美籍华人语言学家，当时任美国语言学会会长、美国东方学会会长。胡乔木写信给他，固然是向他虚心请教，但也表达了自己的某些看法。他说："平仄如果仅是一种人为的分类，而没有某种客观的依据，很难理解它为什么能在一千几百年间被全民族所自然接受，成为习惯"，"这种习惯远不限于诗人、文人所写的诗词、骈文、联语，而且深入民间"，"平仄之分，至少在周代即已开始被人们所意识到。"这些看法对我们很有启发。现在尽管很多诗人对诗词韵律有正确认识，且能熟练掌握，但仍有不少诗人只是简单地把它看成是前人所定的写诗规则，而没有充分认识到它反映了汉语言的基本规律和汉诗与音乐的密切关系，因此在写诗中往往处于一种被动步律，甚至凑拍凑韵的状态，难以写出真正的格律铿锵、韵味浓郁的好诗。至于有极少数人至今仍然把格律、尤其是平仄，看成是写诗的障碍，是真正的镣铐，必欲废之而后快。这只能说是对汉语的特点和优点、对数千年中华文化传承的浅薄无知，那就另当别论了。

在"诗界访谈"栏中转载了《中国文化报》记者高昌就当代旧体诗词创作问题采访文化部副部长、故宫博物院院长郑欣淼的访谈录。郑欣淼首先深刻分析了当前出现旧体诗词创作热潮的原因。他说:"从继承与弘扬中华传统来看,旧体诗的复兴,有其必然性。""这首先与三中全会以来的思想解放运动有关,它使人们理智地回顾过去,其中包括长期以来对旧体诗人为的简单、粗暴的否定。'诗为心声'。许多诗人为了在新的社会环境下表达心声而选择了旧体诗。几十年来的创作实践,证明这一文学体裁也可随历史前进获得新的生机,它不是凝固的、僵化的,仍然活在中国人的心里。而且能够表达新的社会内容,适应新的读者需要。"接着他对当代旧体诗词遭到诸如人员老化、内容陈旧、词汇因袭等一些批评,表达了自己全面的看法,并提出旧体诗词要健康发展,一要有一定的诗词创作基础知识,二要有真情实感,要有鲜明的个性,三要注意创新,四要注重推敲修改。他还结合诗韵的历史发展、当前用韵现状和自己写诗用韵的体会,谈了对声韵改革的看法,同意"倡今知古,新旧并行"的方针。他在访谈中,还对诗词在弘扬爱国爱民精神、提高人文素质等方面的教化作用,以及在政治、外交和日常交际中的独特作用,作了全面论述。总之,郑欣淼的访谈录是一篇好文章,他在访谈中表达的观点确实是切中肯綮,很有见地,而且与中华诗词学会和绝大多数诗词界同仁不谋而合。这一点也是必然的,因为真理来自客观,迟早会被所有人认识而形成共识。

除上述两篇文章外，本期还刊发了不少佳作和好文章，值得一读。

（二〇〇六年第九期）

扬新声 出精品

中华诗词学会于今年9月19日至22日在山西晋城市召开了全国第20届中华诗词研讨会。这次会议研讨的主题仍然是精品力作问题。与会诗人、学者在宣讲论文和小组讨论中对此各抒己见、畅所欲言，一致认为精品力作问题不仅关系到诗词自身的生存和发展，而且关系到社会对当代诗词的认同和社会功能的发挥，是诗词走向繁荣的必要条件。本期刊载了中华诗词学会会长孙轶青在研讨会上的讲话《再谈精品战略》和有关这次会议的报道，供读者一阅。

本刊设有"耆旧遗音"和"吟坛百家"专栏，前者是已故近现代杰出诗人的遗作选编，后者是当代著名诗人的作品选编。应当说，其中有不少佳作达到了精品标准，尽管不是首首如此。本期"耆旧遗音"栏中登载的陆维钊的词作就是一例。他的有关抗日的两首词写得沉雄激越，气烈情昂。《木兰花慢》上阕有："正大泽鸿哀，神州沉陆，残堞飘斾。……满碉楼红遍血丛花。是处荒烟废灶，国殇野祭千家。"以此来抒发对日寇攻占南京，施行大屠杀的悲愤心情。而《念奴娇》下阕则以"应鉴臣房朝庭，书生议论，边患贻痛发。完卵覆巢宁有此，誓把匈奴歼灭。待捣黄龙，登民衽席，重整冲冠发。瑟琶湖上，与君同醉华月"来表达誓死消灭日寇的决心和必胜的信念。读此两词，真如夜半闻笳，热血沸腾。他的言情之作写得语婉涵深，情绵句促。且看《金缕曲·吉蓉殁于奉贤之庄家行词以志哀》上阕以"痛经年、乱离漂泊，忧伤贫病""忍伏枕、遗言惨应""嫁黔娄、曾累嗟悬罄"等一连串动人心肺的语言描写了在死者生前夫妻之间"鸳鸯共命""相依处，吊形影"的忠贞不渝的爱情；下阕则以"一棺异地添凄哽""万事悠悠今都了，永夜虚堂月冷""难遣哀雏寻母急，问招魂、何日娘来更。肠寸断，泪双迸"这种恸绝人寰的悲泣来抒发对死者的哀思，令人读之凄绝。本期"吟坛百家"登载了徐续的作品。他的《珠玑古巷行》和《象冈南越文王墓》两首古风沉雄古朴，诗味隽永，读之不尽沧桑之感。除此两栏外，其他各栏也有不少佳作，差可列为精品。以"刺玫瑰"一栏为例，曾根奎的《鼠乐》："偷油猫引路，盗库狗观风。天晓鸡鸣警，分肥各论功"，在短短20字内，以比兴手法对当前结党营私、贪污腐败的现象痛加笔伐，喻象生动，构思新颖，鞭辟入里，入木三分。王振远的《鹧鸪天•美容戏咏》，以当代的时髦话说当代的新鲜事。词以"爱美而今自不同，但从科技见奇功"为发端，接着笔法层层递进，历数"黄肤增白""黑发染红""高垫鼻""满丰胸""拉眼皮"等当前各种美容整形方式，但这里并没有表示作者对此事的任何态度，而是蓄势待发。词的最后两句："容颜纵改基因在，生个娃儿不像侬"，犹如弓满箭发，一锤落地。名为"戏说"，作者的褒贬一目了然。

总之，本刊今后将进一步贯彻精品战略，扩大稿源，精选精编，当好"伯乐"，发现、刊登更多堪称精品的佳作，以不负广大读者的期望，为繁荣诗词作出应有的贡献。

（二〇〇六年第十二期）

宏论开诗词新纪 佳篇发巾帼谐音

中华诗词学会会长孙轶青的文集《开创诗词新纪元》包括他从1991年5月到2005年11月间发表的有关诗词继承发展与改革创新的言论和工作建议，既是他个人心血的结晶，也凝聚着诗词界的集体智慧，是从十余年来中华诗词工作实践中得来的经验总结和理论成果。文集出版后，诗词界反映热烈，为此中华诗词学会召开了诗词界的座谈会。本期发表了座谈会的纪要和李文朝学习文集体会的文章《继承创新，和谐共进》，供诗友参阅。

今年的"三八"国际劳动妇女节又到了。本刊每年第三期都要开一个专栏，辑录当代女诗人的佳作，这已经形成了一个好的惯例，在诗词界产生了积极影响。本期"漱玉新篇"刊发了90首女诗人的作品，可谓洋洋大观，其中佳作甚多，值得一读。"诗庄词媚"，女诗人感情细腻、语言清丽，以写婉约词见长，李静凤的《满庭芳》即此类代表作。但本期"漱玉新篇"中，与以往有所不同，诗多而词少，说明女诗人不但婉约词写得好，而且写庄重诗的水平也不让须眉。如香港蔡丽双的《咏秋瑾》就是一首豪放的七律。李凤英的七绝《看女儿母子捉迷藏偶得》："捉迷母子乐天伦，姥姥当然帮外孙。忽忆儿时姥藏我，只因鬼子进山村"，前两句描写现在祖孙三代捉迷藏的童趣，第三句突然一转，回想到自己孩提时也曾被姥姥藏过，但不是捉迷藏，为什么藏呢？第四句作了回答：那是因为鬼子进了村，为了避免受残害，姥姥才把我藏起来。此诗短短28个字，通过捉迷藏这样一个极为平常的细节，把现在国泰民安，家庭欢乐的和谐景象和六十多年前国家贫弱，列强欺凌的悲惨处境形成了强烈的对比，的确是一首见微知著、言简意赅、寄寓良深的好诗。

本期"吟坛百家"刊登了现仍健在，已满九十高龄的红军老将军刘汉的一组诗稿。他的诗志存高远、格调高昂、豪情大气，如《无题》中那种一心报国，不求名位的英雄气概和博大胸怀感人至深。

中华诗词学会教育培训中心主办、《中华诗词》杂志社协办的函授班第二期已经结业。如从过去杂志社主办算起，已连续办了六期。近几期来，学员人数稳步增加，创作质量日益提高，受到了广泛的好评。学员毕业后，有的佳作叠出，在诗坛崭露头角；有的在各级诗词组织和诗刊中成为骨干，成效显著。除《学会通讯》中设有函授专刊外，《中华诗词》杂志也择优发表一些学员作品和教师点评。本期《函授园地》，可供参阅。

蔡世平是近年来旧体诗坛出现的新星。他的词作意境新颖，语言鲜活，别开生面。《中华诗词》曾于2005年第6期和2006年第2期两次发表了他的作品和有关评论，并在《卷首语》中予以推荐。12月26日由中华诗词学会、《中华诗词》杂志社和岳阳市委宣传部共同在京举办了"蔡世平当代旧体词研讨会"，本期发表了该研讨会纪要，供读者一阅。

（二〇〇七年第三期）

禹甸新声涌 环球汉韵传

　　中华诗词学会正在举办成立二十周年庆典，本期特辟"庆祝中华诗词学会成立二十周年"专栏。刊登了诗坛耆宿及各地诗人的贺诗，以表贺忱。关于庆典的盛况和大会主要精神将在下期详加报道。本期是《中华诗词》第100期，为此，在封二和封三分别发表了孙轶青和杨金亭的诗书作品，并在"庆祝中华诗词学会成立二十周年"栏中发表了有关诗作，以表祝贺。

　　本期"校园诗稿"一栏值得我们特别关注，此栏作者为中小学生，他们的作品感情清纯，出语天真，读后使人耳目一新。如陈心怡的《春雨》："细雨酥酥下，飘飘落入田。无声甘润物，今岁定丰年"，谭再曾的《河塘》："荷塘上面叶遮天，朵朵花儿貌似仙。如此风情何处有？我家茅屋后门边"。有些作品则较为成熟，如王琼的《忆江南·化蝶》："千年梦，破茧出鸿蒙。依草绕篱愁燕接，飞高舞巧怕莺逢。梁祝入丝桐"，江玲的《别好友》："蒙君夜雨送江玲，岂止桃花千尺情。海内知音何渺渺，天涯相隔梦难成"。

　　同样值得我们关注的还有"诗刊撷英"栏中河北卢龙县蕨薇诗社的作品。此诗社虽属县级以下，然其作品随风就俗，诗风纯朴，雅俗并陈，读后有清风扑面之感。试看刘玉平的《随缘》（新声韵）："小院无牵挂，清风伴牖扉。三餐知酒贵，一梦忘身卑。捧卷偕云去，抬足踏径归。青山谁共老，日月永光辉"，李志田的《采桑子》："山乡腊月人欢闹，唢呐声声，舞步盈盈。排练秧歌到四更。农家小院朝阳处，婉似莺鸣，胜似莺鸣。三五娇丫吟仄平"，再如司素敏的《忆江南》："农翁乐，柳底醉莺歌。山后丛林听妙曲，门前溪水牧银鹅，岁月不蹉跎"。

　　本期"海外吟鸿"栏发表了11位海外华人（包括台、港）的作品43首。《中华诗词》创刊以来在一期中发表海外诗人作品如此之多尚属罕见。海外华人长存故土情怀，热爱中华文化，对诗词情有独钟。现世界正刮起汉风．不少国家华人均已成立诗词组织，创办诗词刊物。海外华人有些人诗词功底很深，写出的作品情深意远、词工句丽，不愧为上乘之作。如美籍华人阚家蓂的《浣溪沙》："红叶西风迎九秋，遥天烟锁暮云稠。诗怀萧瑟动离愁。梦冷狐堂丹桂老，倚窗暖酒写烦忧。何时茗串赋登楼。"去国愁深，望乡情重，溢于言表，感人至深；台湾林恭祖则以一首七绝《熊猫怨》："海若无情变水魔，时时为世惹风波。熊猫拟作蓬莱客，不受欢迎奈尔何"作为对陈水扁拒绝熊猫入境的鞭斥，可谓入木三分；美籍华人周荣的《犬年书怀》中有"异国情思怀故国，天涯风雪伴生涯。虽持域外公民籍，犹恋榕头大碗茶"句，以浓重的乡情和精美的对仗抒发了犬年将临之际的故国情怀。

　　本期佳作甚多，我们之所以特别提请读者注意以上三个栏目是因为它可以说明两点：一是诗词事业向纵深发展已取得了骄人的成绩。诗词进入了学校、深入到民间、传播到世界，成为振兴中华的一支重要力量和联络全世界华人的一条重要纽带。二是从普及中见到了提高。这三栏作品风格各不相同，青少年学生之纯真、乡土诗人之质朴、海外华人之沉郁，但都有不少佳作。我们特别强调精品意识，这是坚定不移的方针，但不要把它和普及对立起来。没有精品，普及既难收提高人文素质的实效，本身也难以持久；但没有在人民群众中的普及和海外的传播，精品也会因为缺乏"源头活水"而枯竭，普及与提高是相辅相成、辩证统一的关系。至于其他佳作和精美文章，请读者自阅，我们就不多加介绍了。

（二〇〇七年第六期）

悲壮凝诗史 嘤鸣寄友声

本期作品中，有两个栏目值得向读者重点推荐。

一是"烽火岁月"。此栏发表了当代诗词大家霍松林六十多年前写的一组抗战诗。在那外寇入侵、民族危亡之际，身为中学生的霍松林，奋笔投枪，长歌当哭，以诗词的形式来揭露敌寇的暴行，表达对敌人的深切仇恨。请看《惊闻南京沦陷，日寇屠城》："嘉定三回戮，扬州十日屠。暴行污汗简，公论谴狂胡。忍见人文薮，又成地狱图！死伤盈百万，挥泪望南都。""血染长江赤，尸填南埭平。此仇如不报，公理更难明。"同时，他在诗中又以高度的激情表达了对抗日英雄的无比崇敬和对抗战必胜的信心。且看：《哀平津，哭佟赵二将军》中有："疲兵再战勇绝伦，十战十决挥白刃。滚滚贼头落如驶。纷纷贼众来不止。孤军力尽可奈何，白虹贯日将军死！"《八百将士颂》中写道："热血洒尽不投降，以身许国何慨慷。堂堂壮士，壮士堂堂。……颂歌传四方：'中国不会亡！'"诗中对最高当局的媚敌求和政策及其后果进行了无情的揭露。他在《芦沟桥战歌》中写道："侵华日寇愈骄矜，救亡大计误和亲。"在《惊闻南京沦陷，日寇屠城》中又写道："元戎方媚敌。狂寇已屠城。"《惊闻花园口决堤》一诗则对当局采取既不能御敌，反而残害人民的错误行为痛加鞭斥。他写道："闻道花园口，决堤雪浪高。千秋夸沃野，一夜卷狂涛。日寇宁能拒？吾民底处逃？田园尽沉没，无地艺良苗。"总之，霍松林这一组诗的确是格调高昂、感情激越、爱恨分明的反映抗日战争史实的爱国主义诗篇，而且在诗艺上也达到了很高水准，使人读后引起强烈共鸣，堪称一部抗日战争史诗。霍松林写抗战诗时，还是一位中学生、热血少年，竟能出此杰作，其能成为当代诗坛巨擘，亦来之有自矣。本期发表了杨金亭的《为了永不忘却的纪念》一文，对霍松林《抗战诗词》进行了全面深入的论述，请读者一阅。

　　同时，我们还要向读者推荐另一个栏目"扶桑风韵"。这是一组由日本诗友写的诗。尽管这十八首诗皆为七绝，内容也都是吟风咏物之作，但其格律严谨，讲求文采，亦有韵味。在我们审稿时，几乎达到了无懈可击的地步。这固然与旅日华侨诗人金中的精编细选有关，但也说明了中华传统文化在东瀛的魅力和影响。且看柴田隆全的《早春听禽》："新雪才消些暖生，梅花含笑晓风清。隔帘睨睆闻莺语，此是迎春第一声。"再看德田收的《客中听杜鹃》："客窗此夜梦难成，遥忆家乡到五更。忽听杜鹃啼血过，前山云去半轮明。"这些诗如果隐去作者姓名，放在国人诗作中，恐怕无人能看出是出自日本诗人之手了。在这里要强调的一点是：我们推荐这组诗，并不完全由于其诗作水平，更重要的是它能使我们更好地认识和处理中日关系。甲午战争以来，中国饱受日本的侵略，至十四年抗战而达到顶点。但其责任在日本军国主义，而不在日本人民。中日两国人民有着千余年友好交往的历史，日本人民对中华传统文化十分热爱，日本国内有许多汉诗组织，并多次来华交流、吟唱，这次发表的《扶桑风韵》就是中日友谊的又一次体现。可以说，"烽火岁月"一栏告诫我们不要忘记日寇侵华的惨痛历史，坚决反击日本右翼分子的翻案企图；而"扶桑风韵"则提示我们要发扬中日两国人民之间一衣带水的传统友谊，共同努力，睦邻友好，创造美好的未来。所以，这两栏同时安排在一期，虽非刻意为之，亦自有其特殊意义。

　　本期还有许多佳作，如"漱玉新篇"中李静凤、刘庆云、刘季子、毕彩云、徐于斌的作品，"新声新韵"中陈永安（见本期佳作点评）、田恒练、王毅力的作品，值得一读，在此就不一一介绍了。

（二〇〇七年第九期）

弦歌来异域　诗事汇金秋

秋天是收获的季节，从诗词活动看似乎也有此特点，一年中较大的诗词活动多数在秋天举行。就今年而论，第21届中华诗词研讨会于9月下旬在湖南衡阳市举行，会议就诗词与和谐社会的关系进行了深入的探讨，达成了广泛的共识；随后《中华诗词》杂志社于10月举办了绵阳金秋笔会，并将于11月在京举办青春诗会；中华诗词学会将于12月初在江苏淮安召开全国诗教经验交流（淮安现场）会。除这些会议外各种诗赛也都进入了评奖、颁奖阶段。本期分别以专栏发表了"太白山杯"全国诗词曲大赛一、二、三等奖作品和部分金秋笔会作品，以飨读者。

近年来，随着国家的日益昌盛，中华传统诗词在全球的影响也与日俱增。不但身居异国的华人对诗词情有独钟．在一些受中华文化影响较大的国家中如东邻日本，也兴起了汉诗热。为此本刊逐步扩大了刊登海外诗词作品的篇幅。包括本期在内，今年已有6期刊登了海外诗人的作品，其中有两期设专栏刊登了日本的汉诗作品，余均为海外华人诗作。本期"海外吟鸿"栏中发表了美籍华人阚家蓂、林佩娟的作品和梁东赴法探亲的诗作。写得都很好。尤其是在"诗刊撷英"栏中．选发了纽约《环球吟坛》20多位海外华人的诗作，颇具代表性，其中有不少佳作，例如伍若荷在新纪复活节诗友茶聚时写的七律中有："久客渐随夷地例，熔炉未化故园心。兰亭雅集留风采，华埠赓酬戛玉音。"俗随异国，情系故土，虽然形式上是过西方复活节，而聚会内容却是唱酬中华传统诗词，这恐怕是海外华人的共同心迹，情真意切，赤子襟怀，感人之至；姚立民在《沁园春·奉和李汝伦先生〈当代诗词〉纪感原韵》下阕中写道："莫惊国粹沉沦，挽倒泻狂澜赖己身。宜境深语浅，学童粗解；句艰典僻，读者迷魂。韵律从宽，推敲少限，再现梅开万里春。同倾洒，唱'大江东去'，力透歌唇。"对诗词的振兴寄予厚望并提出了中肯的建议；又如周荣在《端阳感咏》中，基于屈原抱恨投江的故实，写出了"每嗟正直蒙冤苦，总恨昏庸误国多。寄慨自凭诗浅唱，诛奸谁作剑横磨"抒发了对历史的浩叹，发人深省。

  本期还有不少佳作，如《感事抒怀》栏中曲冠杰的《榆关晚眺》，面对历史沦桑，他以"茫茫禹甸沉沧海，岂只红颜一念轻"来说明朝致腐败是明朝灭亡的根本原因，认为把明亡单纯归咎于吴三桂"冲冠一怒为红颜"，而引清兵入关的看法是片面的，颇具新意；《咏物寄意》栏中万朝奇以"大漠生来不羡春……根深岂计甘霖少，体健何忧沙暴频。……仰天一任风霜袭，敢立千秋不败身"来描述了挺立在大漠的胡杨，可以说是形完神足。这些都值得一读。其余就不一一介绍了。

（二〇〇七年第十二期）

诗坛大兴旺 各体共骈田

今年是敬爱的周恩来总理诞辰110周年。周恩来是中国革命和建设的杰出领导人，是中华人民共和国缔造者之一，他那为国家、为民族鞠躬尽瘁、死而后已的崇高精神和对人民、对同志关怀备至、虚怀若谷的亲切形象永远活在中国人民的心中：本刊特将收集到的周恩来遗诗八首奉献给读者，同时发表了沈钧儒、郭沫若、胡厥文、沈雁冰、赵朴初等名人缅怀和悼念总理的诗，供读者参阅，作为对这一中华英杰的纪念。

"冰雪战歌"栏目，是对南方冰雪灾害中战斗在第一线的英雄们的赞歌。同时，我们向南方广大地区受灾群众表示衷心的慰问。

本期发表了丁国成的长篇评论文章《"新诗主体论"可以休矣！》，这是一篇溯本求源、振聋发聩的好文章。毛泽东是将我国传统诗词形式与时代内容相结合的高手，他的诗词作品格调高雅、情豪境阔、黄钟大吕，激荡风云，不愧为中华诗词发展过程中的一个里程碑。他的作品的发表对处于危难之际的传统诗词起了巨大的支持和鼓舞作用，使其免于在极左和"文革"时期横遭灭顶之灾，这是他对中华诗词发展作出的不可磨灭的功绩。但我们也要看到，可能是受时代影响，他对诗词的评论也存在着某些片面性。这主要反映在他《致臧克家等》的信中。他说："诗当然应以新诗为主体。旧诗可以写一些。但是不宜在青年中提倡，因为这种题材束缚思想、又不易学。"当时毛泽东在中国人民心中享有至高无上的地位，此言既出，无人敢持异议，遂成定论。这段话有两个基本点：一是"新诗主体论"。二是"旧诗束缚思想，又不易学，不宜在青年中提倡"。这样使中华诗词既在毛泽东诗词的光环下得以生存，又因他的评论而受到重压，陷于举步维艰的境地。改革开放后，迎来了传统诗词发展的春天。为了更好地轻装前进，大力弘扬中华文化，应当对这些带有片面性的观点予以纠正。中华诗词学会会长孙轶青早在1993年就在首届青年中华诗词研讨会上发表了《旧体诗不宜在青年中提倡吗？》一文，对后一观点进行了全面分析，予以否定，对推动诗词发展和校园诗教等起了很好作用。但迄今为止，尚无人站出来公开对"新诗主体论"的观点加以评论。当代诗词至今尚未取得应有的与新诗平等的地位，在入史、评文学奖、参加作家协会等重大事项中备受歧视，不能说与此错误观点无关。丁国成敢为人先，以中华诗词发展的历史和现状为依据，对此进行了全面的、辩证的、入情入理的分析，可以说是抓住了问题的症结。治病要治根，国成斯文，堪当此任。特推荐读者一阅。

中国传统诗词以格律体见长。因为它文字精美、意境深邃，音韵铿锵、诗味浓郁。但受格律限制，篇幅较短，即使写排律也难成长篇，要表达时空广阔、情节复杂的事件或人物，则宜用古风体。其篇幅长短不拘，格律约束较少，可铺叙展衍，自由发挥。我国古风长诗，早已有之，如《离骚》《焦仲卿妻》《长恨歌》等。当代也有人写古风长诗。本期破例发表了占7页的王瀚林的长诗《屯垦戍边唱大风》，其目的就是要纠正那种认为旧体诗词不能反映复杂多变的现实生活和波澜壮阔的历史画面的错误认识，倡导发挥诗词各种体裁的优势，使之更好地满足时代要求，肩负起弘扬中华文化的历史责任。

三八国际妇女节将临，本期例发了"漱玉新篇"栏，刊登了一组女诗人的作品，又在"吟坛百家"栏中发表了驰名当代国际华人诗坛的女诗人、诗论家、加拿大不列颠哥伦比亚大学终身教授、皇家学会院士、中华诗词学会顾问叶嘉莹先生的一组词清句秀、意境高雅的诗词作品，以飨读者。

（二〇〇八年第三期）

抗震救灾　众志成城

　　一场猝不及防的八级地震，给以汶川为震中的四川并周边省市人民造成了惨绝人寰的浩劫。在随即展开的这场以挽救生命为崇高使命的抗震斗争中，情系灾区，有着忧患意识和悲悯情怀的诗人词家，从全国各地，源源不断地寄来他们情动于中而形于言的诗稿；我们的编辑部同仁，也以同样的心情，对已经过三校，将要制片付印的六月号刊物版面做了调整，插入了一组以"心系灾区"为题的新作。以此悼念逝者，抚慰伤者，歌颂抗震前方各条战线的英雄战士，并感谢来自各国、参与救援的仁人义士。此外，还要诚邀我们的诗人词家，继续创作出更多呼唤爱心、宏扬大义、凝聚伟力、歌唱伟大民族精神的诗篇，在后续刊物中，源源推出。

　　本期"耆旧遗音"发表了黎锦熙的一组作品，黎锦熙是我国著名语言文学家，他亦工于诗词，曾主编《中华新韵》。这一组诗作格高调雅，情浓气重，充分展示他诗词创作的深厚功力和爱国襟怀，不愧为老一辈的爱国诗人和吟坛耆宿。例如作于1932年3月的《九·一八到一·二八沪战》："安内残民众，和戎弃版图。乃云无抵抗，直是递降书。北虏吞龙锦，南峰指沪苏。国联犹束手，烽燧迫中枢。"对从东北沦陷到淞沪抗战期间国民党错误的"攘外必先安内"政策及其恶果进行了无情的揭露和批判。当他在天津车站看见根据1901年辛丑条约驻军的日本兵手持上刺刀的枪来回巡逻时，发出了"旅客云屯妇孺喧，刀兵掩映夕阳边，九州铸错从头算，世纪开端第一年"的浩叹。

本期还在"吟坛百家"栏发表了田恒炼用新声韵写的一组词。田恒炼是中国第二汽车制造厂的高级经济师,现人在壮年,仍从事本职工作。他酷爱祖国传统文化,业余为诗。由于刻苦钻研和天赋诗才,其作品已经达到很高的水准。情豪境阔,语壮词雄是其词作的重要特点,如《临江仙·鼓浪屿郑成功塑像》上阕:"按剑仰天长啸,眼中怒海涛涛。天风吹日大旗飘。挥师收宝岛。画角裂云霄。"就是其代表作。间亦有曲婉之作,如《凤凰台上忆吹箫·闹市夜间闻笛》中有"一曲三回九转,浇块垒,心醉神摇,知何处,游来仙子,弄管天桥?"从这两个栏目中我们可以得到一些重要的启迪:一是写诗的动因和宗旨是抒情言志,而情和志是每个人都有的,因此,诗并非属于少数文人,而是人人都可以写诗。那些文史功底深厚,诗词技艺精湛的诗人自然可以写出名篇佳作,黎锦熙就是其中佼佼者。而从事科技,经济工作的人,尽管文史、诗词功底较差,只要加倍努力,刻苦学习,完成从逻辑思维到形象思维的转变,也完全可以写出好的诗词作品,登上大雅之堂,田恒炼就是一例。二是声韵改革是适应语音变化和诗词普及而提出的要求,有人认为写旧体诗必须用旧声韵,用新声韵会破坏诗词的高雅和韵味,田恒炼的新声新韵词再一次证明这种怀疑是没有任何根据的。只要功夫到家,用新声韵照样可以写出优秀的作品。

本期还有两篇比较有分量的文章。一是丁芒的《模糊论》。文章对诗中的"模糊(即朦胧)"作了透彻的分析。指出:诗需要模糊是基于人们普遍的审美心理要求。"言不尽,意无穷",诗总要有点含蓄,有点余韵,让读者自己去品味，去发展。意的模糊可以开拓诗的境界。因此，模糊既是诗审美观的重要组成部分，也是诗创作的艺术原则和手法。但"模糊"与"确定鲜明"是对立统一的辩证关系，模糊并非无形之神，无实之虚。如果没有确定鲜明的形象作为依据，那写出来的诗只能是晦涩难懂，沙漠幻影而已。二是雍文华《质文代变，诗艺趋新》。此文对历史上那种认为在诗词欣赏和创作中除了唐诗宋词就别无可读别无可写的思想及对这种思想的反驳作了系统的回顾，并针对当前依然存在的厚古薄今思想进行了分析和批判。他指出："诗词的创作和发展，既是诗人的自觉，也是诗歌自身生命运动的结果。正如我们完全不必担心地球不会运动，明天的太阳也不会升起一样，也完全不必担心诗歌不会产生新变。传统诗词亦会延续和发展，可以反映现代生活和现代意识。"两篇都值得一读。

（二〇〇八年第六期）

奥运腾飞日 中华崛起时

　　举世瞩目的第29届奥运会已于8月份在北京成功举办，我国体育健儿在这次奥运会上取得了辉煌的战果，这些成绩的获得是中国人民和全世界华人的骄傲。回想从创立奥运会伊始到新中国成立之前，本来地大物博、历史悠久的中国，除刘长春单人与会因旅途劳顿未获任何名次外，几乎与奥运会无缘的屈辱历史，联系到今天的中国已经屹立于奥林匹克之林，成为一棵参天大树，使人产生无穷的感慨。奥运的腾飞也昭示着中华民族的崛起，更使全世界华人欢欣鼓舞。作为与时代同呼吸、与人民共命运的诗人，在这样重要的历史时刻，必然会激情澎湃、引吭高歌。为此，《中华诗词》杂志社专门举办了"迎奥运"全国诗词大赛，获奖作品已在本刊第八期发表。从本期开始，我们将陆续选登描绘奥运会盛况和歌颂我国体育健儿杰出表现的优秀诗篇，以飨读者。

　　在举国欢庆奥运会胜利的同时，我们也没有忘记给全国人民带来严重灾难的汶川大地震。继前几期专栏发表有关地震的诗作后，仍然不断有抗震诗稿寄来，因此，我们再次辑成专栏发表，其中佳作颇多，吴文昌的《悼袁文婷》就是一例（见本期佳作点评）。

　　野草诗社是北京现有诗词组织中成立最早的诗社。它与改革开放同步，成立于1978年，今年适逢30周年庆典。30年来，经过历届诗社领导和社员的努力，诗词活动日益扩展，创作水平不断提高，社员人数稳步增加，取得了可喜的成绩。正如副社长萧永义的一首诗所说的那样："白发红颜劫后灰，尚堪笔底走风雷。……卅年野草九州碧，沧海横流百折回。"本期"野草诗花"栏发表了该社社员的30余首作品，并刊载了该社副社长苏仲湘的《卅年野草入阶青》一文，作为对野草诗社成立30周年的纪念。

　　本期评论文章中有晓吉的《"出格"质疑》一文，对本刊2008年第五期李树喜的文章《<唐诗三百首>五言律绝的"出格"问题》提出了不同看法。学术问题可以本着"双百"方针，通过互相探讨、各抒己见求得认识上的统一或加深对不同观点的理解。这也是本刊的一贯做法。相信对"出格"问题的讨论将有助于诗词界在这一问题上的进一步思考，对诗词创作也大有裨益。

（二〇〇八年第九期）

佳作添清趣 宏文启睿思

本期创作栏和评论栏中有一些可圈可点的作品。创作各栏中都有佳作，总的看，有如下特点：

一、老中青少并秀。当前诗词创作状况是老年诗人作品较多，其中不乏佳作，本期也是如此，袁第锐、刘章、叶玉超（香港）等著名诗人均有诗作，这里就不一一说了。中年如军旅诗人刘庆霖的优秀诗篇发表在"吟坛百家"专栏就是显例；又如"读者荐诗"栏中央文史馆陈廷佑的《贺新郎·宴美国客人唱京戏》："京剧终须唱，座中看、白肤碧眼，洋装洋相。觥酌暂停惟古韵，尽葆声情本样。听阵阵欢呼鼓掌。试演皮黄腔调美，似仙音、袅袅从天降。虽我笨，也颇像。重逢每忆巴城港。抖精神、弘扬国粹，登临亮嗓。可笑番邦无识者，歌手称余有妄。说票友，更其惘惘。文化中西分两脉，味相通、咸辣酸甜酱。风雅共，各欣赏。"此阕将作者在送别美国代表团宴会上应客邀请唱京剧、并回忆往年访美时亦曾登台亮嗓的情况，描得绘声绘色、意趣横生，韵律谐畅，文采斐然，称之为佳作是毫不过分的。青年如"青春韵语"栏高昌的《采桑子·神女峰》（新声韵）："依稀神女如慈母，风也叮咛，雨也叮咛，万种温馨此处萦。巫山亲切巫峡暖，山也朦胧．水也朦胧，眼底柔情次第浓"，咏物拟人，情浓境美，韵味十足。又如同栏农民诗人郭定乾的《东山女》："长恨家山饮水难，十年九旱怨苍天。嫁郎不嫁才和貌，只爱门前水一湾"，通过少女嫁郎的选择来描述农村缺水的严重状况和农民盼水的沉重心情，何等深刻！少年则见于"校园诗稿"栏中，其中多数作品既葆童真，又显功力，较过去启蒙之作，大有进步。如都匀一中李匀瑶的《九龙湖水厂赞》："春风漫抚九龙喉，湖水幽幽映厂楼。过滤层层严把守，唯将生命系心头"，将优美的厂区环境与关系人民生命的重大责任联系起来，加深了人们对保护自然生态，加强环保的认识。又如李鑫潼的《马嵬怀古》："十年荣宠幻如仙，魂断马嵬兵不前。遗恨长歌情尚在，来生怎续此生缘？"少年写怀古之诗当属不易，而此作语近情遥，意赅言简，第一联概括杨贵妃一生，第三句突转到情字上，尤其是尾句一个设问，勾起了人们的无穷遐想和遗恨，真个是余音绕梁了，且第二句采用了孤平自救，也说明作者有较好的诗词基本功。

二、海内外同辉。近年来，随着中华民族走向复兴，弘扬中华优秀传统文化已成为全世界华人的共识，国内自不必说，海外华人诗词活动也日益兴旺。作品增加，水平提高。为此，本刊也增加了刊登海外华人诗词的篇幅。本期"环球吟草"栏马来西亚黄玉奎的《参加中华诗词学会活动十年有感》："十载诗缘始凤城，东南西北路千程。春风秋雨频相会，旧韵新声渐有成。欣看精英充后浪，愿为伟业作先锋。神州来往传薪火，有幸亲身证复兴"，就是对十年来本人从诗的总结，同时也反映了海外华人对中华传统文化的热爱和弘扬诗词事业的赤忱。

三、美刺并举。本期"刺玫瑰"栏的作品中颇有一些既有讽刺力度又有诗味的佳作，如已列入"本期佳作点评"的岳拯民的《虞美人·贪官铁窗恨》就是一例；又如李漠高将某女士以色谋官，位及局长，为此花费数百万元到国外整形美容的丑恶行径写成一首《西江月》："谋得蟒袍玉带，全凭美貌娇躯。床头敢令骨如酥，征服高官无数。难舍权钱正爽。那堪花叶将枯。频飞国外换肌肤，再造青春屁股"，对当前权、钱、色交易的贪腐行为刻画得真形毕露、入骨三分。

评论栏中有几篇文章值得一读：一是林星煌的《<"新诗主体论"可以休矣!>读后》。他从诗美、诗体两方面进一步对中华诗词的优秀民族传统做了阐述，并再次强调了新体、旧体共荣的必要性和必然性，是对丁国成文章的有力补充。二是李文庆的《论诗词意境营构的虚实相生》。此文对意境与意象的关系，尤其是境、象的虚与实剖析得较为深刻，对诗词创作甚有裨益。三是"诗词解读"栏刊登了三篇针对个人诗集或诗作写的序或评论。这些文章不是停留在赞美和谀辞上，而是结合评诗阐述了作者对诗词创作较为深入的见解。

（二〇〇八年第十二期）

《中华诗词》佳作点评

本期佳作奖点评

"诗林逸兴"栏刘柏青的《八声甘州·良铁恩师八十华诞》被评为本期佳作奖获得者。全词如下：

望苍松瘦鹤耸南山，逍遥赋庄骚。叹中原板荡，长缨万里，台海擒蛟。裂石弯弓截虎，铜鼓马萧萧。兴废谁肩与？浩气凌霄。　阅尽沧桑尘劫。喜廉颇健饭，夒铄诗豪。羡刘郎前度，一笑树千桃。晒庭柯，黄花篱绕，听鸣泉，雅致肯输陶？师椿寿，共倾北海，长颂春韶。

此词以"苍松瘦鹤耸南山"作为恩师的喻象，总揽全篇。上半阕畅述老师青年时期抗日救亡，"台海擒蛟"及共和国成立后长期在家乡教书育人，"铜鼓马萧萧"，虽然"兴废谁肩与？"却依然"浩气凌霄"的赤子情怀。下半阕则极写老师"阅尽沧桑尘劫"后，仍"喜廉颇健饭，夒铄诗豪"，有对一生"树千桃"的娱悦，有"雅致肯输陶？"的精神风貌。写祝寿词最易情娇词浮，内容空泛，而此词情真喻切，语炼涵深，文采斐然，祝寿之诚、尊师之重，跃然纸上，不失为佳作。

（二〇〇七年第三期）

爱国情深 英雄气重

本期第17页李栋恒的七律《游威海刘公岛甲午海战故战场》是一首不可多得的好诗，全诗如下：

> 落晖脉脉照刘公，隐约悲歌入海风。
> 似祭英灵鸥裹白，如腾恨火浪翻红。
> 舰残犹欲犁顽阵，炮缺依然啸远空。
> 知耻男儿休洒泪，卧薪尝胆奋邦雄。

作者参观刘公岛时，联想到百年前由于清廷腐败而以失败告终的甲午海战，仿佛一曲历史悲歌至今还随着海风荡入襟怀，海鸥长出白色的羽毛是为了祭奠死难烈士的忠魂，在落晖照映下海浪翻红则是饱含对敌人的恨火。战争失败并没有磨灭中国人民抗击外来侵略的决心，展览馆内陈列的舰炮虽已残缺，却仍然表现出啸傲长空、誓犁敌阵的威武雄姿。作者参观后，不只是消极地缅怀历史，而是发出了豪迈的誓言：中华儿女不应徒洒伤心之泪，要牢记国耻，卧薪尝胆，发愤图强，以振兴中华为己任。李栋恒原为解放军总后勤部副政委、中将、中共中央委员。他虽身居高位，仍酷爱诗词。此作爱国情深、英雄气重、语言凝炼、韵律铿锵，确有儒将之风。

（二〇〇七年第六期）

谋篇精当　别开新意

且看本期"新声新韵"栏陈永安的七绝《听老伴唠叨》

权把唠叨当曲听，烦人句句总关情。
客稀室陋多沉寂，相伴相扶是此声。

老年人，尤其是妇女，喜欢唠叨，别人听了不胜其烦，在一家中老伴之间也是如此。此诗首句便提示大家要转变观念，不要把老伴唠叨当作噪音，而应当把它当作曲来听。为什么呢？第二句接着说明理由：因为听起来虽然烦人，但说的每一句都是关心你的话。第三句诗笔一转，说人到老年，社交少了，很少有客人来，老年人又多数居室简陋，这自然会造成一种使人感到沉闷和寂寞的环境。第四句收拢全篇，说明在这种环境中，唯一能相依相伴、互相帮扶的就只有老伴和她的唠叨声了。

此诗虽然只有4句28个字，却把老年夫妻日常生活中最常见、最平凡的琐事描写得别开新意，感情真挚，风趣丛生，确实使人有一种"人人心中有而笔下无"之感；全诗谋篇有序、层次分明、起句不凡、收拢有力，的确是一首名副其实的佳作。

（二〇〇七年第九期）

重阳望秋月　两岸系亲情

本期"感事抒怀"栏刊载了刘卿的一首五律《重阳代父寄台南亲人》，全诗如下：

　　一雨知秋至，愁丝万里牵。
　　清光明昨夜，人影盼何年。
　　寂寂身心老，匆匆世境迁。
　　重阳揩泪眼，空望碧云天。

此诗是作者代父而作，深刻表达了一位大陆老人思念在台亲属的内心独白。首联以秋雨生愁起兴，本来秋天就是万物由繁荣走向凋零的季节，又逢一场秋雨，更衬托出一种凄清的境界，这必然引起老人对远在台南的亲人的思念和牵挂。虽然秋天的月亮很美，皓月当空，清光普照，但自己和亲人却为海峡所阻，天各一方，不知相会何年。人在寂寥中身心俱老，世事在匆忙中不断变迁。在这样的心境下，又逢节到重阳，即我国传统中亲人聚会登高的日子，老人自然会萌生"遍插茱萸少一人"的深沉感慨，以致怅望云天，潸然泪落。

此诗情真意切，语婉涵深，使人读后引起强烈的共鸣。从诗艺看，起兴切题旨，结尾有悬念，中二联对仗精美，亦使人有韵味浓郁，余音绕梁之感。特别要指出的是，此诗作者并非名家，而是江苏灌云县交警大队的一名警员，竟写出了如此佳作，就更显得难能可贵了。

　　　　　　　　　　　　（二〇〇七年第十二期）

羌笛无须怨杨柳　　边疆处处是江南

这是本期"军垦之歌"栏刊登的长诗《屯垦戍边唱大风》中的两句诗。这首诗反映了新疆生产建设兵团建制、戍边、创业、成功的全过程，充满了爱国情怀和动人事迹，读后使人心灵震憾，难以自已，确是一首佳作。

此诗共分九篇。首篇以我国各朝代都把"屯垦戍边"看成"治国安邦千古策"的史实作为引子和铺垫。在第二篇"战略篇"，首先以中央决策、大军进疆作为屯垦戍边的发端。请看："塞北草原秋草劲，铁流千里进新疆。建业立家天山下，万古屯田谱新章。"何等豪迈气概！接着，在本篇及其后的《戍边篇》《创业篇》中，绘声绘色、酣畅淋漓地描述了戍边中的平叛："徒步行军八百里"，"英雄捐躯埋沙海"；抗洪："跳入惊涛成砥柱，浪起浪落芭蕾舞"；创业时的住："被单枕巾蒙头盖，醒来被面尽沙岗"；行："蚊虫结队空中旋，叮肿犹踏上班路"；食："路断粮绝月有余，芦根沙枣聊充饥"；劳动："战士拉犁赛骅骝，耕牛气喘丢后头"。就是在这样艰苦的条件下，"衣上硝烟犹未散，拉动军垦第一犁"。此诗还以《女兵篇》《英模篇》描述了女兵、医生、科技人员在军垦中的英雄事迹，最后以《成就篇》展现了近六十年军垦的丰硕成果，并以《口号篇》《展望篇》表达了兵团对军垦的进一步要求和展望。

这首诗写得好主要表现在：（一）选题好，内容翔实。写叙事长诗必须选好主题，有丰富而真实的素材，否则便是无病呻吟，装腔作势。此诗选择了新疆生产建设兵团屯垦戍边这样一个充满斗争生活的重大主题，全面描述了兵团艰苦而辉煌的发展过程，真实可信。（二）有真情，能感动人。写叙事诗不能只就事论事，平铺直述，依然离不开"情"字，抒情言志永远是诗的主旨。此诗处处见情，可歌可泣，动人心魄。（三）文字流畅，篇章有序。写长诗易犯内容重复、文字拖沓的毛病，犹如"王大娘裹脚布又臭又长"。此诗基本上避免了这一毛病。当然，此诗也非尽善尽美，篇章之间还有些内容重复，有的地方文字显得过于直白等，期望作者今后写长诗时力求避免。

（二〇〇八年第三期）

箱箱关命　册册牵心

请看本期"新声韵"栏白春来《迁居八首之一·多书》：

不待民工开口求，因书主动再加酬。
箱箱关命须轻动，册册牵心莫浪丢。
难炫五车充玉栋，敢夸半日汗黄牛。
连城财富随身走，真是人间万户侯。

此诗通过搬家描写了作者嗜书如命的高雅情趣和藏书充栋的自豪感。首联以流水句起兴，先说在搬家过程中为了书而不等搬运工人开口便主动提出增加酬金。为什么这样做呢？接着作了回答：第二联说书是自己的生命，在搬家中时刻担心，唯恐有损失，要求工人们对每一箱书都要轻挪轻放，小心谨慎，不要损坏或丢掉一册书；第三联则极言自己藏书之多，竟直可以"半日汗黄牛"，要搬这些书当然也很费力气，这些就是要主动给工人加薪的理由。尾联以书作为"价值连城"的财富，随身可以带走，自己感觉似乎真正成了富甲一方的"万户侯"了。此诗写得好，一是切入点选得好，从一个搬家给工人加薪的细节展开，表达了自己情趣追求和精神面貌；二是谋篇有特点，采用了倒叙手法，先说做什么，再说为什么做，最后以拥书自豪的心情作结。三是对仗精美，用典较多且能灵活组合而无雕凿之痕，较有文采。但也有可再考虑改进的地方，通篇都是表达自己对书的爱护、藏书的自豪和顺利搬书的喜悦，而对工人只有提要求、加薪，对他们搬书的辛苦和感受却少反映，第三联也主要是说明自己藏书之富，作为工人劳动量大的反映是力度不够的。

（二〇〇八年第六期）

大爱惊天地　亲情感肺腑

请看本期"感事抒怀"栏中吴文昌的《悼袁文婷》诗：

壮别青春一首歌，废墟回望泪婆娑。
妈妈莫怪儿先去，震后天堂稚子多。

袁文婷是四川什邡市师古镇民主中心小学的一位女教师，在汶川地震中她一次次冲进教室救出学生，最后因楼塌而牺牲，年仅25岁。她父亲早年病故，她成为母亲唯一的依靠和希望。此诗以第一人称为死者代言。在地震到来时，作为教师，从崇高的师德和忠于职守出发，她义不容辞，舍生忘死地去救学生，但同时她又想起了孤苦伶仃，视女为命的母亲，如果自己牺牲，将会给母亲带来何等沉重的打击。真是一个大爱大悲，生死殊途的艰难选择。在这一重要关头，她毅然选择了前者，置生死于度外，义无反顾地去抢救学生，直至献出自己年青、宝贵的生命，这是何等壮烈的场面，真个是《壮别青春一首歌》！但对母亲又怀有无限的深情和牵挂，回望震后的废墟，不禁涕泗横流，只好请求母亲的谅解："莫怪儿先去"，并说明自己是因为这次地震牺牲的孩子太多需要有人照顾才选择去天堂之路的。

此诗在短短的28个字中把袁文婷在地震一瞬间如何处理对学童的大爱与对母亲的至亲的复杂心情和生死抉择作了深透的描述，语言亲切，真情毕露，虽为代言，但完全符合袁文婷当时的心境，表达了她内心的真实感情，说出了她来不及说出的话，真实可信，从而深化了袁文婷动人事迹的内涵，使人读后既对袁文婷舍身忘死救学生的高尚品德无限敬佩，又为她对母亲的血乳深情而深受感动，引起强烈共鸣。

（二〇〇八年第九期）

严法能惩腐，清词可立廉

请看本期"刺玫瑰"栏岳拯民的《虞美人·贪官铁窗恨》：

炎炎烈日凄凄雨，谁与同寒暑？铁窗寂寂月朦胧，往日黄粱幽梦几时重？　阿娇风韵千金买，此际人何在？想来应是不知愁，又伴新交含笑上高楼。

词以言情见长，婉曲含蓄，一唱三叹，看来作者深谙此道。词题为"铁窗恨"，"恨"也是一种情，但作者并未简单、直接地说恨，而是对贪官入狱后的心态作了细致入微的描写。上阕首先营造了一个"烈日""铁窗""凄凄雨""朦胧月"的意境，在这种环境里贪官自然会感到无人"同寒暑"的孤独，发出"黄粱幽梦几时重"的浩叹。下阕则借用"阿娇"作为过去因"千金买笑"而与之相好的情妇而发问："此际人何在"呢？终于明白这种风尘女子是惟钱是图，无情无义的，她决不会因自己坐牢而发愁，一定是又搞钱色交易、打情骂俏地和别人好上了。此词中不着一个"恨"字，而悔恨之心跃然纸上，尤其是下阕，字面上说的是阿娇，而贪官内心隐藏的无限悲愤则不必明言，读者自会去想象。人民群众憎恨贪官，对他们进行厉声鞭挞是应该的，但通过词这种委婉言情的艺术形式，描述其入狱后的凄凉身境和悔恨心情，对尚未泯灭良知的贪官敲响警钟，使之改恶从善，也不失为一种治病救人，攻心为上的好办法。此词应是一首写得较为成功的佳作。

（二〇〇八年第十二期）

中华诗词学会函授学员作品点评

学员写作答疑

×××诗友：对来信中提到的问题答复如下：

一、"林"字与"情"字的通押问题。

林（lin）情（qing）两字韵尾不同，不但在古韵如平水韵、词林正韵中韵部不同，在《诗韵新编》中也分列痕、庚两韵部。《中华诗词》也不收入两者通押的作品。虽然《诗韵新编》前言中有说明："通押与否，由作者自定"，古今诗人也有二者通押的先例，但对像你这样对诗词如此下功夫的人来说，还是从严为好，因为二者通押不合音韵规律，又不被诗词界认可。

二、关于词可不可以"拗"而不"救"的问题。

首先，所谓"拗救"是对格律诗而言的。词中有许多律句，即符合格律平仄规则的句子，可以参照格律诗的"拗救"办法。关于"拗"而不"救"，那是较特殊的情况，即遇到诗意特别好但平仄不完全合律的句子，如果硬要按平仄格式修改，反而因声害意，只好破格。对于初学者来说，不要轻易破格，这样会降低自己对创作精益求精的要求。据我编审大量诗稿的经验，90%以上的"拗"而不"救"的句子完全可以用合格的律句来代替，随便破格主要是由于作者水平不够，创作不刻苦所致。

词中还有不少不符合一般平仄规律的拗句，这是词谱规定的特殊句式，当然不存在拗救问题。但也和律句一样。句子某些字也是可平可仄的，词谱也有此规定，因词谱版本不同，规定也不尽一样，同样一个词牌一些名词人的作品平仄也有区别。重要的是要抓住一些不能随意改变平仄的关键字。例如词每句最后一个字，关系到整个句子的声调，是不能随意变更平仄的。又如词有"一字领"即以一字带领出以后的句子，如"沁园春"中"看长城内外，唯余莽莽……"的"看"字就是一字领，平仄也不宜随便改。词的拗句格式繁多，哪些字是关键字，很难一下子说清，只有通过多阅读，多创作才能掌握。对于初学者来说，应尽量遵词谱，不要随意改动。

三、关于步韵。

步韵一般用于唱和之作，而且大多用于韵脚较少的格律诗。古诗篇幅大、韵脚多，不便步韵。而且古诗除押韵外，平仄对仗均无严格要求，押韵也较灵活，篇幅又长，适合于放开思想，自由驰骋，没有必要用步韵来束缚自己的诗思。你的这首诗不但步白居易诗的押韵，而且非韵脚处的最后一个字也都和白诗相同，这就更没有必要了。这样做，会限制遣词造句的范围，你诗中一些修辞不好的句子与此不无关系。

四、关于学诗。

格律诗滥觞于六朝，经隋到唐初而形成定格。格律诗出现后，逐步成为诗的主流。但古诗仍然存在，因为古诗篇幅不受限制，格律约束少，便于自由发挥长篇宏论。因此，写诗既可写格律诗，也可写古诗。我不知道你的情况，如果你已经掌握了格律，能够写出较好的格律诗，那么你同时写些古诗是完全可以的。但如果还未熟练地掌握格律，则仍应先习作格律诗，以便掌握格律诗的诗艺。如果先写古体诗，则对平仄、对仗等格律要求就难以掌握了，特别像你这样步古人的韵，那么连押韵的要求也不易弄明白，这样对学习诗词没有好处。

上述意见不一定对，仅供参考。

（二〇〇一年《诗词创作》第一期）

林金池

郊　兰

兰花开野外，杂长草中央；
默默无人赏，依然阵阵香。

白头吟

毋需叹逝水，耄耋展雄风。
去日芳华少，今朝韵趣浓。
春耕流汗水，秋熟乐诗翁。
莫道桑榆晚，斜阳夕照红。

　　《郊兰》虽然只是一首二十字的绝句，但它以象征的手法，托喻以言志。表面上是写兰花，实际上是赞扬那种处境平凡，不为人知，却依然洁身自好，孜孜不倦，卒有所成的可贵精神；这也是诗人的自我内心独白。

　　《白头吟》一诗，通过前后四联的鲜明排比，深刻地表达了诗人那种不计较过去的得失，只珍惜当前大好时光的豁达心襟。虽然已是"桑榆"晚景，但仍"春耕"不已，终于在诗词创作上得到了"秋收"，实现了"夕阳红"。从两首作品看，不但完全合律，文从字顺，对仗工稳，而且格调高雅，意境清新，读后使人感到诗味盎然。

文卓兴

谒先祖宋瑞公（文天祥）墓

宋相灵台何处寻？文山莽莽柏森森。
南溟滚滚忠臣血，富水滔滔烈士心。
顿悟人生真价值，漫从气节见精神。
趋阶百级思千万，仰止丰碑泪满襟。

  这是作者到江西吉安老家谒先祖文天祥墓后的一篇诗作。第一联以设问起兴，点明文墓处在布满森森古柏的莽莽文山中，先给人一种庄严肃穆的感觉，为全诗的气氛作了铺垫。第二联采用比喻手法，以文天祥抗元曾经战斗过的南海的滚滚波涛和家乡富水河的滔滔流水比作文天祥的"忠臣血"和"烈士心"，这就把人们对文天祥崇高气节的认识提高到一个更新的高度。第三联阐述了作者从中得到了关于人生价值的深刻领悟。最后一联表达了谒墓后引起的无穷思绪和景仰之情。全诗比兴兼用，意象逐层推进，章法井然，对仗工稳，且感情真挚，格调高昂，余味无穷，深得律诗之法。

陈恩典

赞体制改革

体改春风暖四方，振邦兴国大文章。
十羊九牧民财尽，一事千端内耗忙。
机构求精唯效率，人员从简净官场。
浮华除尽精神爽，策马扬鞭奔小康。

你的作品押韵，平仄完全合律，比过去大有进步，但文字功夫尚差一些，一是有些词句修辞不好，二是对仗不工。

与绝句、词不同，律诗有严格的对仗要求（中间两联）。所谓对仗，除在声调上平仄相对外，文字上要求出句和对句相应的字词性相同，两句的语法结构相同。你原来第二联是"十羊九牧资源寡，民少官多府库伤"，这里，"十""九"与"民""官"，"羊""牧"与"少""多"词性不同，而且"十羊""九牧"为偏正词，"民少""官多"为陈述词，语法结构也不同，两者不能成对。"十羊九牧"与"民少官多"均为自对词组，两者作为宽对也未尝不可，但总觉得欠工，且意思雷同，有合掌的毛病，也应尽量避免。此外，"资源寡"属自然条件，与"十羊九牧"无因果关系，用"资源寡"形容"十羊九牧"的危害性缺乏力度。

第三联原为"节用爱人当减改，求真务实应轻装"，"减改"为联合词，"轻装"为偏正词，对仗欠工，更重要的是文字别扭。第七句原为"紧箍除尽精神爽"，用"紧箍"形容机构臃肿、人浮于事也不贴切。

据此，对原诗作了修改。

（二〇〇一年《诗词创作》第二期）

李祥富

排 律

雪霁与妻登白兆山（今韵）

登达白兆顶，掉首看珑玲。
凤举银峰舞，龙摇蜡岭腾。
风拂杉荡亮，雪化涧流清。
浪抖涢江练，霞烧吴楚空。
薄云浮塅野，蔚气掠湖汀。
艺苑扬文彩，诗乡溢墨瑛。
当年白立此，是否感觉同？

【注】

"白"即李白。李白曾栖止白兆十年，诗谓白兆"别有天地非人间"。

此诗第一联以登上山顶、环视四周风光直接切入本题。接着以连续四联大笔描写了看到的风光，但这里面有两个层次，前二联是山景，也是近景：银峰蜡岭，龙摇凤举，涧流杉荡，雪化风拂；后二联则是描写江天远景：涢江如练，波翻浪抖，楚天霞灿，似火烧空，塅野云浮，湖汀气掠，好一派自然美景。自然之美必然生发出人文之美，第六联诗意转到艺苑文彩飘扬，诗乡墨瑛飞逸，使人感到十分真实和贴切。尾联以发问方式问李白当年登此山时的感觉如何，启人深思，饶有余味。

总之，这是一首写得比较成功的诗，韵律铿锵，词工句炼，意境优雅，章法井然，大有诗味。

李雪珍

盟 鸥

冷月如钩莫倚栏，愁思万缕欲梳难。
盟鸥苦遇东风恶，未了痴情再世缘。

　　此诗意境很好，它描写诗的主人公在爱情上曾经遭受过重大挫折，夜晚独自徘徊于前庭，如水的月华被她看成是"冷月"，她也不敢"倚栏"，怕勾起伤心的往事。但依然"愁思万缕"涌上心头，欲理还乱。她想起过去美好的"盟鸥"遭到无情的拆散，但"痴情未了"，只好寄托来世再缔结美好姻缘。这是一种多么深沉的情感呀！
　　有一字要改一下，即第二句"理梳难"中"理""梳"二字字义相同，不宜连用，连用等于多了一个赘字。故改成"欲梳难"。（有时两个意义相同或相近的字连在一起，已成为约定俗成，如"岁月""江河"，那就另当别论了。）

陈恩典

马嵬坡

原 作

　　坡前秋草任风吹，妃子有知能不悲。
　　早识胡儿为篡国，痴心何必扫蛾眉。

　　从你的作品看，诗作水平已大有进步，不但完全合律，文字也通顺。尤其《鹧鸪天》一首，不但词句清丽，而且意境很好，是一首有较高水平的作品。
　　《马嵬坡》构思创意不妥，其一，杨贵妃之死，并非因其未识破安禄山反叛而与之相好之故，而是因唐明皇荒于国政，造成安史之乱，杨贵妃成了替罪羊；其二，千古传颂的是唐明皇与杨贵妃之间的爱情，杨妃与安禄山之间的关系虽亦有流言，但终未成为大家公认的史实。杨妃的"痴心""扫蛾眉"应是对唐明皇，而此诗后二句似乎是对着安禄山了。正因为这样，此诗的含意既不符合公认的史实，而且把贵妃的悲剧归结到她自己的错误，从而大大降低了对历史问题认识的深度。杨贵妃之死实际上是代明皇受过，也就是"李代桃僵"。

改 作

　　坡前秋草任风吹，妃子长埋千古悲。
　　一曲霓裳君主笑，桃僵李代罪蛾眉。

林金池

夕照思

几经宠辱总无惊，顺逆征途坦步行。
两袖清风终不悔，诗书作伴乐余生。

忆江南·纪念周总理逝世25周年

原　作

恩来好！四海俱推崇。尽瘁为民谋幸福，图强赋咏"掉头东"，举世赞周公。　　恩来好！万众誉声同。浩劫十年坚砥柱，精英幸保赖君功，忆昔颂周公。

《七绝·夕照思》写得很好，改了两个字，即第二句"归途"改为"征途"，第四句"今生"改为"余生"。"归途"一般理解为退休以后，那么"顺逆""坦步行"变成了退休以后的事，既降低了"顺逆"和"坦步行"的意义，也不一定符合事实，而且把本来起势很好的第一句"几经宠辱总无惊"所表达的广阔胸襟也降低了分量。因此改为"征途"，表示你一生如此。最后一句将"今生"改为"余生"更为确切些，因为这才是退休以后的事，和第二句"征途"也有所区别。

《忆江南·怀念周总理》在遣词布局上问题较多些。一是赞美的词句太多，每阕五句中有三句是赞美词："四海俱推崇""举世赞周公""万众誉声同""忆昔颂周公"，而且意义雷同，显得既空洞又重复。二是"图强赋咏'掉头东'作为形容周总理功德内容之一缺乏力量，因为写一首雄壮的诗是很多人都可以做到的，写出这样的诗不一定能干伟大的事业。三是词并不严格要求对仗，但凡上下句字数相同、平仄相对时，能写成对仗更好。根据这三点，我对此词作了较多修改，不一定改好，请提意见，再商量。

改 作

　　恩来好！浩气贯长虹。救国拯民生死以，鞠躬尽瘁肝胆彤，风雨四时中。　　恩来好！板荡见孤忠。浩劫横生充砥柱，精英力保建丰功，万众誉声隆。

（二〇〇一年《诗词创作》第三期）

魏玉堂

建党八十周年感赋

八十年前一弱邦，而今挺拔立东方。
真情先谢南湖水，载得中华向太阳。

鹊桥仙·寄人

依依杨柳，悠悠流水，月下花香清润。纵然万水与千山，怎禁得、两心相近。　　吟诗解闷、填词解恨，曲里闲愁不尽。隔窗试问燕双飞，带得么、那人芳信。

看到你的作业后十分高兴，一年来你的诗作水平的确进步非常大。在这些作品中，看不到你过去在格律、文字、创意方面的诸多毛病了，而且修辞精美，意境清新，诗味盎然。

政治诗很容易流于一般化，你的《建党八十周年感怀》却写出了新语言，新意境，尤其是第二联"真情先谢南湖水，载得中华向太阳"，使人耳目一新。

《鹊桥仙·寄人》开头三句，通过"杨柳""流水""花香"描绘出一个怀人的环境。在这种环境下，纵隔万水千山，依然两心相印。下阕开头三句写的是通过"吟诗""填词""谱曲"来排遣离愁，但总是排不尽，最后寄希望于飞燕带来芳信。这首词意境深沉、谋篇有序，词句曲婉，令人读后余味无穷。

庄振明

难忘抒怀湄江滨

昔日，余与女友谊浓，余因投身革命而与之阔别。数十载雁落鱼沉，骤闻伊人辞世，恸极赋此。

卅载魂萦百绪翩，迎风缱绻忆湄边。
晴空霹雳闻卿殒，泪溅天涯我憾绵。

我国"入世"在握感赋

原 作

入世烟笼岁月绵，花招迭弄狡夷偏。
嗤然冷对西洋伎，堪笑轻狂愣舞鞭。

你的几首作品都写得不错，尤以《难忘抒怀湄江滨》最为出色。"诗贵情真"，情发于中而形于诗，就是好诗；诗也要有好的意境。此诗好就好在"情真感实，意境深沉。"在遣词、造句，谋篇等方面也都属上乘。末句"憾绵绵"不合平仄，改为"我憾绵"，如何？

《我国"入世"在握感赋》一诗在谋篇上有缺点。第三、四句意思有些重，使其中一句成为赘句。绝句一共只有四句、句句都应当有独自的意义，在诗中起各自的作用，容不得赘句。此诗出现赘句还影响到诗的结尾。诗的谋篇也就是安排好"起、承、转、合"问题。起有"兴起""问起""直起"等多种方式，总的要求是起势要"突兀"，使人耳目一新。"承"和"转"要自然流畅，诗意逐层推进。诗的结尾很重要，与诗的好坏关系甚大，要"合"得好，可以是对全诗的概括或意境的升华，也可以是展开进一步的想象，等等，要防止平淡，更不能与前面的诗意雷同。又第二句"偏"字嫌针砭不够。改"奸"字，但与"狡夷"的"狡"字有些重意，改为"霸夷"。此诗改作：

    入世烟笼岁月绵，花招迭弄霸夷奸。
    轻狂堪笑螳螂辈，难阻中华大步前。

文卓兴

红棉颂

纪念为共产主义事业英勇献身的革命同志。

原　作

　　不见英雄见木棉，英雄热血漫山川。
　　流霞怎比丹心壮，一片丹田似火燃。

一剪梅·观海台看赶海

原　作

　　观海台前看橹摇，风勿狂嚣，浪勿狂嚣。渔人出海路迢迢，不为逍遥，不敢逍遥。　　黝脸铜襟闯海潮，儿叫嗷嗷，妻望翘翘。小船一叶浪中飘，我也心焦，天也心焦？

　　一年来，你的诗艺的确有了长足的进步。过去格律上常出毛病，现在基本上没有了。炼字炼句越来越好，进而求构思设境的新颖和深邃，意境美与日俱增，这说明创作水平已更上一层楼，也可用你的话来概括，叫"质的飞跃"。
　　你的几首诗作都写得很好。但从高要求出发，有些问题还可加以改进。

《红棉颂》意境很好，但有一个毛病，本来是用"木棉花"来比喻"英雄血"再与"流霞"作比较，但忽然插进"丹心"、将"流霞"与"丹心"相比，诗意就不连贯了，为此作了修改。

《一剪梅·观海台看赶海》也写得不错，但谋篇布局层次较乱，倘得改进，当属上乘。此词内容有三：一是你在观海台看到的渔人出海情况及感想；二是渔人出海后引起家人的悬念；三是渔人自己出海的心情。原词上阕是说一，下阕前三句既有二又有三，而后三句又说到一了，这样布局缺乏层次感，使人感到谋篇较乱，又"天也心焦"措辞不当，风狂浪嚣难道不是"天"造成的吗？故作了修改。

改 作

红棉颂

不见英雄见木棉，英雄热血漫山川。
流霞怎比英雄血，红遍山川似火燃。

一剪梅·观海台看赶海

观海台前看橹摇，风也狂嚣，浪也狂嚣。小船一叶望中飘，我自心焦，天自逍遥。　　渔人出海路迢迢，儿叫嗷嗷，妻望翘翘。黝脸雄襟闯大潮，欲获长蛟，岂畏风涛！

（二〇〇一年《诗词创作》第四期）

陈树文

寄 师

诗山觅路问师从，对雨听涛而立中。
在手云霞期鹤引，荡怀星月盼春拥。
长河暗涌千重浪，旷海悄来万里风。
梦笔生花欣有日，磨刀不误砍柴工。

睹9·11空袭有感（新声韵）

虎口拔牙搅美空，沉天没日震白宫。
亡灵不语成碑刻，血泪无声铸警钟。
世贸厦摧飞砾土，国防楼毁肇兵戎。
莫逼战乱赌生死，应守和平淡辱荣。

这两首诗经过反复修改，原来那些词组生硬、造句别扭，对仗不好等文字上的毛病基本没有了，但还有个别地方要再推敲，作些修改。

《寄师》写出了而立之年"诗山觅路"的迫切心情和从师后的希望，诗意很好，全篇层次清晰又文从字顺，而且用了比兴手法．应当说，改后的诗是不错的。但第七句"提笔欲添新景秀"诗意有些不妥，从师后首先想到的应是加强学习即"磨刀"，刀还未磨好，怎么就会去想写出"添新景秀"的诗呢？这么一写，也与本来收得很好的末句"磨刀不误砍柴工"脱节。因此，将第七句改为"梦笔生花欣有日"，表现从师后对未来的希望和信心，这样诗意就顺了。

《睹9·11空袭有感》第三联有"凑对"的毛病，为了与上联"双子"相对，下联用了"三军"，但"三军"无法代表国防部大楼。做诗不能因词害意，硬去凑字凑对凑拍，我把此联改为"世贸厦摧飞砾土，国防楼毁肇兵戎"，既符合实际楼名，也成对仗。

李雪珍

组 诗

往事（新声韵）

嘉陵江水碧如蓝，坡上松林倚翠峦。
一抹夕阳双影照，无言相向意绵绵。

晴空霹雳血凝流，哽咽相扶苦亦柔。
心有灵犀别也恋，深情难抑泪难收。

大洋彼岸信息传，学术新葩锦绣篇。
喜上眉头怀旧谊，当年未错敞心轩。

越洋噩耗抵山城，烟雨濛濛失碧峰。
难抑伤悲白发女，诗篇泪渍祭亡灵。

"诗贵情真"（《毛诗序》），"诗缘情而绮靡"（陆机《文赋》），有无真情实感是能否写出好诗的重要前提。停留于概念化的内容和陈旧的语言中，装模作样、无病呻吟或者空话连篇、言之无物，决不能写出好诗。你的这组《往事》诗以浓烈的感情，深沉的笔触描写了一个感人至深的爱情故事：从嘉陵江边的热恋到棒打鸳鸯两分离，虽然人隔千里，却心心相印，书信常通，为对方的成就而高兴，直至噩耗遥传，泪渍诗篇。六十年爱情的风风雨雨，悲欢离合，生离死别，尽在其中，使人读后心灵受到震撼，感情得到升华，为这种忠贞不渝，纯洁无瑕的真情所折服。

几个地方作了点修改，一是第一首第三句"渐渐"用词不好，"渐渐"什么呢？修饰"夕阳"，意思不完整，修饰"双影照"，意思不大通，故改为"一抹"；二是第二首末句"埋葬自清幽"诗意不好，笃爱情侣，横遭拆散，此时的情感恐怕很难埋葬掉，更不用说"自清幽"了，而且这样说，也与前面"哽咽相扶""别也恋"相矛盾，故改为"深情难抑泪难收"；三是第四首第二句"隐碧峰"的"隐"字感情力度不够，因为这里并不是描写自然景物，而是要渲染你自己的情感，即听到噩耗后顿时泪眼模糊，感觉到烟雨濛濛，即使有山峰也看不见了，并不是真正有烟雨蒙住了山峰，所以改为"失"字。

（二〇〇二年《诗词创作》第二期）

徐培学

红豆集团(新声韵)

盛名企业不虚传,诚信当头质量先。
服务上乘谁敢比,颗颗红豆万家连。

此诗文从字顺,起势和收尾都写得不错,关键是第二句"卧虎藏龙数百贤"用意失当。鉴别一个企业集团的好坏,一是要看它的产品质量是否上乘;二是要看它对社会是否有诚信;三是要看它对用户的服务水平。至于"卧虎藏龙"只是企业内部的人才问题,尽管人才决定企业的兴衰,但不能作为鉴定企业好坏的标准。"数百贤"也用词不当。企业人才可以说是"能人"或者"精英",但不宜用"贤"字来形容。因为企业人才主要任务是精于科技创新,善于经营管理,为企业获得最好经济效益,而不是为民办事。故将此句作了修改。

海外游子(新声韵)

原 作

　　相思树下望无遥，澎湃心潮似海涛。
　　一箭双星惊世界，摘棵红豆寄侨骄。

　　此诗乍看文从字顺，格律铿锵，且有意境，不失为好诗，但细加分析，在谋篇上有缺点，语序颠倒。正常的思维过程应当是海外华人看到"神舟"号载人飞行器上天，深为中华民族的成就而感到自豪，心情澎湃，不能自已，勾起了无限思念祖国之情。而自己身居海外，远隔万里，如何表达这种心情呢？那就依靠红豆来传达了。你的诗将"澎湃心潮"写在"一箭双星"前，不但颠倒了思维发展过程，而且使得末句来得太突然，与第三句诗意连贯不起来。为此，我按你的原意，对诗作了语序调整和修改，未知妥否？

改 作

　　神舟一箭破天遥，海外华人倍感豪。
　　无限相思何所寄？唯将红豆作心桥。

陈树文

亚洲论坛周年咏记（新声韵）

原 作

三江汇聚占鳌头，群首云集论亚洲。
对等磋商除禁忌，公平探讨省担忧。
争芳不显一家势，斗艳同凝众胆求。
碧海聆听瞧世界，蓝天带响领潮流。

看来新作下了不少功夫，比过去大有进步，格律比较严谨，韵和平仄都对，对仗也力求工整，文字比过去通顺多了。但也还存在着一些问题，一是有些地方文字不通顺，如"众胆求"显得生造，"蓝天带响"也不明何意；二是对仗方面，第二联"对等磋商"与"公平探讨"，第三联"争芳"与"斗艳"都有合掌之嫌，所谓"合掌"即一联上下句意思相同；三是第二联"除禁忌"与"省担忧"虽然对仗好，但诗意不妥，从全联看，"除禁忌""省担忧"应是"对等磋商""公平探讨"的目的，而实际情况并非如此，博鳌论坛的目的并非"除禁忌""省担忧"。如果说"除禁忌""省担忧"是反映会议特点，那又与前面"对等磋商""公平探讨"意有重复，且过于狭隘了。

改 作

三江汇聚占鳌头，群首云集论亚洲。
对等磋商机莫失，和衷共济富同求。
争芳不显独枝秀，夺锦何妨百侣俦。
碧海蓝天看世界，敢迎风浪领潮流。

(二〇〇二年《诗词创作》第三期)

给×××学员的一封信(摘要)

×××吟友：

即使《信鸽系列》诗作不算的话，本期作业也已有6次，过了一半了。经过这么多次对你作业的评改，我有责任向你提出一个诗词创作的走向问题，我觉得你走的路子有些不对，如果不予改正，在诗词创作上难有较大的提高。

你的诗作多数都是选题偏，事典奥辟，词句生造。是否认为只有这样才能表现自己学识渊博、诗意高深呢？（也许我说得过重了，但作为导师、应对学员开诚布公说清楚。）事实恰恰相反，一些别人看不懂、读不通、念不顺的作品决不能成为好诗，只有那些明白晓畅，韵味浓郁的诗才能成为佳作，古今都是如此。从你本人的诗作看也是如此，写得好一点的都是那些题材较接近生活，语言通顺流畅的作品，如第一次作业中有些诗就写得很好，其中《鹊桥仙·白鹭》和《细观箍桶》已登《诗词创作》。这次《信鸽系列》也还好一些。反而是那些奥僻艰涩的作品，实在毫无诗味，令人不忍卒读。这些作品当然谈不上什么水平了。

下面还可以稍微具体一点加以说明。

一、题材

像《太子晋》这样的题材就够偏了，至于《与苏利相反的眼睛》、《碎瓶》等就更偏了。写旧体诗的人未必有几个看过这些，看过也不会记住，更不用说普通读者了。为此，你还要写一个很长的解释，甚至把很长的原诗抄下来，否则别人会不知所云，丈二和尚摸不着头脑。当然，咏史诗也是诗的一类，评价别人作品，包括新诗，也可写成旧体诗。但一是不要作为写诗的主要题材。写诗主要内容应是现实生活和时代风貌，包括美和刺，这样才有生气，有新鲜感；二是咏史不能停留在叙述史实上，要借古鉴今，以今观古，因事用情，夹叙夹议，从史实出发提升到对历史和现实认识的高度；三是对这些题材也要有所选择，尽量找一些大家比较熟悉的题材。

二、用典

写诗可以用典，而且用得好了，还可以使作品大为生色。但一是不要用典过多，二是不要搜奇猎异，专用奥典，要尽量用些已为人所熟知的典故。用典最好做到与全诗自然融合，雕塑无痕。罗列一大堆奥典只会使诗作索然寡味，意趣全无。

三、语言

文从字顺是写诗的基本要求，词句生造是写诗的一大禁忌，诗词的语言要符合语法、修辞的要求和人们的语言习惯。这包括现代语言和现在依然可用的古代语言，而你的诗词作品中生造词句频频出现，如"众研野""群化文""册立孔丘来世研"等，使人读后感到十分别扭，不可理解，因而诗味全无。

以上意见，请你认真加以思考，如有不当或问题，希望提出切磋。

(二〇〇二年《诗词创作》第三期)

李雪珍

感谢导师

春风化雨润诗园，继晷焚膏苦亦甘。
老树犹摇千叶翠，新苞更绽百花繁。
几多灵秀银丝断，一句珠玑蜡炬残。
再上层楼白首愿，吾师教诲记心间。

【注】
函授班八十三岁高龄学员感谢导师而作。

　　你第十次作业《感谢导师》和《贵州百花湖》两首诗比兴兼用，词工句练，意境优美，诗味盎然，谓为佳作，也是你两年来写诗达到的顶峰，读后使我兴奋之极，特向你致贺。这两首诗我实在无法提出更多的修改意见了。只是《感谢导师》第二句"沥血师心苦亦甘"还可考虑作些修改。第一，从此诗的构思和谋篇看，第一句由"师"起兴，最后一句以"师"结尾，中心思想是要说明在导师的指导下，自己刻苦学诗的历程和收获。第二句应当是说自己"苦亦甘"以引起下面的内容。可是"沥血师心"仍是说导师。这样与下面的内容就失去联系了。下面内容讲的是谁，也不太明确了。其次，"苦亦甘"说自己比较合适，因为这是一种自我体会和安慰，说别人就不大合适。第三，"师"字与末句重。故我改为"继晷焚膏"。

乐本金

浪淘沙·荆州长江大桥

　　天堑架长虹，索舞晴空。荆江两岸焕新容，滚滚车流波上过，气势腾龙。　　今喜鹊桥通，牛女相逢。凝眸楚地醉春风。更喜名城张凤翼，直上苍穹。

　　最近得知你获得全国新田园诗大赛一等奖，特向你道贺。你本来基础就比较好，经过两年刻苦学习，诗词创作确已达到较高水平，在构思创意，比兴运用，修辞炼句等方面都大有提高。

　　你的三首作品写得都不错。只是《浪淘沙·荆州长江大桥》有些地方还可商榷。

　　1."索锁晴空"，"索"估计是悬吊桥的钢缆，但从形象上看，它只能说是锁长江，而不是锁晴空，改为"索舞晴空"似乎更好一些。

　　2."庆鹊桥通"，文字虽然好，但此句声律节奏为仄仄平平，语言节奏最好与声律节奏一致即二、二节奏。（当然语言节奏与声律节奏相同并不是一定要遵守的规律，但违反这一规律，读起来有些别扭，以尽量避免为好）因此改为"今喜鹊桥通，牛女相逢……"

（二〇〇二年《诗词创作》第四期）

答学员问

××诗友：

兹就你学诗中提出的问题，阐述一下我的看法，不当之处，可再切磋。

"因声害意"当然不对，好诗重在意境、格调、情趣等内涵，光求格律，绝对写不出好诗。但也必须认识到：格律诗之所以区别于其他文学形式，受到人民群众的喜爱，久诵不衰，重要原因之一就在于它有优美的格律形式。好诗可以破格，古今都如此，但"破格"首先是承认有"格"然后才能谈"破格"。不懂格律，也就无所谓"破格"了。"破格"是指在个别特殊情况下，为了表达好诗意，不得不违反某些格律规定，但也不是所有格律都能违反或都去违反，例如格律诗除首句外，其余句子的末字及诗句的整体节奏等就不能违反。如果随便违反，那就只能看成是古风而不是格律诗了。一般只有水平很高的作品才谈得上破格。写这些作品的人并非不懂格律，而是已经熟练掌握了格律。他们破格确实是诗意通畅的需要。格律尚未过关，文字尚欠通顺的人就谈"破格"，说什么"不要因声害意"，那就等于为自己格律文字未过关打掩护。这种"破格"不但不会被人承认，而且不可能写出好诗来。这正如学书法一样，必须先临帖，不认真临帖就强调自我发挥是绝对写不出好字的。根据我看稿的经验，不符合格律的诗作中有90%以上是不需要破格的，完全是由于功底差，修辞炼句不好所造成，只要稍微改动一下就可以既合律又不伤原意。

（二〇〇二年《诗词创作》第四期）

娄和颖

返聘述怀（新声韵）

流光转瞬六十秋，对镜忽惊鹤发稠。
梦里教鞭时舞弄，课中疑义自研求。
灼心余热真难散，直面科潮怎忍休。
尽力扶新燃剩火，欣当学界老风流。

　　此诗写得较好，充分表达了一个退休后被返聘的老教师情萦教育事业的赤子情怀。其中"梦里教鞭时舞弄""灼心余热真难散""直面科潮怎忍休"几句尤佳。但也还有些问题。

　　一、第四句原稿为"昼间校事暗研求"修辞不好。"校事"还分"昼夜"吗？"校事"还须"暗研求"吗？明显是为了与上句"梦里"凑对；再说，返聘后还须管那么多"校事"吗？故改为"课中疑义自研求"。

　　二、第三联对仗不好，一是语法不对仗，上句"灼心"是定语，"余热"是主语；下句主语未写出来，应是你自己，"直面"是谓语。二是词性也不对，"心"是名词，"面"是动词（面对）。但考虑到这两句本身都写得很好，而且第二联已对得很工，这一联对仗可以放宽些，就不必修改了。

（二〇〇三年《中华诗词》第五期）

张世义

忆秦娥·援越抗美

娇阳烈，硝烟雾遮安南月。安南月，轮番轰炸，高炮声竭。　　抗击霸主人如铁，越中兄弟友谊结。友谊结，后方强大，物丰天阔。

此词毛病较多，先重点说一下声韵问题。

对于声韵改革，经过较长时间的讨论，诗词界的意见已基本统一，在此基础上，中华诗词学会提出了"倡今知古""双轨并行"的方针。写作诗词，既可用新韵，也可用旧韵，但一首作品中，不能二者混用。这里讲的韵也包括声，声韵要同步改革，即用新韵就要用新声，按汉语拼音定四声，取消入声。过去曾有人主张保留入声，《诗韵新编》对此也态度模棱两可，既把入声字单列，又在字下标明汉语拼音。实际上，用新韵而保留入声也难以办到。例如：既保留入声，当然可以按入声押韵（有些词牌原来也有此规定），但入声字在汉语拼音中有的仍读仄声，很多已改读平声，按新韵怎么能说是押一个韵呢？作者一直用新韵写诗，而这一次却用了入声韵。按新韵，其中"竭""结"两字读平声，其余为仄声，显然不能通押，且词中"击"字为入声字，却是按新韵作平声用。看来，确实是混韵了。

此词还有其他毛病:"骄阳"误为"娇阳",上片第二句"遮"字,下片第二和第三句"友谊"二字平仄错,"安南"为旧称今已不用等。

据上述,我对原词按旧韵作了修改。但我只是就诗改诗,对于一些明显的毛病进行评论,至于诗意的升华,语言的锤炼方面,这次就不作更深的探讨了,改后稿如下:

骄阳烈,硝烟雾掩弥原血。弥原血,轮番轰炸,河山破裂。　　同仇敌忾心如铁,越中兄弟情深切。情深切,后方强大,物丰天阔。

徐培学

新陋室赋（五首之五）

原　作

　　话线如丝连万户，荧屏方寸观全球。
　　玉皇特羡空调器，冬夏平衡常保秋。

　　你这次作业写得比过去韵味足一些，进步不小，《新陋室赋》写得颇有生气，但也还有一些推敲不够之处，以《新陋室赋》之五为例：

　　第二句"观全球"为三平脚，可改为"览全球"；"荧屏方寸"固可，但如改为"荧屏似镜"，则和上句完全对仗。绝句无对仗要求，但能写成对仗更好。

　　第三句"特羡"有些过分夸大。

　　第四句造句不好。"常保秋"意思是常维持秋天一样的气候，但"秋"并不代表一年最好的季节，而且用"秋"时总使人产生万木萧疏，人之将老的感觉，可改用"春"字来重新造句。"春"可使人联想到万物向荣，生意盎然。此诗改后如下：

改　作

　　话线如丝连万户，荧屏似镜览全球。
　　玉皇也羡空调器，冬夏依然春满楼。

（二〇〇三年《中华诗词》第十期）

杨凌波

祭英魂

原　作

> 正是华年已报国，红霞血染上云天。
> 英魂犹念甘南土，故友随还后羿弦。
> 往事有光光作鼓，今人无泪泪成川。
> 欲知何物为佳祭，石浅诗书制琪篇。

据你信中所说，此诗要表达两个内容，一是对石浅胞兄的悼念；二是对石浅勤奋学习的赞许。诗的写法应当是两者融为一体，即把石浅的勤奋学习看作是对其胞兄为国捐躯的最好怀念。总的看，你也是这样写的，构思正确，但遣词造句方面毛病较多。

一、第一句"正是华年"与"已报国"相矛盾。华年正是报国时期，不能说是"已报国"。如果你是想用"报国"来代表为国捐躯，那也不当，因为报国不一定捐躯，而且第二句写得很好，已经表达了捐躯的意思，第一句不应重复。

二、第四句不知何意？是否"弦"代表后羿射日的箭，此句意为老战友都从部队转业了？如果是此意，那文字就太生造了。而且此诗最后要落脚到其妹，此处写战友，诗意稍感游离。

三、第三联本来对仗很好，但上句"光作鼓"有悖事理。

四、尾联欠佳。一是前三联感情浓郁，而尾联太平，缺乏感情力度；二是有些文字也不好，如"何物为佳祭"，"制琪篇"等。

改 作

> 正是青春报国年，红霞血染上云天。
> 英魂长驻荣西土，遗骨难还黯故园。
> 往事如烟烟未散，今人无泪泪成川。
> 堪欣有妹承兄志，苦学功成慰九泉。

寒 梅

原 作

> 曾知老汉手亲栽，正便骄阳常伴陪。
> 只待雪飞芳草谢，清香方送玉龙来。

你说要写出梅的生发哲理，但此诗写的还是人所共知的常理，并无独特之处，且有一些毛病。

一、第一句"曾知"用词不好,"知"应该是第三者而不是你和梅,因为你是"栽"者,而梅是被"栽"者,不是"知"的问题,而此诗的抒情主体应当是你自己。

二、第二句"骄阳常伴陪"不是梅的特点,而是所有植物的共性要求。"正便"两字也令人费解。而且果真是因为"老汉手亲栽"就"正便骄阳常伴陪",那就只能作为特例,而不能代表"寒梅"的本色了。

三、第三句"雪飞"与第四句"玉龙"意重。

四、"送"字用得不当,不是"清香"送"玉龙",而是"玉龙"送"清香"。

针对上述两诗存在的问题,我对原诗作了修改,未知当否?

改 作

曾经老汉手亲栽,耻斗群芳总未开。
只待冬寒花尽谢,清香方伴玉龙来。

(二〇〇四年《中华诗词》第三期)

乐本金

临江仙·深圳吟

原 作

  有道春天多故事，渔村崛起新城。领先改革启新程。云途花讯散，引蜜竟飞腾。　　城市繁荣风景好，琼楼绿树华灯。南巡每忆壮行程。小康铺锦绣，携手勇攀登。

  你这次作业几首作品都写得很好，一扫过去概念化的毛病，赋比兴兼用，词工句雅，诗味盎然。
  此词以当代中国人所共知的象征"春天的故事"起兴，把小平南巡看作深圳改革的源头，起得很好。接着又用"云途花讯散，引蜜竟飞腾"这样精美的联句来比喻深圳发展的过程，可谓文采斐然。下阕意在描写深圳的现状和未来。"琼楼绿树华灯"三个鲜明意象的组合，充分展示出深圳的今日繁华，而"小康铺锦绣，携手勇攀登"的重点是对深圳未来的展望。
  此首词起得好，结尾也好，上下阕层次分明，而且结句佳联迭出，堪称佳作。但也有微疵，一是下句中"南巡每忆壮行程"一句，你的原意是每想起小平南巡，就会鼓舞人们"壮"（动词）现在的行程，但也易产生歧义，被人误解为每每想起小平南巡的"壮"（形容词）行程，这样本来很分明的层次又显得有些乱了。我觉得小平南巡讲话鼓励深圳特区坚持改革开放，搞市场经济，"杀出一条血路"，对深圳腾飞起了决定性作用，而深圳现在的任务是向全面小康、甚至更高的目标前进，因此"小平南巡"还是作为深圳腾飞的源头放在上阕为好。二是原作"引蜜竟飞腾"中的"竟"字不如改成"竞"字，更能显出发展的气势；末句"携手勇攀登"中的"勇"字改为"再"字似乎更好一些，原词意思有些含混，是攀登小康、还是已达到小康再向上攀登呢？我觉得深圳是全国首富之区，应当说已经步入小康了，"再攀登"意思是说不要满足于已步入小康的现状，要继续努力前进。

根据上述，对原词作了些修改，未必得当，可再切磋。

改 作

有道春天多故事，宏谟每忆南行。领先改革启新程。云途花讯散，引蜜竞飞腾。　　街市繁荣风景好，琼楼绿树华灯。渔村今喜崛新城。小康铺锦绣，携手再攀登。

（二〇〇四年《中华诗词》第六期）

杨再文

贺滨洲公、铁两用黄河大桥通车

原 作

　　桥斜拉塔耸云端，南北通途一线穿。
　　贯接燕京连沪浙，环牵渤海系津烟。
　　滨州告别无高速，铁路延伸盼凯旋。
　　经济腾飞增两翼，扬鞭跃马力争先。

　　你的诗作比过去有进步，正因为如此，有些问题可以进一步探讨。主要想谈谈对仗的问题。

　　律诗的对仗除声律外，在文字上有两个要求，一是词性相同，这是最基本的，也是最被作者重视的。当然，词性相同也包括一些词在句中的变性使用，如形容词作动词用等。二是语法结构相同，这点有时易被作者忽视。词性对仗而语法结构未对仗的不能算作真正的好对仗。

　　以此诗第二联为例：上句本身就有些问题。"贯接"应当是连接两个以上的地方，而"燕京"是一个地方，谈不上"贯接"。如果说是"贯接"京、沪、浙，那"连"字不但重复而且用得不当了，应改为"和"字。从上下句看，词性对仗了，但语法结构不同。两句的主语均为黄河大桥（句中省略），上句的谓语是"贯接"。宾语是"燕京"和"沪、浙"，而下句的谓语有两个，一个是"环牵"，其宾语是"渤海"，另一个是"系"，其宾语是

"津、烟"，因为"渤海"已包括"津、烟"，两者不是平行关系，不能同时作为"环牵"的宾语。

再看你另一首七律的第二联："狂欢百姓观奇景，庆贺千杯颂盛明"，上句的主语是"百姓"，而下句的"千杯"并非主语。词性相同而语法结构不同，亦不是好对仗。

改 作

斜拉桥塔耸云端，南北通途一线穿。
高速遥连京沪浙，铁龙环接大津烟。
滨州商贸翻新页，渤海人文焕丽颜。
经济腾飞增两翼，扬鞭跃马力争先。

（二〇〇四年《中华诗词》第十二期）

胡德堪

暮年感怀

只缘懵懂错投家，遂使狂生身带枷。
昔借嫩肩担日月，今凭秃笔写烟霞。
青云不羡高飞鸟，白发何悲零落花。
伏枥犹余豪兴在，漫游诗海乐无涯。

这首七律写得很有特色。首联表面上是写自己出身不好，身受牵连，实际上也是对长期"唯成分论"的有力批判。这一联为全诗作了蓄势，接着逐步展开。虽然"错投胎，身带枷"，却依然坦对人生，青年时期，不羡别人青云直上，曾借"嫩肩担日月，今虽白发，也不悲花残蕊落，仍然用秃笔描绘祖国壮丽山河和丰富人生。最后表达了自己"老骥伏枥"的情怀和"漫游书画"的欢乐。全诗意境逐层推进，充分运用了比喻、借代、对偶等修辞手法，格调高雅，词工句炼，韵律铿锵，洵为佳作。

叶植盛

早 春

东君何日己巡归？万物逢阳暗结胚。
柳眼微开风细细，花心半卷雨垂垂。
燕迷旧屋烟轻笼，鸡啄新芽草渐菲。
牛怯冬寒蹄尚懒，田畴一片叱声催。

这首七律《早春》首联以问起势，颔联和颈联以生动的形象、艺术的语言描写了早春的自然风光和田园佳趣，尾联以催耕收尾。全诗意境优雅、春意盎然，宛如一幅《田园春早》图画。尤以"柳眼微开风细细，花心半卷雨垂垂"两句，修辞炼句，对仗工整，颇具匠心，却又使人感到语出自然，雕琢无痕，洵为佳对。颈联原为"瓦烟迷燕偏呈巧，茅草饱鸡正斗肥"，上句以"偏呈巧"形容"瓦烟迷燕"似嫌不妥，下句则犯孤平，故作了修改。

乐本金

登黄鹤楼

金秋偕友喜登楼，三镇风光放目收。
电塔凌云播喜讯，虹桥越堑显风流。
城街历历轻车绕，江水悠悠画舫游。
眺望西江高坝耸，烟波已不使人愁。

万里长江第一楼，几经兴废几春秋。
气凌霄汉雄三楚，波撼虹桥壮九州。
笛弄梅花含韵美，楼招鹤影伴云悠。
凭栏顿觉诗情涌，那管崔诗在上头！

乐本金诗友的两首七律都写得不错。两首诗都是写登黄鹤楼的感慨，但写法却迥然不同。第一首是写实，但不落俗套，以"三镇风光放目收"领起全篇，接着写站在黄鹤楼上眺望，凌云的电视塔，如虹的长江大桥，雄伟的三峡大坝，城街历历，江水悠悠，三镇风光，尽收眼底。最后以"烟波已不使人愁"收尾，是对全篇的一个总结，而且是针对崔颢的"烟波江上使人愁"的反写，透过诗人情感上的今昔对比，使读者增强了对建设成就的自豪感。第二首第一联直接切入黄鹤楼及其兴废，然后藉黄鹤楼的气势和传说展开想象的翅膀，营造出一个气凌霄汉，波撼虹桥，笛弄梅花、楼招鹤影的美好意境，末联最为出色，一反李白"眼前有景道不得，崔颢题诗在上头"的诗意发出了"凭栏顿觉诗情涌，那管崔诗在上头"的豪吟，这种豪情也强烈感染了读者，使之也顿觉诗情涌动。

(二〇〇五年《学会通讯·函授专刊》第一期)

蔡世英

扬波雪愤

原 作

　　钱塘水拍逐飞舟，东逝滔滔剑影留。
　　雪愤扬波缘饮恨，潮横一线碰回头。

　　此诗遣词造句文采斐然，也有意境，但从诗题和所反映的史实（或传说）看，诗要营造的意境应着重是通过钱江潮表达出伍员和文种含冤而死的"愤"与"恨"，但原作力度不够。第一句平平，第二句就更有问题了，潮水是倒灌，正好说明因为有"愤"和"恨"不肯流去，而你却写成"东逝滔滔"，这岂不是既不符合"潮"的特点，更不能反映此诗的原旨吗？又"剑影留"与潮何干？令读者费解。

改 作

　　钱塘激浪拍飞舟，怒水滔滔不肯流。
　　雪愤扬波缘饮恨，潮横一线碰回头。

（二〇〇五年《中华诗词》第十期）

赵逸明

读徐植农老师《吴齐子集》

原 作

> 子集千章著等身，书生点滴可传神。
> 星云变幻姑苏事，风雨消停齐鲁春。
> 三十六年书彩笔，已过天命继征尘。
> 杏坛遍植菁菁柳，最忆程门指路人。

从你的介绍和诗作看，徐植农先生似乎是苏州人，后在山东工作，离休后又回到家乡从事诗词教学工作。如上述属实，则第二联下句"齐鲁春"组词就不切了，因为徐先生早年并不在山东。"星云变幻"与"风雨消停"也没有反映在两地的区别，我改这两句时，想保留"春"字，故将时序倒过来，先说"齐鲁"，再说"姑苏"，这样倒叙在诗词创作中是允许的。第三联毛病较多，一是"三十六年"与"已过天命"对仗欠工；二是"知天命"指五十岁，徐先生是离休干部，现在至少也有七十多岁了，即使退下来就回苏州，也不应是五十岁；三是"继征尘"应是"继征程"，"尘"怎么可以"继"呢？"程"字出韵，但不能用"尘"代替。

改 作

　　子集千章著等身，书生点滴可传神。
　　功收齐鲁辉煌业，情系姑苏烂漫春。
　　往岁峥嵘挥巨笔，耆年执着振诗魂。
　　杏坛遍植菁菁柳，最忆程门指路人。

（二〇〇六年《学会通讯·函授专刊》第四期）

刘徐圣

贺友人古稀寿辰

原 作

豆蔻年华执吴钩，星移斗转古稀秋。
白衣战士怯灾痛，柳帽精兵亮广畴。
泗上新枝成连理，冷江翁媪白双头。
欣逢盛世人心喜，一曲华兹不另求。

要写好一首诗，必须在修辞、造句、谋篇上下功夫。此诗于此颇多不足。"柳帽精兵"想必是指男方当过兵，但"柳帽"并不是军人的象征。"亮广畴"表述不切。"灾痛"与"广畴"、"新枝"与"翁媪"不成对仗。末句诗意不佳，欣逢盛世，年遇古稀，自会心情激动，放歌纵舞，而你末句"不另求"就显得激情不足了。还有一个谋篇问题，此诗第一联为今昔对比，而第三联依然如此，诗意重沓，而重沓正是写诗要尽量避免的毛病。

此诗在格律上也有几处错：第1句第6字"吴"和第5句第6字"连"均为应仄而平，违律；"白"字重用。

改 作

犹忆当年岁月稠，人如豆蔻执吴钩。
白衣战士祛灾病，戎服精兵灭寇仇。
泗上芙莲开并蒂，冷江翁媪雪双头。
身逢盛世欣高寿，乐奏华兹舞自悠。

（二〇〇六年《中华诗词》第八期）

张云飞

回乡偶成

原 作

> 回到洛阳城，乡音倍觉亲。
> 牡丹花醉客，垂柳叶依人。
> 多少童年事，几分怀旧心。
> 感伤今已老，空对好光阴。

此诗写得不错，既有乡情，也有韵味，但在用韵、炼字炼句、表情方面还有须作改进的地方。

一、第一句"城"字出韵。格律诗过去有第一句可用邻韵的写法，亦称孤雁入群。那是因为平水韵韵部较窄，有些邻韵发音相近之故，现在多数人写诗韵部已放宽，用宽韵时，相邻的韵部已经通押，如采用《词林正韵》写诗时，"真""文"两部和"元"的半部已经通押，"庚""青""蒸"三部也通押，应当说，已经不存在"孤雁入群"的情况了。"城cheng"与"亲qin"等几个以"n"为韵尾的韵脚并非邻韵，不能通押。

二、第三联文字较平淡，诗味不浓，且对仗也不工，"多少"与"几分"、"童年"与"怀旧"均未对好。

三、末联虽可，但情绪消极，以改为较积极的表情为好。

改 作

河洛听乡音,重归倍觉亲。
牡丹花醉客,垂柳叶依人。
犹忆童年事,难忘赤子心。
休悲今已老,晚景尚缤纷。

(二〇〇七年《中华诗词》第三期)

舒振寿

啄木鸟

原 作

锦毛无媚色，放哨任尖兵。
日弄身无影，风摇树有声。
飞天云水阔，掠地绿荫浓。
司职舒金眼，痴心捉蛀虫。

　　这首五律，格律严谨，文字通顺。虽然是第一次作业，看来你还是有较好的诗词功底。但还存在一些毛病。

　　谋篇不当是此诗的主要缺点。律诗共四联八句，首联为开篇，尾联为结拍，中间二联为诗的主体，应将诗的主旨表达出来，所谓"凤头、猪肚、豹尾"，即此之意也。此诗题为"啄木鸟"，啄木鸟的主要特点，也是对人类、对自然最为有益的是它能捉食树木的害虫。而你这首诗的中二联都与此特点毫无联系，甚至也没有充分反映啄木鸟的其他习性，且"日弄身无影"也不合逻辑。你将这一特点写在尾联，使尾联过于坐实，缺乏升华，没有余味。整个谋篇显得轻重倒置，前空后实。

　　此外，有些地方修辞也欠佳。如第一句"锦毛"应指毛色很美，而啄木鸟的毛为青和淡绿，不能说成是锦色。且既是"锦毛"，就不应说"无媚色"，因为"媚"既可解释为"谄媚"，也可解释为"妩媚""娇媚"，易生歧义。又如尾句"痴心"也用词不妥,"痴心"有时只是说明一种念想,对啄木鸟捉虫这一实际行动形容得不够确切。

改 作

素妆无艳色,护绿任尖兵。
司职舒金眼,凝神捉蛀虫。
风摇扔抱树,夜静尚闻声。
但愿山林茂,心甘献此生。

(二〇〇七年《中华诗词》第九期)

刘魁山

市办公中心掠影

原 作

　　画栋摩天接紫霞，玉狮酣卧沐风沙。
　　岸边垂柳栖红鸟，水上新荷戏绿蛙。
　　燕抵青云千业旺，鹄翔碧野四时佳。
　　苍穹龙舞迎鸣凤，夕照湖光泛彩花。

乍看起来，此诗词清句丽，状景如画，是一首写得很不错的诗。但稍加分析，便可发现此诗不足之处。除第七句"千业旺"外，全诗都是描写自然景物，见物不见人，见景不见情。这种单纯描物状景的诗古而有之，但诗的主旨是"抒情言志"，诗要立意，要重情，否则难有上乘之作，这已是诗人们的共识。何况此诗题为"市办公中心"，这种场所正是为人民服务的窗口，是政府和百姓之间的心桥，其中包含着多少的情和意？诗应当以此为立意之本，由物到人，由景入情，使诗的内容得到升华，收到党与人民之间心心相印的效果。如果只一味叙述建筑之美，风景之佳，不但显得有些华而不实，格调不高，而且会使人联系到近几年兴起的"形象工程"热而产生反感。

改 作

画栋摩天接紫霞,玉狮酣卧沐风沙。
岸边垂柳栖红鸟,水上新荷戏绿蛙。
门送东风兴百业,堂悬春日暖千家。
群英共事民为本,岂独湖光泛彩花。

(二〇〇八年《学会通讯·函授专刊》第一期)

刘徐圣

渔家傲

2003年立冬前，京城一场大雪，伤树1437株，甚为惋惜。

原 作

　　大地惊雷催雪早，银装素裹无飞鸟。"树挂"断枝知多少？沙不暴，全凭生态屏障保。　科学发展为主导，固沙植被全民造。碧水蓝天该多好，开口笑，子孙万代离烦恼。

　　此词从大雪后"沙不暴"联想到应当全民固沙植被，营造碧水蓝天，立意的初衷是好的，但由于组词、造句、谋篇等方面的缺点，这种意思并没有很好地表达出来。
　　下雪和"固沙植被"本无关系，但也可通过联想和拓展将二者联系起来。其共同点是能实现"沙不暴"，其区别是雪的形成要靠天，且很快就会融化，而固沙植被是人力回天，是长久的治本之策。你在词中没有将这种既有相同之处又有根本区别的关系说清楚。上下阕各说各的，诗脉不通，不成整体。有些句子意象互相冲突，如"银装素裹"是对雪景的赞美，而"无飞鸟"则给人以寂寥的感觉；"树挂"是美丽的冰景，而"断枝"则给人以颓萎的印象。这些互相矛盾的意象组合到一起，就使人不知诗意何指，感情何属了。把雪说成是"生态屏障保"也不恰当。此外词题与内容也不符,副题为:"……伤树1437枝,甚为惋惜",但词中除"断枝"二字外,与此毫无联系,也不见"惋惜"之情,所言都是赞美雪的"沙不暴"功能。

改 作

　　大地惊雷催雪早,银装素裹风光好。"树挂"琼花无限俏,沙不暴,全凭雪压黄沙少。　雪化休教还旧貌,固沙植被全民造。碧水蓝天该多好,开口笑,子孙万代离烦恼。

　　　　　　(二〇〇八年《学会通讯·函授专刊》第二期)

舒振寿

漫步上海南京路

原 作

繁华喧闹南京路，靓丽风光入眼帘。
商厦入云旁大道，红灯焕彩照中天。
语言各异皆佳话，肌肤非同尽笑颜。
满目琳琅怡景内，聚中弥外共休闲。

小瞰苏州城

原 作

雕梁画栋古城墙，柳植河边路傍樟。
纵看名山园径绿，小桥流水绕村庄。

你这两首诗的缺点大致相同，一是修辞不佳，二是立意谋篇失当。

诗词是语言的艺术，对诗词用语必须反复推敲、锤炼，做到像古人所说的那样："吟安一个字，捻断数根须。"《漫步上海南京路》第一句"繁华喧闹"稍感文字重沓，"南京路"亦觉犯题。第二句"靓丽风光"多用于形容山水之美，且前已用"繁华"，此处又用"靓丽"，也显多余。第三句"旁"字应为"傍"之误,"傍"读仄声,"傍大道"为三仄脚,虽亦可,但能避则避。第三联略感语不流畅,也有合掌之嫌。第六句"肤"字应仄而平。第七句"怡景内"和末句"弥外"组词欠通。《小瞰苏州城》中的"路傍樟"主宾颠倒,"名山园径绿"亦造句生涩。

　　立意谋篇好坏是诗作优劣的关键所在。你的这两首诗都是罗列景象,思想脉络不清,缺乏由景入情、入理的升华,没有个人的感悟,结尾无力,且述景亦不全面,有些重点未反映,如南京路不单是有大厦和人流,更重要的是有改革开放后的商贸兴隆!园林是苏州风光的最大特点,诗中几乎没有反映。

　　据上述,对原诗作了修改,未知当否?

改　作

　　　　如林高厦耸云烟,一派繁华入眼帘。
　　　　接踵摩肩人踊跃,张灯结彩店绵延。

　　　　八方来客交新谊,万国通商结善缘。
　　　　肤色参差言语异,高歌同唱颂尧天。

　　　　小桥流水绕城乡,荟萃园林溢古香。
　　　　更有名山藏宝刹,人间此处是天堂。

　　　　　　　　(二〇〇八年《中华诗词》第三期)